Sonya
ソーニャ文庫

余命いくばくもないので悪女になって王子様に嫌われたいです

栢野すばる

イースト・プレス

contents

プロローグ

――私は悪女になって、『王子様』に嫌われる。

その一念で、アリスは必死に歩いていた。

アリス・オルヴィート、十八歳。

メスディア王国の名門オルヴィート侯爵家の長女で、第二王子カイルダールと婚約中の身だ。

アリスは、まっすぐな金の髪に青い目をしている。元が童顔なのと、小柄で痩せ細っているため、たぶん十八歳には見えない。

屋敷の下女たちが『アリスお嬢様って旦那様そっくりね』『無表情なのよね』と噂しているのも知っている。彼女らの言うことは間違っていない。アリス自身、愛想がなく人見知りな自覚がある。

アリスの大きくてきりりとした目には、『メスディア一の豪商』と呼ばれる父譲りの、ひどく冷静な光が浮かんでいた。

――誰になんと言われようと、私の目標は、王子様との婚約破棄だから。

しかし一貴族にすぎないアリスからは、王族のカイルダールに対して婚約破棄の申し出はできない。

だから、あっちから嫌われるしかないのである。

アリスの脳裏には、金の巻き髪を揺らし、ド派手なドレスを纏って高笑いする自分の姿が浮かんでいた。

――お父様がお母様のために秘密で作らせて『絶対着ない』って言われていた、あの紫のギラギラに輝くドレスを拝借しよう。胸が余るけどなにか詰めればいい。

しかし……。

「ぜぇ……はぁ……」

アリスには、悪女になれるほどの体力がなかった。

重い病に罹っているせいである。

「はぁ……はぁ……っ……」

壁伝いに歩いていたアリスは床に座り込んだ。

真夜中、家族や使用人たちが寝静まったあとに、こっそり起き出したのだが、ドアにたどり着く前に力尽きそうだ。

これでは悪女になるどころか、衣装室に行くこともままならない。

――無理。体力の限界。

アリスは背後を振り返った。

ベッドが遠い。これからあそこまで歩いて帰るのか……と思うと泣けてくる。
「はぁっ……は……ごほっごほっ……」
元気だった頃の十倍近い時間を掛けて、這うようにベッドに戻る。
——悪女になって王子様に嫌われる計画……その一は、失敗。
アリスはド派手なドレスを着て仁王立ちになり、婚約者にこう言い放つつもりだった。
『私、悪女になったわ！　だから婚約を解消してくださらないかしら？』
普段無口なアリスがそんなことを言いだしたら、たぶんびっくりされる。
うまくいけば、婚約も解消されたかもしれない。
アリスはベッドに力なく横たわる。
——計画その二に移行しよう。普段の言動を悪女そのものに変更。
手元のランプを点け、アリスは可愛らしい装丁の本を開く。
今メスディア王国で一番売れているという、悪女が出てくる恋愛小説だ。
アリスの脳内は、その物語一色に染まっていた。
人気作だけあって、悪女役の『レディ・マリエール』の行動は強烈だ。
『レディ・マリエール』は、富裕な公爵家の娘で、王子の婚約者である。
——私とそっくりの立場なのに、悪女力が全然違う。
とにかくひどい女なのである。
お茶会でヒロインの服に蜘蛛を入れる。

挙げ句の果てに婚約者である王子様にまで最低な対応をする。

『どうしても頼む、君の父上の力で疫病の薬を輸入してほしい。この国の人たちが困っているんだ！』

王子様にそう頼まれても、『レディ・マリエール』はこう答えるのだ。

『イヤですわ。私に逆らう男の言うことなんて、どうして聞かなきゃなりませんの？　どうしてもと仰るなら、今すぐここで〝土・下・座〟して』

——誰からも『淡々としている』と言われる私とは正反対。この苛烈さ、私にもほしい。

この話が女性誌に連載されていたとき、読者からの苦情が殺到したという。

『マリエールの態度に開いた口が塞がらない』

『レディ・マリエールにひどい罰を与えて！』

『マリエールが嫌い。彼女を次回から物語に出さないでください』

『名前も書きたくない女が出てくる！　もう読みたくないです！』

だがこの話は、『レディ・マリエール』がいないと、まったく面白くないのだ。

ヒロインと王子様だけの幸せなシーンは、本好きのアリスですら飛ばし読みをした。

そう、気付けば読者は『レディ・マリエール』に暴れてほしいと思っているのである。

——これが悪女ね。なるほど、大変参考になる。また最後まで読み直そう。

アリスは婚約者のカイルダールのことが大好きだ。死んでも好きだろう。

自分で言うのもなんだが、世界一相思相愛の二人だと思う。

無愛想なアリスを愛してくれるのは、家族以外にカイルダールだけだ。

だからこそ、彼を悲しませずに世を去りたい。

そのために『嫌われて振られる』必要がある。

――悪女なら、いなくなっても誰も寂しがらない。だから素晴らしい。私は絶対に悪女になって、貴方に嫌われるから。覚悟して……カイ。

『君がいなくなったあと？　大丈夫だ、あとを追うから』

婚約者の声が聞こえた気がした。

一見、完璧な王子様なのに、アリスにしか懐かない手負いの猛犬のような人。今のままでは、彼を一人で置いていけないのだ。

――頑張れ、明日からの私。

アリスは本を閉じ、灯りを消した。

◆

「な、なんだっ!?　なんだお前は……っぁあ……！」

倒立しながらの蹴り上げで、男の身体が放物線を描いて吹っ飛んでいく。

逆立ち状態になったカイルダールは勢いよく身体の向きを変え、少し離れた位置にいた男の首筋を蹴り飛ばした。

「んぎゃぁっ！」

立位に戻りざま、倒れゆく男の鳩尾にかかと落としを決める。

「来るな、来るな！　なんだよお前ぇ……っぐはぁ……っ！」

最後の一人は、普通の回し蹴りで仕留めた。カイルダールが謎の蹴り技を繰り出すのを見て戦意を喪失したらしく、棒立ちだった。

普通の人間は、戦いの最中に逆立ちしない。

ゆえに『化物が襲ってきた』と思われながら勝利を収めることができるのだ。

できるのだが……。

――俺だってこんな技は披露したくない。うっかり殺したら困るのに……。

目の前には、五人の男が倒れている。

手を下したのはカイルダールだが、殺してはいない。たぶん全員生きているだろう、たぶん……手加減したから大丈夫のはずだ。

そしてその側には、腰を抜かした女がへたり込んでいた。

男たちに襲われそうになっていた娼婦だ。

「大丈夫ですか？」

「ひぃっ！」

娼婦はカイルダールが手を差し伸べた瞬間、ものすごい勢いで後ずさっていく。

『こいつが一番怖い助けて』と、娼婦の引きつった顔にははっきりと表れていた。

——いつものことだけど……俺も危険人物だと誤解されているのかな？

戦い方が特殊なせいか、助けようとした相手まで驚かせてしまったようだ。

カイルダールはブルブル震えている娼婦に一礼し、紳士的に告げた。

「お怪我はありませんか？　歩けるようでしたら、明るいところまでご一緒します」

「いやあぁぁぁぁ！」

腰を抜かしていた女は、俊敏に立ち上がると脱兎のごとく逃げ出した。

——行ってしまった。安全に家に帰れるといいけれど……。

カイルダールは大きなため息をつく。

そして気を失っている男たちを振り返った。

夜に貧民街を見回っていると、必ずと言っていいほど犯罪現場に出くわす。

口頭で注意しても毎度なんの効果もなく、問答無用で襲いかかられるので、仕方なく力で大人しくさせているのだ。

だが、暴力は良くない。本気で暴力を振るったらカイルダールは人殺しになってしまう。

カイルダールの『王子』としての立場は難しい。父王との軋轢のせいだ。どのような正当防衛であれ、犯した罪は必要以上に厳しく咎められて、アリスの側にいられなくなるだろう。

だから、次こそは話し合いで犯罪を止めなければ。

脳裏に愛しいアリスの姿が浮かぶ。

彼女が元気だった頃に交わした約束が次々に思い出された。

『ねえ、カイ、大きくなったら二人で慈善活動をしようね！　正王妃様みたいに、貴族のお手本になるような活動をしようね！』

幼いアリスの曇りのない笑顔を思い出し、カイルダールは拳を握りしめる。

――そうだね。君が元気になるまでは、俺が一人で君の分まで慈善活動を頑張るよ。

だがアリスとこの貧民街を訪れる日は、本当に来るのだろうか。

幸福だった子供時代に、無邪気に重ねたいくつもの約束を果たす日は来るのだろうか。

『外で遊ぶとき、逆立ちいっぱいしてね』

『婚約式するとき青い指輪をちょうだい』

『社交界デビューのドレスを着たら一番初めに見に来てね』

アリスと交わした他愛ない約束は、未だなに一つ果たせていない。

誰もが言う。

アリス・オルヴィート嬢が白葉病に罹って、八年も生きているのは奇跡だと。

『覚悟を決め、別の花嫁を迎えろ』と……。

――君がいなくなったら、俺もいなくなるのにな。

カイルダールはぎゅっと目を閉じる。

夜空の月が、無残に転がされた男たちと、立ち尽くすカイルダールを照らしていた。

第一章

「カイ……」

アリスは、大きな木の下にうずくまるカイルダールに、恐る恐る話しかけた。

彼の頭にも首にも手にも、包帯(ほうたい)が巻かれている。

カイルダールは、アリスが生まれたときからの婚約者である。

アリスの母オルヴィート侯爵夫人と、カイルダールの母グレイシア正王妃は、公爵家の出身同士で仲が良かった。

ゆえに二歳差の二人の縁談はすんなり決まった。

アリスは、物心つく前からカイルダールと一緒だった。よちよち歩きの頃から、カイルダールを慕ってあとを追っていたらしい。

十歳になった今だって、カイルダールのことが大好きだ。

大人になったらお嫁さんになると信じ切っていた。昨日までは。

「私の話を聞いてくれる？」

アリスは、声が震えないように頑張って、なるべく明るく話しかけた。

傷だらけのカイルダールは無言で顔を上げる。

琥珀色の美しい目には、薄ぼんやりとした影がかかっている。母君の葬儀を終えた日から、彼は一度も笑っていない。

なんと言葉を掛けていいものかと、アリスは立ち尽くす。

『私がずっといっしょにいる、ずっとカイを守るから』

これからもそう約束できたらどんなにいいだろう。

でもアリスは、その約束ができない身体になってしまった。

重い病気になってしまったのだ。

一昨日の夜、アリスは急な高熱で倒れ、意識を失った。そして昨日の朝、熱が下がって意識を回復したアリスの爪が白く変色していたことで、医師から診断が下ったのだ。

アリスを襲った病の名は『白葉病』という。

罹患者は皆、爪が美しい白色に変わる。

発症原因も治療法も分からない病だ。発病から長くとも三年で命を落とすと言われている。国内で年に数人から、多くて十数人ほどの子供が罹患する。

家族はアリスの真珠のように白くなった爪を見て、涙を流した。

『金でなんとかなるなら、いくらでも払う』と、父は目を合わせようとしない医師に詰め寄っていた。

泣いていないのは、まだ病気の話が分からない五歳の妹のリエナだけだった。

『おねえさま、どうしてみんなないてるの？　はくようびょうってなあに？』

無邪気なリエナに残酷な話を聞かせたくない。

――病気になったのは仕方ない。人間はいつか死ぬ、それが早いだけのことだから。でも、私のせいで、家族がみんな泣いているのは……つらい……。

だから護衛を連れ、御者に馬車を出してもらってカイルダールのいる王宮に来たのだ。

けれど、どうしても会いたかったカイルダールは、庭の奥にある大きな木の下で、一人で力なくうずくまっていた。頭の包帯が痛々しい。

あまりに哀しい姿に、アリスは唇を噛みしめる。

――私は、国王陛下が大嫌い。カイを殴ったり、怒鳴ったり、突き飛ばしたりする国王陛下が大嫌い。

正王妃の産んだ王子でありながら、カイルダールはずっと父国王から冷遇されてきた。

その理由は、国王には結婚前から溺愛している側妃がいたからだ。

彼女の名前はソフィ・ディナール。

王国の下級貴族、ディナール男爵家の令嬢で、精霊のような美しさを誇る女性だ。

アリスも遠目に見たことがあるが、確かに、大変な美女だった。

国王は、夜会で出会ったその日にソフィを見初め、強引に己がものにしたという。

そしてソフィ妃との間に王子を設けた翌年、周囲の強い勧めで正王妃を迎えた。

エンデヴァン公爵家の長女、グレイシア嬢である。

グレイシアは近隣の強国、リンバー王国の王女を母に持つ、美しい黒髪の女性だった。

だが国王は、美しいグレイシア正王妃を顧みなかった。

一人息子のカイルダールをなしたあとは、正王妃と会話さえせず、ひたすらソフィ妃に愛を注ぎ続けた。

さらに国王は『ソフィ妃が産んだアストン第一王子を王太子とし、カイルダールからは王位継承権を剝奪する』という宣言を『国王命令』として出したのだ。

——正王妃様をないがしろにした挙げ句、後ろ盾もない側妃の子を王太子にするなんて。悔しい。正王妃様は、世界最高のお妃様だったのに……！

そう、皮肉なことに、遠ざけられた正王妃は、王族で最も優れた『人材』だったのだ。

正王妃が暮らす王宮の離れでは、日々正王妃によるサロンが開かれていた。

サロンに集まった貴婦人たちは、正王妃が目を掛けている音楽家たちの演奏に陶酔し、彼女の審美眼の確かさに賛辞を惜しまなかった。

社交界の流行を決めるのも正王妃だった。

彼女が美しい黒髪に紫水晶の花を飾れば、貴婦人たちはこぞって同じ髪飾りを作らせたし、ドレスのシルエットに、レースの模様、扇に垂らす房の形に至るまで、誰もが正王妃を真似ていた。

そして社交界の人々の心を掌握した正王妃は、率先して慈善活動を行ったのだ。

正王妃が孤児院の慰問を行えば、彼女に憧れる貴婦人たちも率先して多額の財を貧民に寄付するようになった。

美貌の正王妃の行動で『貴族ならば慈善活動は当然の義務』という空気が醸成され、王都の治安はよく保たれていたのだ。

彼女は、社交界の貴婦人たちを優雅かつ完璧に支配する『真の王妃陛下』だった。

――メスディア王国が平和なのは、優秀な正王妃様のおかげだって、お父様とお母様が仰っていたわ。あんなに素晴らしい、王族の鑑のようなお方が……。

だが今から一ヶ月前、正王妃が大事件を起こしてしまったのだ。

王宮内の礼拝堂で祈りを捧げていたソフィ妃に、短剣で斬りかかったのだという。

ソフィ妃に怪我はなく、服が破れただけだったらしい。

だが国王は、正王妃を許さなかった。

国王は『最愛のソフィ』を傷つけようとした正王妃を執拗に殴打し、『お前など妃ではない。二度と自分とソフィ妃に近づくな』と命じたという。

ただ一人、母王妃を助けようと止めに入ったカイルダールは、父の手で床に叩きつけられ大怪我を負ってしまったそうだ。

国王に暴力を振るわれた日の夜、正王妃は王宮の森の奥にある池に身を投げて、命を絶った。

初めに変わり果てた正王妃を見つけたのは、カイルダールだったそうだ。

発見されたとき、彼は傷だらけの身体で池に飛び込み、池の中の母を引き上げようとしていたらしい。

けれどカイルダールは、そのときのことをまるで覚えていないのだ。

『目が覚めたら大怪我をしていて、母上が亡くなったと聞かされた』

そう教えてくれた。

――……私は信じない、正王妃様がソフィ妃に斬りかかったなんて。密室で起きた事件だから侍女と聖職者の証言しかないって聞いたし。

誰もが『国王が難癖（なんくせ）をつけて正王妃様に暴力を振るったのではないか』と疑っている。国王の正王妃とカイルダールに対する態度は普段から度を越していると、皆が思っていたからだ。

この事件以降、エンデヴァン公爵家は一切国王を支援しなくなった。

アリスの実家オルヴィート侯爵家も、王家からの寄付金の呼びかけに一切応じていない。だが、莫大な額にのぼっていた『支援』を打ち切られても、国王は『やっとソフィと二人になれた』と満足げだという。

――王様は変。王太子様のことも、カイのことも無視して、ソフィ妃のことしか見ていない。我が子のことなんてまったく気に掛けてもいない。

アリスの父は『たとえ王の不興を買ったとしても、カイルダール殿下をお守りする』とエンデヴァン公爵家と約束をした。

もちろん、アリスもそのつもりだ。

まだ十歳の子供だけれど、両親の言うことは理解できる。

みんなで、国王の手からカイルダールを守る。そのはずだった……。

──カイと、ずっと一緒にいたかったのに……！

寿命を受け入れたとは言ったが、撤回だ。

やはり己の身体に巣くい始めた『白葉病』が憎い。カイルダールを残して一人で天国に行くのは、嫌だ。

──私の馬鹿。カイが辛いのに、自分が泣いてどうするの。

思わず嗚咽しそうになり、アリスは慌ててドレスのポケットからハンカチを取りだして涙を拭った。

「あっ……アリス、どうして泣いてるの……？」

放心状態だったカイルダールが驚いたように立ち上がり、アリスに駆け寄ってくる。

耐えられなくなってアリスはしゃくりあげた。

「貴方が辛いときにごめんなさい。私、私……」

「アリス……？」

たまらずアリスは顔を覆った。

どうして自分は、こんなに大事なカイルダールを置いていかねばならないのだろう。

「私、白葉病になっちゃった」

カイルダールは茫然とした表情になり、震える手でアリスの細い指を握った。

俯くアリスに、カイルダールのかすれた声が届く。

「アリスは僕が、僕が助けるよ」

驚いたアリスはカイルダールの琥珀色の目を見上げた。

「僕が助ける！　大丈夫だよ……たくさん勉強して、アリスのこと助けるから！」

傷だらけの美しい顔を歪め、カイルダールが言う。

十二歳の彼は、すでにアリスよりはるかに大きな手をしていた。

王子様のはずの彼の手は、祖母に習得を命じられた『リンバー武術』という武芸の訓練のせいで、ぼろぼろでたこだらけだった。

けれど、アリスにとっては温かく、愛しい手だ。

「絶対に助ける。これからの僕の時間は、君を助けるために使う」

形のいい唇を震わせながらカイルダールが言った。

偉いお医者様でも『治療法がない』という病なのだから、子供の自分たちに手に負えるはずがない。

分かっていながらも、アリスはカイルダールの手を握り返さずにはいられなかった。

「ありが……とう……」

「泣かないで。アリスのことは絶対に助ける」

「私、可愛くないのに、いつもありがとう」

「アリスは可愛いよ！　君のことを可愛くないなんて言う人間がいたとしたら、そいつは嫉妬深いか根性がねじ曲がっているか目が悪いか趣味が悪いかのどれかだ！」

この婚約者は相変わらずアリス贔屓すぎる。

自己憐憫の涙がぴたりと止まり、アリスはぷっと吹き出した。

「趣味悪いよ……カイ」

「いいや、僕の趣味はすごくいいんだよ？　はっきり言って女の子を見る目は世界一だと思う！　僕はアリスが大好きだ。だから絶対助けるからね」

その日から第二王子カイルダールは、ずば抜けて優秀な能力のすべてを婚約者のアリスを生かすためだけに使い始めてしまったのだ。

その日、アリスは決めた。

この病気は恐ろしいけれど、自分を哀れんで流す涙は人前で見せまいと。

アリスの嘆きがどれだけ家族やカイルダールを苦しめるのか、痛いほどに分かってしまったからだ。

——私はカイと家族を悲しませたくない。だから、絶対にもう泣かない……！


「お姉様！」

妹の声にアリスは重い瞼を開く。

家族が一斉にアリスの顔を覗き込むのが分かった。

――あ……私、まだ生きてる。よかった。

身体が重くて言うことを聞かない。

――ちゃんと動きなさい、私の身体。

起き上がろうともがいていたら、父が無言で身体を抱き起こしてくれた。

「具合はどう？」

母が心配そうに額に触れてくる。

「私……何日寝てたの……」

声を出すと同時に、すっと息苦しさが消えた。

白葉病の高熱の発作は、風邪とはかなり違う。

高熱と共に意識を失っても、目覚めるとすぐに身体が動く。

ただし身体そのものは以前より不自由になり、重くなっているのだ。数度目の発作以降、アリスはほとんど寝たきりである。これ以上具合が悪くなることはないはずだ、と思っていても、年々、じわじわとさらに悪くなっていく。

――本当に……身体がちょっとずつ鉛に変わっていくみたいな病気ね。

「三日くらいよ、大丈夫、大丈夫だからね」

母が水の入ったコップを差し出してくる。アリスはそれを震える手で受け取り、一口飲んだ。ようやく身体に感覚が戻ってくる。

「ありがとう……美味しい……」

「熱は下がったようね」

　母が安堵したように言った。

　アリスが熱の発作で意識を失ったときは、侍女ではなく必ず母が付いていてくれる。水に浸した布を絞って額にのせてくれるのは母だ。

「また倒れてしまってごめんなさい、お母様」

　アリスの言葉に、母が微笑んだ。

「そう思うなら、ちゃんと頑張って食事を摂りなさい」

　アリスの母は王国の五大公爵家の一つ、ロイナー公爵家の末娘である。

　公爵位を授かることができるのは、父系が王族の血を引く家柄のみ。つまり母は、とても高貴な家柄のお姫様なのだ。

　幼い頃から乳母日傘で育ち、嫁いでくるまではドレスの着方さえ分からず、着替えはすべて侍女任せ、重いものを持ったことさえなかったという。

　だが今の母は、毎日花のように着飾っていた『箱入り奥様』ではなくなった。

　娘が死病におかされたと知って以降、別人のように変わったのだ。

　自ら高熱に苦しむアリスの看護をし、徹夜で付き添ってくれる。

　真っ白だった母の手は別人のように荒れてしまった。

　アリスが別の病気に罹らないよう、消毒液で室内の掃除を欠かさないからだ。どんなに大変でも、母は決して病気のアリスの世話を人に任せきりにはしない。

そのおかげか、ほぼ寝たきりになったここ数年も、アリスの身体には床ずれ一つできていないのだ。

――こんな無愛想娘のために、申し訳ないな。

アリスの家は五大公爵家を除いた中では『筆頭』と呼ばれる高位貴族で、代々の当主が商才に恵まれたおかげで、現在は王国一の富豪でもある。

アリスは、今年十八歳になった。

この国では『患者の少ない、希少な病』とされる白葉病の末期患者だ。

十代前半で発病し、尋常ではない高熱を繰り返し出して、だんだん弱っていく。

その症状は『命を焼くような熱』とも表現される。

爪が真珠のように奇妙な白濁を見せるのも症状の一つだ。

そして発病後は三年ほどで力尽きてしまう。

アリスは十歳のときに、水銀の体温計では測れないほどの熱を出し、白葉病と診断されて、弱り切った身体を抱えて生きてきた。ずっと具合が悪い。ずっとだ。発病してから今日まで、一度も元気だったことはない。

発病から八年も生きているのは、特別な例らしい。

アリスには裕福な祖父や父の助けがあった。

症状に合わせた様々な薬を他国からも取り寄せて試し、呑み続けているおかげで、発病から八年経った今でも生きながらえていられるのだろう。

だがどんな薬も、アリスの白葉病を治すには至らなかった。

――八年。同じ病気の仲間たちに比べて頑張った……大事な家族の時間をたくさん奪って、生きてきた。治りたいのに、治らないまま。私にできるのは平気な顔だけ。

アリスは、無表情のままひっそり歯を食いしばる。

そのときだった。

「こんばんは、アリスの様子はどうですか？」

落ち着き払った男の声が響く。

父が急いで扉に駆け寄った。

「カイルダール様！　失礼を、お出迎えもせず……！」

「今日もお見舞いに来ました」

低くて優しいカイルダールの声に、アリスは扉のほうを向いた。

そこではいつもと同じ、黒ずくめのカイルダールが微笑んでいた。

黒い髪に琥珀色の目。男らしく、凜とした顔立ちの青年だ。

母方から受け継いだリンバー王国の血のせいか、くっきりした目元がひときわ印象的な美貌の主である。

『メスディアの黒薔薇』と謳われた、亡き正王妃に生き写しなのだ。

――いつ見ても、どの角度から見ても、完璧に美形なのがすごい。

幼い頃から彼を見慣れているはずのアリスですら、ともすればぼんやり見惚れてしまいそうになる。

琥珀色の美しい目で微笑みかけられて、アリスは無言で顔を赤らめた。

——私は童顔チビのままなのに、どんどん一人だけ格好よくなっちゃって、ずるい。カイだって昔は女の子みたいに可愛かったのにな。

カイルダールは十三歳でメスディア王立大学の基礎教養学部に特別入学したのち、史上最年少で医学部へと進学し、今も医学を学び続けている秀才だ。

メスディア王立大学は『人を救うは人たれ』という理念を標榜する、大陸でも有数の学府である。基礎衛生学の始祖であるトーマス・オレン博士をはじめ、様々な学術分野での傑物たちにより創設され、以降、二百五十年以上の歴史を誇っている。

——要するにお金があるだけじゃ入れない、近隣諸国から本物の才能が集まる大学。

これほどに有能で血筋が良く、圧倒的な美貌を誇る王子に、人気が集まらないはずがない。

カイルダールが公式行事に出席するたび、貴族の娘たちは彼に熱い視線を浴びせているという。

『国王陛下が第二王子殿下を遠ざけておられる話？　そんなの気にしないわ』

『どうせ陛下が亡くなったら、貴族たちが第二王子殿下を国王に押し上げるわよ』

『だって王太子殿下は貧しい側妃の子じゃない？　冴えないし、血筋も悪いし、ご実家の後ろ盾もない。私は王太子殿下には興味ないわ』

社交界の令嬢たちの評判は残酷なくらい正しい。

そのせいで『冴えない』アストン王太子はカイルダールを敵視するようになってしまい、日々、異母弟の失敗を虎視眈々と狙っている有様だという。

──ま、アストン殿下にはカイの足をすくうほどの力はないから大丈夫だけど！

カイルダールを別の意味で『狙う』人間もたくさんいる。

『病気のアリスから略奪して、自分がカイルダール様の妻になりたい』

そう公言している令嬢が何人もいることを知っている。

友人が見舞いに来て『気をつけてね』と教えてくれたからだ。

しかし、出歩けないアリスにはどうしようもない。

──みんなすごい。女の戦いという感じがする。今の私に参戦する力はないな。

「アリス、カイルダール様は貴女が眠っている間も毎日いらして、貴女に話しかけてくださっていたのよ」

母が涙で潤んだ目でそう語りかけてきた。

──ごめんねカイ。また死にかけたから大変なことになってるかな？

アリスは大きな目で、ちらりとカイルダールの様子を確認した。

「体調はどうだ？」

「さっき起きたばかりだからふらふらするだけ」

まだかすれている声で答えると、アリスを抱き起こすために枕元の席に座っていた父が、その場所をカイルダールに譲ってくれた。

そしてアリスそっくりの無表情でカイルダールに言う。

「アリスと二人でゆっくりお過ごしください、殿下。なにかあったら呼び鈴を鳴らしていただければ、妻と共にすぐに参りますので」

侯爵のことをよく知らない者ならすくみ上がるような冷淡な口調だ。父は愛想笑いすらせず、母の肩を抱き、妹と兄を従えて部屋を出ていった。

「お父様は怒ってないからね。カイが来てくれてものすごく喜んでるから。伝わってるといいんだけど」

「ああ。怒っているときはもっと怖いもんな」

カイルダールの言葉に、アリスは頷いた。

「私が倒れ……いや、寝てる間、カイは元気だった？」

「大丈夫、ありがとう。確実に君のあとを追える方法を検討して過ごしていたよ」

駄目だった。やはり駄目だった。カイルダールはアリスが白葉病になってからずっとこの調子で、一度も正気に戻らない。

――求む、この王子の心を正常にする方法……！

カイルダールの大きな手が、毛布の上に置かれたアリスの手にそっと重なる。

オルヴィート侯爵家の子供たちは『宝石』と呼ばれている。

だが『宝石』なのは、美貌の母に似た兄と妹だけだ。

アリスはきらめく宝石兄妹の後ろに隠れて、目だけギョロギョロさせている痩せこけたねずみのような存在なのである。

——よりによって、きょうだいの中で一番私が不美人なのに、カイは嫌な顔一つしないし。

「俺の未来の奥さんは今日も可愛いな」

この男は、自分の顔の良さにあまり自覚がない上に、アリスを可愛い可愛い可愛い可愛いと言い続ける謎の審美眼の持ち主なのだ。

「そう思うなら、カイの趣味が変わってるんだよ」

思わず言い返すと、カイルダールは真剣な顔のまま首を横に振った。

「今も俺に会えて、嬉しくてどうしていいか分からないだけだもんな？」

正確に言い当てられて、アリスは無言で俯いた。

——この男……私に好かれている自覚がありすぎる。

「やっと目覚めてくれた俺の可愛い眠り姫、おはよう……愛してる……」

ふと気付けば、カイルダールの美しい顔がすぐそこにあった。

——あ……！

アリスはもう何度も彼と唇を重ねている。

もちろん両親には内緒でだ。

いけないことだと分かっているのに、拒めたためしがない。

アリスは恥ずかしくなってますます毛布を引き上げた。

だが、カイルダールの手がその毛布をあっさりはいでしまう。

「こっちを向いて」

低い声で囁かれ、最後の砦だった毛布まで奪われて、アリスは真っ赤な顔でカイルダールを見上げた。

アリスの顎が大きな手で掴まれる。振り払おうと思えばできるのに、アリスはカイルダールのすることに身を委ねた。

形のいい唇が近づき、アリスの唇を奪う。

心臓の音がカイルダールにも聞こえてしまいそうなくらい大きくなる。

——わ、私は、こんな、ちっちゃくてヨレヨレの女なのに……なんで口づけなんてしてくれるんだろう……？

恥ずかしさとときめきで身体中に汗が滲む。

アリスは長い口づけの間、ずっと拳を握り続けていた。

唇を離したカイルダールが、広い胸にアリスを抱き寄せる。

「……幸せだな。俺の幸せは、君と過ごせるこの時間だ」

「カイ……」

アリスはなんと言っていいのか分からず、肩を落とした。

——カイの他の幸せは、見つからないのかな。私と過ごす以外の幸せ……。

何度も何度も繰り返した戸惑いが、アリスの胸に湧き起こる。

——私が死んだらカイはどうなるの？　人生なるようにしかならないけど、この病だけ

は憎い。だってカイを置いて死ぬなんて、心配すぎて無理……。

再び顎を持ち上げられ、唇を奪われた。

彼と唇を触れ合わせていると思うと、身体の奥がなぜかむずむずしてくる。

唇をゆっくり離すと、アリスはカイルダールの胸に顔を埋めた。

「結婚前にこんなことばかりしてたら、神様に怒られるね」

いつもは抑揚のないアリスの声が、わずかにうわずった。

「そうだな、結婚するまでは内緒でしょう」

安堵と同時に、なんとも言えない寂寥感がこみ上げてくる。

──私とカイが結婚する日なんて、来ないんだろうな。

だがカイルダールは『絶対に君の病を治してみせる』と、十二の頃から変わらずに誓い続けてくれている。

アリスの見舞いと公務、慈善活動の時間以外は、大学に籠もって白葉病の研究を続け、とうてい高貴な王子様とは思えない暮らしを送っているのだ。

──私のせいで、カイの大事な時間をたくさん、たくさん使わせてしまった。

カイルダールは今日までにも、アリスのために二つも薬を作ってくれた。

開発された薬が『人間に呑ませて良い』と認可を受けるまでとても時間がかかるのに、申し訳ないほど頑張ってくれたのだ。

病は治らなかったが、アリスの命が今日まで長らえたのは、彼と家族の愛情のおかげだ。

――もう充分だよ……カイ、本当にありがとう。白葉病が発病してから八年も一緒にいられて、私は幸せだった。だからカイには自分の幸せを真剣に考えてほしい。

もうこれ以上、彼の時間は奪えない。今回の発作で自分は長くないと自覚したからこそ、心の底からそう思う。

「あのさ、カイ……もう白葉病の研究しなくていいよ」

カイルダールに身を寄せたまま、アリスは小さな声で言った。

「どうして急にそんなことを言うんだ？」

厳しい口調で質されて、アリスは慌てて言い訳した。

「やっぱり白葉病って不治の病なんだよ。私は大丈夫。この病気と気長に付き合うから、カイは自分のために時間を使って」

「君を治す研究はやめない」

きっぱりと言われ、アリスは震えそうな小声で言い返す。

「他にもたくさんやることあるでしょう？」

「いいんだよ、君を助けることが俺の生きがいなんだから」

カイルダールがそう言って、汗で汚れた髪を指で梳いてくれる。

アリスは唇を嚙んだ。

――私は……貴方が大好きだよ。こんなになにもできない、可愛くもない私を大事にしてくれた貴方が世界で一番好き。だから……だから……もう、自由になってほしい。病気の私にしばりつけたくない。

アリスは、自分を哀れむ涙をこぼすまいとぎゅっと目をつぶる。

カイルダールの大きな手がアリスの頭を優しく撫(な)でた。

「俺は明日から医療奉仕に出かける」

「慈善活動？」

アリスはすぐに笑顔を作って顔を上げた。

「うん、王都の孤児院で感染症の子供を見て回るから、しばらくここに来るのは控えようと思う。俺が感染症をうつされていないと確認できたら、すぐにまたお見舞いに来る」

——カイはずっとずっと慈善活動を頑張ってくれている。

アリスの胸に、感謝と切なさがいっぱいに広がる。

『正王妃様に教わったように、慈善活動を頑張りたい』

それが、幼い頃のアリスの夢だった。『大きくなったら一緒に慈善活動を頑張ろう』とカイルダールと約束を交わしていたのだ。

しかし白葉病のせいで、その夢は叶わなくなってしまった。

だからカイルダールは、アリスの分まで慈善活動に励んでくれているのだ。

今のメスディア王国は、慈善活動のお手本だった正王妃を失い、以前のように貴婦人たちが貧しい人々に施しをすることが減っている。

——慈善活動の担い手は貴族の奥方や令嬢がほとんどだけど、正王妃様みたいな素晴らしい方が率先して手本を見せないと、動かないんだよね。古くからの名家は矜持を持って慈善活動を続けているけど、そんな家はごく一部だし。

アリスの脳裏に、孤児院で粗末な衣装を纏い、躊躇わずに汚れた赤ちゃんを抱き上げる正王妃の姿が浮かんだ。

正王妃は『王家は貧しい人々を見捨てない』と、笑顔一つ、振る舞い一つで国民に伝えることができる希有な女性だった。

誰もが『あんな風になりたい！』と思って当然の、最高の貴婦人だったのだ。

もちろんアリスにとっても永遠に忘れられない、憧れの淑女である。

——正王妃様のように、ぐうたらな貴婦人たちを動かせるお方は希有なんだよ……。

アリスの母は、今も多くの慈善団体への寄付を惜しんでいない。父と相談し、可能な限りの支援を続けている。それが富める者の義務だと理解しているからだ。

だが、王妃亡きあと、多くの貴婦人が慈善活動への興味を失った。

その結果、この八年で、貧民街はかなり荒れた様相になってしまったのだ。

亡き正王妃は、愚かな現国王にはすぎた妃だった。しみじみとそう思う。

——カイの気を引きたくて、慈善活動を手伝いに来るお嬢様もいるみたいだけど、看護も子供の相手もできない人ばっかりだって……しかも寄付するお金も持ってないって。それだと、申し訳ないけど、孤児院の邪魔をしに行ってるだけなんだよね……。

もどかしい。自分の病気が今すぐ治ればいいのに。

人生の半分近くを病人として過ごしたから、どう看護されたら嬉しいかは知り尽くしているし、妹とも年が離れているから、子供の相手もそれなりにできるはずだ。

少なくとも、他の令嬢のように、汚れた服の子供を嫌がったりはしない。

そう思いながらアリスは小声で言った。

「慈善活動、一緒にやるはずだったのに、カイ一人に任せてしまってごめんね」

カイルダールは微笑むと、もう一度アリスを抱き寄せた。

「いや、いつか君と一緒に活動することを想像すると必然的にやる気になるんだ。とりあえず明日から行くよ。幼い子供たちが熱を出して苦しんでいるそうだから」

「本当に無理だけはしないで」

彼は何事も無心に頑張りすぎるきらいがある。アリスが絡むと、特に……だ。

その証拠にいついかなるときも、まったく目が輝いていない。

——強くて賢い人なのに、どうしてこうなっちゃったんだろう。私の病気のせいだよね。

常に身に纏っているほの暗さもカイルダールの魅力ではあるのだが、婚約者としてはただただ心配だ。

「大丈夫だよ。じゃあ慈善活動を頑張ってくるご褒美(ほうび)に、口づけしてくれる？」

カイルダールが甘い声で囁いてくる。顔が真っ赤になったのが自分でも分かった。

「そんなご褒美でいいの？　カイは無欲だね」

余裕綽々(よゆうしゃくしゃく)の態度で答えてはみたものの、恥ずかしい。自分から口づけをするなんて恥ずかしくてたまらない。

「いや、俺は欲張りだよ。さあ」

アリスはしばし躊躇ったのち、羞恥心を乗り越えて、カイルダールの形のよい唇に、自分の小さな唇を押しつけた。

「し……してあげた……から……頑張れ」

目をそらし、真っ赤になって小声で告げるアリスの頬に、カイルダールが優しく口づけを返してくれる。やっぱりカイルダールが好きだ、大好きだ。

家族もカイルダールも、家の使用人たちも、みんな重い病気のアリスを幸せにしようと最善を尽くしてくれる。アリスはなにも返せないのに。

――困った。誰のことも悲しませずに天国に行ける方法、ないかなぁ。

そう思い、アリスは小さな唇を噛みしめた。

◆

アリスを見舞った日の夜、カイルダールは強盗現場に出くわした。

正しくは『治安が最悪な地域にわざわざ行った』のだ。

犯罪者に会ったら、今度こそ話し合いで解決しようと思ってやってきた。

だが暴力は強い。ゆえに相手は真っ先に暴力を選ぶ。

――どうして皆、話し合いの段階で刃を納めてくれないのだろう……。

周りには三人の男が倒れていた。

一人は商人風の男で、すでに事切れている。残りの二人は、金を商人から奪おうと、彼を手に掛けたごろつきだ。

カイルダールが現場にたどり着いたときには、商人はすでに首をめった刺しにされて殺されていた。

卑劣な三人のごろつきは、男の懐や持ち物を探っている最中だった。そのうち二人はカイルダールに蹴り倒され、残ったのは目の前でへたり込んでいる一人だけである。

「や、やめろ、来るな、ぶっ殺すぞ……」

男はカイルダールに向けて刃物を構えていた。

柄を握る角度が玄人だ。うっかり殺さないように気をつけなければ。

「強盗殺人をしたと自首しましょう。俺と一緒に警邏隊の詰め所に行きましょう」

この男を放置してはならない。平気で人を殺して金を奪う男だからだ。

取り逃がせばまた同じことを繰り返すだろう。

「さあ」

隙をうかがいながら歩み寄っていくと、男が耐えかねたように叫んだ。

「く、来るな！　うわぁぁぁぁっ！」

逆上した男は跳ね起き、ナイフを振りかざしてカイルダールに斬りかかってくる。

カイルダールはぎりぎりのところで男の刃先をかわす。

「は……え……？」

刃物を振り回していた男が混乱の声を上げた。

カイルダールがこの時点で『逆立ち』なのは、リンバー武術の回避の基本が『攪乱（かくらん）』だからだ。

「なぁっ!?」

逆立ちした勢いをのせて顎を蹴り上げると、男の身体が吹っ飛んでいく。蹴りを打ち込む角度も、相手が死なない程度にすべて計算済みである。

「かは……っ……」

男が、遠く離れた地面に叩きつけられる。終わった。

『相手が刃物を持っていようが鎧（よろい）を着ていようが、絶対に素手で殺せ』

それが幼少時から祖母の命令で無理やり習わされている、リンバー武術だ。

――素手っていうより……ほぼ脚だけど……。

人間は腕よりも脚の力が圧倒的に強く、上半身に弱点が集中している。

ゆえに『逆立ちを交えつつ攻撃および回避をする』のが基本だ。理屈を聞いたときは『そんな馬鹿な』と思ったが、戦ってみると実際に自分のほうが強いので納得できる。

――全員生きている……よな？　警邏隊を呼ばないと。

カイルダールは倒れた男たちを置いて、警邏隊の詰め所を目指して歩き出す。二十分ほどで『見回り中』という札が下がった、無人の詰め所に着いた。

――夜詰めの番人がいないなんて、あり得ない。でもこれが今の王都の実態なんだ。

カイルダールはため息をつき、書き置きを残した。

殺人が起きた場所と事件のあらまし。被害者の所持金を遺族に渡すように、という署名入りの書き置きだ。

書き終えて、回収してきた被害者の所持金を卓(たく)に置く。

カイルダールは無人の詰め所を出て『住処(すみか)』に向かった。

目指す先は王宮ではない。

カイルダールは王立大学医学部の研究棟で寝起きしている。

研究棟のよいところ。それは、互いが干渉し合わないところだ。

皆が皆、己の研究に没頭している。今は真夜中だ。ほとんどの者が起きて熱心に研究をしているだろう。反対に朝は皆寝ている。

変わり者で日常生活を送れない者が研究棟には多い。

『カビの培養の様子を見守っていたら一週間風呂に入っていなかった』

そんな人間ばかりだ。大学の研究棟に入って三年が経つが、未だにカイルダールの名前すら認識していない者もいる。

カイルダールも『人並みの生活』を捨てた一人だ。

母と暮らした王宮の離れに戻れば、神経の細かい兄アストンが『僕の命を狙いに来た』

と妄想に基づいた大騒ぎをするし、そもそも父のいる場所にはいたくない。

　だから社交の席には最低限だけ顔を出すが、あとはこの研究棟に寝泊まりしている。

　硬い長椅子に、いつから洗っていないのか分からないごわごわな毛布。ひげそりと数日に一度エンデヴァン公爵家の従者が届けに来る着替え。

　それからずらりと並んだ膨大な量の書類と書物と硝子瓶（ガラスびん）。そんな部屋だ。

　風呂は共同の狭くて汚い浴場があるだけ。カイルダールは不潔な浴槽を使わず、くみ置きの水で身を清めている。最初のうちは辛かったが、今はもう研究棟の寒さにも汚さにも慣れきってしまった。

　カイルダールは、アリスにはここでの暮らしぶりを隠している。

　オルヴィート侯爵夫妻は『支援するので、屋敷を借り、侍従を雇ってお暮らしください』と申し出てくれるが、無駄な支出になるので断った。

　贅沢（ぜいたく）など望んでいない。

　王家から自分に支給される金はほぼ慈善活動で使い果たしている。あとはこの研究棟に居座る家賃と、数少ない私物を買うくらいだ。

　自分の環境などどうでもいい。むしろここに住み続けて、研究が捗（はかど）るほうが望ましい。

　早くアリスを治したい。アリスが元気に歩いて幸せそうに笑っている姿が見たい……。アリスの回復を祈るオルヴィート侯爵家の皆のためにも、どうしても彼女を助けたい……。

　――アリスはまた痩せてしまった……もう白葉病の研究はしなくていいとか言い出した

し、どうすれば未来に希望を持ってくれるだろう？

カイルダールは唇を噛みしめる。

アリスがどんな気持ちであの台詞を口にしたのか。

日頃から周囲に必死に気を遣っている彼女が、どれだけ追い詰められているのか、胸が痛くて考えたくもない。

大きく息を吐き、カイルダールはベッドに横たわった。

投げ出された足のつま先を見る。

右足の小指の爪だけわずかに白い。とはいえ、教えられなければ分からないほどの、うっすらした白さである。

これは、十歳の頃に高熱を出し、白葉病と誤診された病の名残だ。水銀の体温計では測れないほどの熱を出して昏倒した、そのときに白くなった爪である。

母曰く『意識がない間は、手の爪もはっきり白くなっていた』らしい。だが、母が亡くなった今、真実は確かめようがない。

——確か父上が送りつけてきた薬を呑んだら治ったんだよな。でも父上が俺を助けた理由も微妙だったし……あれはなんだったのかな。

もちろん、父に『あのとき俺に呑ませた薬をアリスにも分けてほしい』と何度も頼んだ。だが父の答えは『お前に与えたのはただの熱冷ましだ』の一点張りなのだ。

その点でも、自分が白葉病だったのかどうかは、確信を持てない。

だからアリスには白葉病に似た病になったことを一度も話していない。

今では、自分が罹ったのは風邪の一種だろうと思っている。

――アリスを治す方法があるのなら絶対に知りたいのに……。

そう思いながらカイルダールは目を閉じる。

うとうとしていると、脳裏に、祖母と母の顔が浮かんだ。

『グレイシア、いい加減になさい。私はお前を甘やかしすぎてしまったようね』

『お母様、もう許して』

祖母はリンバー王国の第一王女である。異国の、しかも公爵家ごときの夫人に収まったことを未だに屈辱に思っている女性だ。

リンバー王家の血で血を洗う内紛を逃れ、メスディア王国に亡命してなんとか救われた身なのに、未だに『支配者』であろうともがき続けている。

『邪魔者は殺しなさい、グレイシア』

『嫌……お母様、恐ろしいことを仰らないで……』

『あの愚かな王と愛妾親子を殺して、カイルダールを王位に就けるのです！　私の娘ならば、あの三人くらい殺せるはずですよ』

――母上、泣かないでください！

カイルダールは必死で叫ぶ。だが夢の中の母には声が届かない。

『嫌です！　私はただ穏やかに暮らせれば、それだけで……あぁ……！』

母の切れ切れの悲鳴が聞こえた。王宮に押しかけてきた祖母が母を殴打しているのだ。

――お祖母様は昔も今もお元気だ。自分の娘が死んでも涙一つ流さなかった。

『カイ、私は貴方と一緒に静かに暮らせればいいの』

『安心してください、母上。僕が強くなって皆を殺します』

『カイ！　馬鹿なことを言わないでちょうだい！　そんなことをしたら、貴方はアリスと一緒にいられなくなるのよ』

『でも、ソフィ妃もアストン兄上も、いるだけで母上を苦しめているではありませんか』

母が震える細い腕を伸ばしてくる。

『そうだとしても……人を殺しては駄目なのよ……』

ドレスの下は祖母の暴行で痣だらけなのだ。母は、入浴を手伝わせる侍女に高い給金を払い、口止めをしている。

賢く気高い王妃を演じるために。

見えない部分にどれだけ傷を負っていても、常に美しく装うために。

それが『王族』の務めだからだ。王族であるということは、なんと辛く息苦しいことなのだろう。

亡くなる直前の母が訴えていたのは、父の側妃ソフィへの嫌悪だけだった。

『陛下はどうしてカイを無視なさるの？　あの女がいるから？　あの女のせい？』

『もう嫌……あの側妃が嫌……話しかけられるのも嫌よ……！　息子を王太子にしても

らったのだから、もういいでしょう？　私になにがしたいというの……！』

あの頃の母はもう、自分の傷ついた心を支えるので精一杯だったのだろう。

父に殴られ、武術の特訓で傷を負い、毎日怪我ばかりのカイルダールの手当てすらしようとしなかった。侍女さえも側に寄せず、息子の側で己の人生を嘆くだけになっていた。

――アストン兄上が王太子にならなければ、母上はこんなにも傷つけられずに済んだのだろうか。

壊れる前の母ならば、こんなことはなかった。誰よりもカイルダールを案じ、真っ先に傷ついた息子に手を伸ばしてくれただろう。

そう思うだけで悲しくて悔しくて、胸が張り裂けそうだった。

母をこんなに追い詰めた血族たちをただ憎いと思った。

――だけど、僕が強くなって殺してあげるんじゃ、駄目なんだ。それではますます母上を悲しませてしまう。だって僕は『廃嫡された王子』なんだ。王子の地位まで失うわけにはいかない。そんなことになったら、アリスとの婚約まで……。

虚ろに見上げた天井が、染み一つなく真っ白だったことを思い出す。

ごぼごぼと耳障りな水音が聞こえる。

いつの間にか、カイルダールは深く淀んだ池に落ちていた。王宮の森の奥にある、自然のままの池。あの日、母が『浮いていた』池だ。

『私は知らない！　あんな女、私となんの関係もない！』

母の叫びが聞こえる。

——行かないで、母上、母上！

最後のほうは、実際に声に出していたのかもしれない。ぼんやりとした灯りの中で、カイルダールは額の汗を拭う。

明け方だ。カイルダールは重い身体を起こし、医療用の鞄を開けた。

今日からの医療奉仕で使う薬品の準備を始めよう。

『大人になったら、正王妃様みたいになりたいな。一緒に慈善活動を頑張ろうね！』

アリスが見ていたのは、母の輝かしく美しい面だけだ。

幼い頃の彼女は、いつも言っていた。正王妃様みたいな立派な貴婦人になりたい、芸術や福祉の支援をしたいと。

母の死から八年が経った。アリスと二人で一緒にたどるはずだった未来を、カイルダールは一人で歩き続けている。

どうしようもなく寂しい。この寂しさが永遠のものになることを想像するだけで、真っ暗な穴に落ちていくような気分だ。

——いや……寂しいなんて思わない。どんな未来が待っていても、俺はずっと君の側にいる。最後まで君から離れたりしないから。

カイルダールは滲み出す暗い思いを振り切り、再び今日の準備に没頭し始めた。

第二章

翌朝。

「おはよう、お姉様」

明るい妹リエナの声に、うとうとしていたアリスは顔を上げた。

「はい、これ『レディ・マリエール』が出てくる小説。お姉様も読んで？」

寝起きに唐突に本を突き出され、アリスは目をこすりながら尋ねた。

「ふぁ……レディ・マリエールって誰……？」

「知らないの？　あのね、この小説、すっごい悪女が出てくるって有名で、今メスディア王都で一番売れてる大人気作品なの！　ずっと女性向けの大衆誌に連載されていたんだけど、それがこうして一冊の本に纏まったのよ！」

アリスはリエナの差し出す、桃色の可愛い装丁の本を受け取った。

タイトルは『自由な悪女と可哀想なお嬢様』。女性向けの恋愛小説のようだ。

「『レディ・マリエール』っていうのは、この本に出てくる悪女なの。お姉様みたいに王子様と婚約してるんだけど、王子様が片思いをしてるヒロインをいじめにいじめるのよ」

「もう百冊くらい読んだよ、そういうの」

　素直にそう答えると、リエナは首を横に振った。

「それが、すっごいんだから！　とにかくやることなすこと本当に悪女だし、王子様に何度邪険にされても『あらそう』って動じないし、最後は好き勝手した挙げ句『お拾いあそばせ！』って言ってお金をばらまいて、海外の宝石鉱山王に嫁いでいくのよ！」

　――訳が分からない。どんな本なの？

　アリスは息を呑み、手元の本を見つめた。

「とにかくお姉様もその本を読んで」

「暇なときにでも見てみるね」

「駄目！　すぐ読んで、そして私と『レディ・マリエール』の話をして！」

　末っ子ならではの自己主張の強さで、リエナがアリスの言葉を遮った。

「わ……分かった……貴女ほど夢中になるか分からないけれど……」

　そう答えて、アリスはとりあえずその本を預かった。

「読まないの？」

　リエナがアリスににじり寄りながら尋ねてくる。

　――い、今すぐ読まないと駄目なの？

　アリスは諦めて、本をめくり始めた。冒頭は大人しい令嬢が王子様と出会うところから始まる、なんの変哲もない恋愛小説である。

――こういうの何冊も読んだのに……あ、もう悪女出てきた……。

そのときノックの音と共に、母が侍女を連れて入ってきた。

「アリス、気分はどう？」

「大丈夫よ」

生返事しかできなかった。

なぜなら、アリスがめくっていたページに、強烈な悪女『レディ・マリエール』が出てきて、高笑いと共に、ヒロインにばらまいた金貨を拾わせていたからである。

その場に立っている王子様は無視で、彼女はこう言い放つ。

『お父様が事業の失敗で借金なさったんですって？　これ、あたくしからのお見舞いでしてよ！　どうぞお拾いになって』

――な、な、なに、この女……！

アリスは貪（むさぼ）るようにその本を読みふける。

夢見るお嬢様向けのふわふわした恋愛小説だろうと高をくくっていたのが嘘のようだ。

ヒロインと王子様の恋愛は比較的どうでもいいのだが、悪女の行動がすごすぎて目が離せない。

王宮のパーティーで侍従からワインボトルをひったくって王子の頭にワインを浴びせる『レディ・マリエール』。

理由は、婚約者の王子が、ヒロインをエスコートしてパーティーに現れたからだ。

『マリエール、お前のような女と違って、彼女は天使なんだ！』

その台詞が終わると同時に、『レディ・マリエール』は王子様の美しい頭にワインを注ぐのである。

そしてこう言い放つのだ。

『寝言かしら？　なら頭を冷やして差し上げてよ。目が覚めて？』

気に食わないことがあれば、その場で怒る『レディ・マリエール』が小気味いい。

――無愛想とか無表情とか言われて、一人でじんわり傷ついている私とは全然違う。

人間性も、言動も、間違いなく最悪なのに、アリスは気付けば、作品の中の『悪女』を全力で追いかけていた。

その日の夜、アリスはようやく『自由な悪女と可哀想なお嬢様』を読み終えた。

――す、すごい。すごすぎる。なんて話なの……！

今でも『レディ・マリエール』の強烈な悪女ぶりに頭がしびれている。

この本を読んだ上流階級の夫人や令嬢が、軒並み夢中になったのも頷ける。

とにかく『レディ・マリエール』は、やることなすこと我が儘で悪辣で意地悪で、思ったことは全部口にする女なのだ。

しかもやたらと金貨をばらまいて人に拾わせるのがすごい。お金を投げるなんて発想は、これまでの人生において、アリスにはまったくなかった。

――悪女が王子様に振られるのは恋愛小説の『お約束』だけど、『レディ・マリエール』

には悲壮感が皆無。最後も『彼女は好き勝手をして去って行きましたが、誰よりも幸せそうでした』で終わり。初体験の余韻だよ、ある意味感動し……ん？

　ふと恐ろしいことを閃（ひらめ）いてしまった。

　アリスはまばたきもせずに考える。

——仮に……だけど……私が『レディ・マリエール』のような悪女になったら、誰も私を『可哀想』なんて言わないかもしれない……？

　己の発想に、アリスはしばし放心した。

——私が『レディ・マリエール』並みの悪女に……。

　荒唐無稽（こうとうむけい）だと何度も思い直したが、アリスの直感は『これだ！』と告げている。

　アリスは両手で握りしめたままの本を凝視した。

——私が、強烈な悪女になったら『好き勝手して天国に行ったけど、本人は幸せだったんだろうな』と思ってもらえるんじゃない？　誰も悲しまないよね？

　高笑いしながら『レディ・マリエール』のような傍若無人（ぼうじゃくぶじん）さを発揮（はっき）する自分を想像し、アリスはごくりと息を呑む。

　カイルダールとは、自分で言うのもどうかと思うが、相思相愛だ。

　もしこのままアリスが世を去ったら、カイルダールは……想像するのも怖い。

——カイって、完璧な王子様なんだけど、なんかこう、危なっかしいのよね。私のためにお医者様にまでなっちゃって。『そこまでしなくていいんだよ』が通じない。真面目な話、私が死んだあと、本気であとを追ってきそう。どうしよう。

だが、その深く濃い愛も、アリスが『悪女』になったら続かない可能性がある。

突然アリスが小銭をぶん投げて『おほほほほほ！　お金よ！　ほしければ這いつくばってお拾いあそばせ！』などと言い出したら、愛は終わる……かもしれないのだ。

しかも、あっちから『もう好きにしてください』と思われる形で。

カイルダールのほうには未練がまったく残らない形で。

――うん。私が悪女になったら、カイの愛が冷めるかも。そうすれば、カイは私のあとを追って死ぬ……なんて、末恐ろしいことも考えなくなるだろうな。今日から悪女になってみようかな、私。

リエナに貸し与えられた大衆小説は、まるで天啓のようだった。

思いついたらもう、自分を止められなくなってきた。

――よし！　ちょっと、悪女になってみよう。まずは、ドレス……かな？　お父様が勝手に作らせて失敗した、お母様の紫のギラギラのドレスがあったはず。

心に決めたアリスは全身の力を込めてよろよろとベッドから降りた。

――いざ！　衣装室に！

行こうと思ったのだが、五分もしないうちに瀕死の状態でベッドに戻ってくる羽目になった。

――だ、だめ……むり……無理……っ……『レディ・マリエール』のようなド派手などドレスを着るのは……無理……。

歩けない。自室の扉までたどり着き、このままでは行き倒れると断念して戻ってきた。

十分くらい横たわってぜえぜえしたのち、アリスはもう一度枕元の本をめくった。

何度読んでも強烈に面白い本である。

――よし、この本の『レディ・マリエール』の行動を参考に、カイに強烈な悪女の振舞いを見せつけよう……。

アリスは覚悟を決め、弱々しく拳を握りしめた。


翌朝、さっそく『本の感想』を聞きに来たリエナが、アリスの髪を悪女風に巻いてくれることになった。

ベッドに座ったアリスの髪を一生懸命弄(いじ)っている。

すっかり『レディ・マリエール』に感化されているリエナは、母に『子供らしくなさい』と怒られても、目を盗んでは髪を巻いているのだ。

――最近髪がくるくるだと思ったら、この本のせいだったのね。

つまり、今日は姉妹お揃いの髪型なのである。

「やっとできたわ！　もう、お姉様の髪、全然癖が付かなくて大変！」

「ありがとう」

手にした鏡には、もとからふわふわの髪を綺麗に巻いた美少女の妹と、寝癖さえ付かない直毛を無理やり巻いてグルングルンの髪型になった自分が映っている。

──なんだこの、ホラ貝みたいな頭……。

「お姉様も、『レディ・マリエール』になりきりたいのね、私と一緒、うふふ」

リエナが笑った。まさか『リエナが想像する以上に感化されすぎて、自分も悪女になる計画を立ててしまった』とは言えない。

アリスは適当に誤魔化しながら答えた。

「あ……えっと……強くて元気が出そうだよね……彼女の真似すると」

「そうよね、嬉しい！　私で良ければいつでも髪を巻くのを手伝うわ、お姉様」

リエナは可愛い笑顔のまま、ぎゅっと抱きついてきた。

──十三歳にして私よりも背が高い。うらやましい。

だが、こうして可愛い妹を『悪女計画』の共犯にするのも気が引ける。気が引けるが。

──私は悪女なんだから、共犯者くらい平気で作る！

悪女の嫌がらせと言えば、虫だ。虫を服にのせてギャーッと叫ばせるあのいじめ。常に目に光がない彼も、きっと虫は怖いに違いない。

心を鬼にして、アリスはリエナに言った。

「昆虫を採りに、お庭に連れてって」

「嫌」

唯一の共犯者にいきなり断られてしまった。

「いいでしょ、虫採りくらい付き合って」

「虫なんて触りたくないわ！　お姉様は蛾（が）やカマキリやカナブンを持てるの？」

「無理。だから代わりに、リエナに採ってもらおうと思ったの」

「絶対嫌！　私も無理！」

リエナが頑（がん）として首を横に振る。

「じ、じゃあ、自分で……採る……っ……！」

言っている最中に、身体がガタガタと震え始めた。羽音を立てて飛ぶ虫を想像しただけで全身から血の気が引いていく。虫は大大大大大嫌いなのだ。

「お姉様！　ちょっと、大丈夫？」

「むむむ虫くらいじじじ自分で」

子供の頃、服に巨大なカブトムシが止まったことを思い出す。

自分があのおぞましき存在を手にすると想像しただけで、気が遠くなってきた。

「横になって！　早く！」

言いながらリエナが呼び鈴を鳴らす。

毛布の中に押し込められると同時に、母がすっ飛んできた。

「どうしたの、アリス、真っ青じゃないの！　リエナ、侍女頭に主治医の先生をお呼びするよう伝えてきて！」

大騒ぎになってしまった。アリスは半ば気を失いながら考える。

——生の虫は……無理だな……。

朦朧（もうろう）としながら、虫作戦は難しい、と考える。

だが、まだ諦めては駄目だ。なんとしてもカイルダールに悪い女だと思われて、距離を置いてもらわねばならないのだから。

——そうだよ、悪女として強くならなきゃ。

アリスは何度もまばたきをして、滲んでくる涙を誤魔化した。

孤児院での奉仕作業が終わった。『夜の見回り』も終わった。

『第二王子様　私たちの病気を手当てしてくださり、ありがとうございました』

カイルダールは子供の文字で書かれた手紙を畳（たた）み、引き出しにしまう。

一生懸命文字を習って、小さな手で書いてくれた手紙だ。

今度アリスを見舞うときに持っていって、読ませてあげよう。きっと慈善活動が順調なことを喜んでくれるはずだ。

——たぶん……誰かの役に立ってる……んだろうな、俺も。

カイルダールはぼんやりとそう考えた。

自分のことを偉いとも素晴らしいとも思わない。

アリスはそんなカイルダールのことを『穴が空いてる』と言う。

うまい表現だ。自分でもそう思う。この穴はいつどうして空いたのだろうか。

王族の最大の義務は『メスディア王国に奉仕すること』だ。

またメスディアの国法により、王族はいかなるときも『国政』を最優先するよう定められている。よって王族のカイルダールは営利活動が一切認められていない。『ただ働き』を積極的にせねばならない立場なのだ。

父王からは近年、完全に無視されているものの、カイルダールは国の法律に則り、第二王子としての収入を『王子手当』として受け取っている。

カイルダールは自分の足で貧者の間を回る傍ら、その手当のほとんどを、王国内の貧困地区のための治水工事費や開拓費として寄贈している。

すべて、亡き母の慈善活動を継いで行っているものばかりだ。

そのため、自分のために使えるお金はほぼない。遊びも贅沢も一切していない。

カイルダールは冷水が滴る髪を拭い、机の前の椅子に腰を下ろした。

――いいんだ、俺は、アリスが喜んでくれればそれで……。

脳裏に幼い頃の自分が浮かぶ。祖母に怒鳴られ、父に殴られて、カイルダールはいつも萎縮していた。

アリスが訪ねてくれる日だけ笑えていたのだ。彼女が来ない日は、ひたすら感情を消して石ころになろうとしていた。

顔を見れば暴力を振るってくる父。

自分の考えだけを押しつけてくる尊大な祖母。

我が強い母親に振り回されている気弱な伯父。

そしてぼろぼろに壊されてしまった母……。

寄り添ってくれたのは幼いアリスだけだ。

母の葬儀の日、周囲の大人たちは、深手を負い池で溺れ死にかけたカイルダールに、次々に自分の都合を押しつけてきた。

『グレイシアが亡くなった今、お前にはより強い後見が必要です。今の婚約を破棄して、リンバーの王女を娶りなさい。王に重要なのは高貴な血統なのよ。いくら金があろうとも侯爵家の娘など血筋が劣ります。それに我が母国リンバーの王族の後押しがあれば、アストンなど簡単に蹴落とすことができるはず』

祖母の声が突き刺さる。保護者であるはずの伯父は、うつろな目で突っ立っているだけだ。愛する自慢の妹の自死が衝撃的すぎて、なにもできないのだろう。

――俺は母上をこんな目に遭わせた人間を、全員許さない。

うつろな目をしたカイルダールに、次々に『蟻』がたかってくる。

『カイルダール様、これからも我が音楽団に支援を続けていただけますでしょうか』

『カイルダール様、亡き王妃様へのお気持ちを、我が社の雑誌に発表されませんか』

『カイルダール様、今後もぜひとも我らが福祉団体にご支援をお願いいたします』

あらゆる声がカイルダールに突き刺さる。

――痛い……痛い……痛い……皆……殺して……や……！

そのとき、理性も言葉も失いかけていたカイルダールを、駆け寄ってきたアリスが庇ってくれたのだ。

『やめてください、カイは大怪我をしているんです！　今のカイにそんな話をしないでください！』

『お前はオルヴィート侯爵家の娘ね。出過ぎた真似を。己の立場を心得なさい』

カイルダールの祖母に叱責されても、アリスはひるまなかった。

『無論、心得ています、大奥様。私は侯爵家の娘で、エンデヴァン公爵家のご厚意でカイルダール様の婚約者に選んでいただいた立場にすぎません』

毅然と答えたアリスの態度に、さすがの祖母も口を閉ざした。

『ですが、今日は正王妃様のお弔いの日です。どうかカイルダール様に、静かにお母様を見送らせてあげてください。一生に一度しかない大切な時間なのです』

カイルダールに群がろうとしていた大人たちは、幼いアリスの正論に気まずげに俯き、ごにょごにょと言い訳をしながら散っていった。

アリスを最後まで睨み付けていたのは祖母だけだ。

だがアリスはひるむことなく、美しく背筋を伸ばすと、祖母に向かって優雅に一礼してみせた。

『ご理解くださってありがとうございます、大奥様』

十歳の子供とは思えない、見事な態度だった。

幼いアリスにそう言われては、さすがの祖母も弔問客たちの前で『娘の葬儀など知ったことではない』と喚き散らすことはできない。

アリスは、そのことを正確に把握していたのだ。

『……お前たち、グレイシアに最後の花を手向けてあげてちょうだい』

祖母は吐き捨てるように言った。

その目には『娘は使えない道具だった』とはっきり表れていた。カイルダールは祖母から目をそらし、アリスをそっと抱擁した。

勇敢で優しいアリスがいてくれたから、カイルダールは生きてこられたのだ。あのときほどそう実感したことはない。

『カイ、大丈夫？』

腕の中のアリスが小声で尋ねてくる。抑揚のない澄んだ声。どんなときも誠実にカイルダールを包み込んでくれる優しい声だ。

『危ないよ、アリス。お祖母様にどんな難癖を付けられるか分からないのに』

背後に祖母の視線を感じながら、カイルダールは囁き返した。

『大丈夫。マナーはお母様と先生がしっかり教えてくださったから』

淡々とアリスは言うが、抱きしめた身体から震えが伝わってくる。

あんな風に挨拶（あいさつ）するなんて、人見知りのアリスには怖かったのだ。だが、カイルダールを守るために、勇気を振り絞って祖母の前に飛び出してくれたに違いない。

カイルダールの婚約者は世界で一番優しい女の子だ。

――君は、俺に恩着せがましいことなんて、一度も言わなかった。

アリスは染み一つない、清らかで優しい心の持ち主だ。あんなに綺麗だから、神様はアリスを連れていこうとしているのかもしれない。

カイルダールの胸の中で、濁（にご）った水面が揺れる。優しい母を呑み込んだあの池の水だ。

そのとき、無遠慮に扉が叩かれた。

「王子様くーん、王子様君！　お金ちょうだい！」

――っ……！　また来た……。

カイルダールは夢から覚めて、目を開けた。

時間も場所もわきまえない明るい声の主は、同僚のグリソンだ。薄い壁を隔てた隣部屋の住人で、基本、金の無心（むしん）のときしか部屋からは出てこない。

グリソンは年齢不詳の医学博士である。

ここの住人たちは他人に興味がないため、誰に聞いても『グリソンがいつからこの研究棟にいるのか知らない』と答える。

王立大学医学部からも、グリソンが何者なのかは特に紹介されていない。

だが、カイルダールの知る限り、グリソンを超える医学知識の持ち主はいない。どんな難しい質問をしても、即座に正しい答えが返ってくる。有能なのである。

その代わり『ここの研究者は変人揃い』の例に漏れず、グリソンも変人だ。優秀なのだから働け、と言っても『働きたくない！』の一点張りで労働はしない。

これだけの才能と腕があれば、どんな大病院でも製薬会社でも一線級の医師としてやっていけるのに、本人にまったくやる気がないのだ。金の無心だけはマメなのに。

「この前お渡ししましたよね？　即効性の解熱剤の代金を」

カイルダールは扉を開け、グリソンを招き入れる。灰色の目と髪をした男が、愛想良く笑いながら答えた。

「あー、あのお金、陸揚(りくあ)げされた深海魚を買うのに使っちゃったんだ」

グリソンは常に『六十七』と書かれた樹脂の手袋を嵌(は)めている。

――なんなんだろう、この番号。変なこだわりがあるよな、グリソンさんって。

実験の合間にいちいち外すのが面倒だと思っているうち、身体の一部のようになってしまったのだそうだ。いかにもこの研究棟の住人らしい逸話(いつわ)である。

「どうして深海魚なんて買ったんですか？」

「好きだからだ。お金ちょうだい」

「働いて稼いでくださいと言いましたよね？」

「嫌だ！」

なぜ自分はこの男の面倒を見させられているのだろう。カイルダールは遠い目になる。

「なら新作を売ってあげようか？　なんと、血液から検出されないしびれ薬だよ！」

「え……っと……必要ありません」

一瞬『見回り』の役に立つかな？　と思ったが、いらないなと思い直した。

「うちの大学の創立理念でしょ、『人を救うは人たれ』ってのは」

「グリソンさんに言われたくない……かな……」

相手をするのに疲れてきた。

「では、熱冷ましの薬をあと百人分お願いします」

「金貨何枚くれる？」

「ちゃんとした品なら、十枚お渡ししますけど」

「お！　頑張る！」

言うなり、グリソンは部屋を飛び出していった。

――扉くらいは閉めていってほしい。

眉根を寄せながら部屋の扉を閉め、施錠（せじょう）する。

疲労を覚えたカイルダールは長椅子に横になり、再び目を閉じた。

◆

カイルダールが最後にアリスを見舞ってから、六日が経った。

病児の慰問をしたあとのカイルダールは、アリスのもとに感染症を持ち込まないよう、しばらく訪問してこないのだ。

――大変な作業よね。お医者様の卵として、孤児院の子供たちの流行病を治療して回るなんて。

カイルダールを誇らしいと思う反面、心配になる。

彼は自己犠牲的すぎるきらいがあるからだ。王子様の特権など一切使おうとせず、ひたすら自分をすり減らすような生き方をしている。

――私が『私の分も奉仕活動をお願い』なんて頼んじゃったんだけど……少しは自分の幸せのためにも時間を使ってほしい。大丈夫かな、だめだ、カイを一人で置いていけないよ。

このところ、同じことを考えては一人で泣いてばかりいる。

『必ず君のあとを追うから大丈夫だ！』と力強く約束してくれる男は、まったく大丈夫ではないのだ。

普段は優しいけれどこのことに関しては話が通じず、どうすればいいのか分からない。

――だから、こうやってめそめそしてる時間が無駄なのよ！　私は、鋼（はがね）の心を持った悪女になるしかないでしょ。自分のためにも、カイのためにも。

アリスは、今日も巻いてもらった髪を崩さぬようベッドに横たわり、リエナに借りている小説をパラパラとめくる。

そういえば、起きて本を読んでいられる時間が増えた気がする。普段は冊子を支えていることすら苦痛だったのに。

――虫作戦……やっぱり難しいな。あれを素手で掴めるなんて、『レディ・マリエール』はなんて強いんだろう。

あれからひたすら『私は虫に触れる！』と自分に暗示をかけて過ごしたが、巨大な蛾の羽音を思い出すだけで意識が遠のくだけだった。

もし虫に遭遇しても、袋に入れて捕まえておくなどアリスには不可能だろう。

――あ、そうだ、手作りの虫はどうかな？

幸い裁縫は大得意だ。今はいつになく元気なので、ベッドの上で休み休み針仕事をするくらいなら、まだできるはずだ。

手作りの蜘蛛かなにかを作って、カイの服に入れる。

そうすれば彼もアリスのことを『ひどい女だ』と思うかもしれない。

――これで……悪女と思われる……かな……？

さっぱり分からない。悩みすぎてなにもかもが分からなくなってきた。

――迷っている暇があったら、手を動かしたほうがいい。とりあえず誰かに裁縫道具と材料を持ってきてもらって、なんか気持ちの悪い虫を作ろう。

そう思い、アリスは呼び鈴を鳴らした。真っ先に心配性の母が飛んでくる。

「どうしたの、アリス？　あら！　今日もまたその髪型にしたの？　せっかくお父様に似てさらさらの美しい髪なのに、どうしてそんな風に巻くの？」

服装にうるさい母がアリスの巻き髪に目を留め、眉根を寄せる。

「お洒落すると、少し元気が出るから」

いつかは髪が馴染んで綺麗な縦巻きになる、そう信じたかっただけだ。現実は相変わらずグルングルンでホラ貝そのものだが。

「そう、元気が出るというのなら仕方がないわね……」

母は渋々認めてくれた。

「あのねお母様、久しぶりにお裁縫をしたいの。地味な色の布と裁縫道具を持ってきてくださる？」

「なにを作るの？」

「カイにあげる物」

「そう、それは素晴らしいわ！　疲れたらすぐにお休みするのよ」

母はアリスの額に口づけると、足早に部屋を出ていった。しばらくして戻ってきた母の腕には、美しい青や緑、銀色などの高そうなはぎれが山と抱えられていた。

「お父様の上着を作るために取り寄せた生地見本よ。どれも良いお品だから、カイルダール様の小物にはちょうどいいんじゃないかしら」

——……虫っぽい色がない。

母は裁縫道具を枕元の机の上に置くと、アリスの膝の上に色とりどりの美しい布を広げてみせた。虫っぽいどんよりした生地を探したが見当たらない。

お洒落好きの母が、最愛の夫のために選んだ生地だから当然である。

「もっと地味な……あの……虫……じゃなくて、茶色っぽい生地はある？」

「ないわ」

即答されて、アリスは諦めて青い布を手に取った。無地だったからだ。

「それにするの？　そうね、青のベルト飾りなんて殿下の黒いお召し物に映えるわね」

「いや、私、ちょっと斬新なモノを作るつもりだから」

「あら！　なにかしら、楽しみね。だけど無理はしないのよ」

母はアリスの頭を撫でると『他に必要な道具があったら呼びなさい』と言い、残った端切れをかき集めて部屋を出ていった。

――この青い絹の生地で虫を試作しよう。

アリスは具体的な虫を思い浮かべようとした。だが、大嫌いな虫などしっかり見たことがないので、どんな姿だったか思い出せない。

――蜘蛛にしようかな。蜘蛛って脚何本……？　二十本くらいかな。

困り果てたままアリスはとりあえず手を動かし始めた。

これがうまく作れたら、一番虫っぽい色の生地で本番を制作すればいいのだ。

「いたっ！」

久しぶりの裁縫なので手元が怪しい。もう少し体調が良かった昔は運針も軽やかだったはずなのに、指に何度も針を刺してしまう。

だが、血が滲んだのに、傷がない。

――あれ……？　私、針刺さなかったっけ……？

不思議に思うが、やはり傷はない。

目に見えないほどの小さな傷だったのだろうか。考えたがよく分からなかった。滲んだ血もほんの少しで、乾いたらあっという間に目立たなくなる。

――身体が重くて集中できないみたい。気をつけながら作業しよう。

そして、試行錯誤すること数時間、休み休み頑張ったおかげで『なにか』ができた。

――……なにこれ。

でき上がったのは蜘蛛ではなく『無数の脚で自立する青い針山』だった。

ただひたすら見た目が異様な物体である。青光りする見事な絹地が、異様さに存在感を添えていた。

――なんか……ツルッとしてて虫より気持ち悪……。

そう思ったとき、扉が叩かれた。

「アリス、カイルダール様がお見舞いに来てくださったわよ」

弾んだ母の声が聞こえる。

アリスは大慌てした。まさか今来るとは思っていなかったからだ。

「待って！　あっ……あっ、えっと、どうぞ！」

アリスは慌てて謎の物体を両掌で挟み込んだ。

「事前の約束もなくごめん。どうしても会いたいと思っていたら、たまたま福祉団体との会議が延期になったんだ」

カイルダールが入ってきた。その後ろに両親と兄と妹が控えている。

オルヴィート侯爵家では、いつも彼を在宅中の家族が総出で歓迎するのだ。

「ねえ、アリス、貴女、あれはできたの？」

母が『わくわくを押し隠せない』という顔で尋ねてくる。

――お母様……。

超お嬢様育ちの母は、贈り物を人前で授受したり、させたりするのが大好きである。

贈り物をもらった人が大袈裟(おおげさ)に喜び、くれた相手に抱きついて、それに皆で拍手をする。

そんな貴族社会の『仲良し社交』を当たり前に見て育ってきたからだ。

娘と婚約者にもそれをやってほしいのだろう。

肝心の娘が普段寝たきりだから、なおさら張り切っているに違いない。

「え……あ……できたけど……」

答えたあとに、アリスは『おバカ！』と自分を叱りつけた。

今日は不調で、まだ全然できていないと嘘をつけば良かったのに。

――え……これ……家族の前でカイに渡すの……？

青ざめるアリスに、カイルダールが嬉しそうに尋ねてきた。

「なにか作ってくれたのか？」

「え、あ、えっと……あんまりうまく作れなくて……」

「見せてくれ」

カイルダールに微笑みかけられて、アリスは青ざめたまま掌の中に隠していた謎の物体を差し出した。

「あら、素敵な……」

社交の達人である母が絶句する。娘が作ったものがなんなのか分からないのだろう。

父も兄も妹も、アリスの掌にある物体を凝視している。

――最悪。

ぎゅっと目をつぶったとき、不意にカイルダールが言った。

「最高だな、ありがとう」

「え？」

「嬉しい、俺のために作ってくれたんだな、アリス」

カイルダールはそう言うと、アリスに歩み寄りそっと頬に口づけをしてくれた。

娘の作った謎物体を凝視していた母が、はっと我に返り、笑顔で拍手を始める。

呆然としていた他の家族も、母に合わせて拍手をし始めた。

「あ、あの、カイにはこれがなんだか分かる？」

「もちろん分かるとも」

――？　……？

頭の中が疑問符で埋め尽くされていく。家族が口々にアリスが作った謎の物体を褒め称え始めた。

「喜んでいただけて良かったわね、アリス」

「お姉様、縫い物が早くてすごいわ！」

「よく頑張ったな、いいでき映えだ」

「今度兄様にも作ってくれよ」

――みんな適当なこと言わないで……！

大きな目をギョロギョロさせているアリスの前で、カイルダールが大切そうにそれを懐にしまい込んだ。

「少しアリスと二人で話をしても大丈夫ですか？」

「ええ、もちろんですわ」

カイルダールの問いに母が優雅に頭を下げ、父と頷き合った。

「では私どもはしばし席を外しますので、なにかありましたらお呼びくださいませ」

家族がアリスの部屋から出ていく。アリスは普通に椅子を勧めそうになり、慌てて己に言い聞かせた。

――違う！　私、今日から悪女になるんでしょ？　カイに冷たくしなきゃ！

アリスはぷいと顔を背ける。

カイルダールはベッドに腰掛け、アリスに言った。

「贈り物をありがとう、アリス。こんな出迎えをされたら嬉しいに決まってる！　どうしたんだ？　この髪型。初めて見た。可愛いな」

直毛に戻ろうと渦巻くホラ貝頭を撫でて、カイルダールが微笑む。

「……リエナに巻いてもらったの」

「可愛いよ。髪が渦巻いていているだけで、いつもと違って全体的に大きく見える」

「それ褒めてる？」

褒めようがないという気持ちは分かるが、聞かずにはいられない。

「もちろん褒めてるとも。綺麗にして俺を待っていてくれたんだな」

熱烈な口づけの雨が頬に降ってきた。身体中が熱くなってくる。

カイルダールは口づけを終えると、懐から『アレ』を取り出し、しげしげと眺めた。

「アリスが俺のために作ってくれたなんて」

掌に謎の物体をのせてカイルダールが微笑む。完璧すぎる王子様の笑顔と、彼の手の中の『無数の脚で自立する針山』が釣り合わないことこの上ない。

「あの、それ、なんだと思う？」

アリスは恐る恐る問う。

「俺、かな」

そうでなくても壊れ気味なのに完全に壊れたのだろうか。慌ててアリスは尋ねた。

「え？　なに？　なんて言った？」

「この作品は、アリスから見た俺だろう？」

「これが!?　違う！　蜘蛛なんだよ！　実は！」

　正直に告白したが、カイルダールは特に動じた様子はなかった。

「そうなんだ。なんにせよ素敵な贈り物を作ってくれてありがとう、アリス」

「ちょっと待って、喜ばないで……あ……」

　再び抱き寄せられ、恥ずかしくて目が回ってきた。

　——あ、悪女っぷりを見せつける計画が全然進捗しないんだけど？

　顔が熱い。カイルダールの大きな身体にこうして抱きくるまれると、いつも身体が熱くなってくる。

「俺の婚約者は素晴らしい芸術の才を持っているんだな」

　——どうして私、褒められてるわけ？

　おろおろしているアリスの唇に、カイルダールの形の良い唇が押しつけられた。

「ん……」

　甘ったるい声がつい漏れてしまう。慌てて押しのけようとしたが、カイルダールとの力の差がありすぎて、彼には伝わりさえしなかったようだ。腰に回った腕に力が増す。

「君からの久々の贈り物が嬉しすぎて浮かれてしまうな。君に針仕事をするくらいの元気が出てきたなんて」

「そ、そんなに久々だったかな？」

確かに長く寝付くようになってからは、カイルダールに手作りの贈り物を渡してこなかった。

だが、悪女を目指し始めたら再び気力が湧いてきて、多少元気になったのだ。

――元気になったのはいいんだけど……ない胸が当たりすぎてるんです、王子様。気付いてないのかな？　小さいから。

薄い胸がカイルダールの身体に当たって、むにっと潰れている。

危うい体勢を意識するだけで、身体の奥が怪しく火照り、疼き始めた。

「ね、ねえ……ちょっと離れよ……あっ……」

気付けば寝間着の裾が捲れて、左脚が膝上まで丸出しだ。

必死に直そうとするが、膝の下に巻き込まれていて、どうにもならない。

「カイ……だめだよ……」

「駄目？」

腿にカイルダールの指が触れた瞬間、お腹の奥がずくんと疼いた。

無性に恥ずかしくなり、アリスは弱々しい力で彼の手を振りほどこうとする。だが抵抗は無意味だった。指先は腿を越え、下着の腰のあたりまで這い上ってくる。

「あ、だ、だめ、そんなとこまでさわっちゃ……あ……！」

アリスは指先から逃れようと腰を浮かせる。

カイルダールは、切なげに小さく息を吐き、すぐに手を放してくれた。

「分かった……こんなにたくさん触られたら怖いよな？　ごめん」

「べ、別に怖くない、恥ずかしいだけ！」

アリスは正直に答えて、ぷいと顔を背ける。

カイルダールが手を伸ばして、アリスのグルングルンの巻き毛を指で優しく梳いた。

「好きだよ、アリス」

突然のまっすぐな愛の告白に、ぽっと頬が熱くなる。

「わ、私も、好き……でいてあげてもよくってよ」

アリスはつられかけて、ごにょごにょと悪女っぽい台詞を付け加えた。そして、火照る顔を手で扇いで誤魔化す。

——こ……っ……こんな言葉くらいで赤くならないんだから、これからの私は！

そう思って顔を背けたが、いつまでもカイルダールが微笑んでいることに気付いて、アリスは不思議に思ってちらりと彼の顔を見つめる。

「どうしたの？」

「君が元気だから、本当に嬉しい」

アリスの胸がちくんと痛んだ。

カイルダールにいつもこんな風に笑っていてほしかった。

でもそれは叶わない夢なのだ。アリスは無言で目を伏せる。

目を合わせないアリスに、カイルダールが言った。

「今日も、やっと会いに来られて嬉しかった」

「来てなんて、あたくし頼んでいなくってよ」

――だ、駄目だ……棒読みが直らない……！

「あいにく俺は、アリスに会えないと生きている意味がなくてね」

涙が出てきそうになる。

アリスだって、カイルダールが会いに来てくれれば嬉しいからだ。

「大袈裟ね。カイはまず服装からして暗いのよ。たまには明るい色の服でも着たら？」

声が震えないように、アリスは冷たく意地悪に言い返す。

「俺は黒しか着たくないんだ。奉仕作業で汚れるから」

「じゃあ……命令。黒い服以外も着なさい」

「突然どうしたんだ？」

「最近急に寒くなったし、気分が落ち込むのよ。カイが黒ずくめで来たらますます気分が沈むの」

――ごめんね、ごめんなさい。黒はとっても似合ってるし、奉仕活動は大事なことなのにごめんなさい！

心の中で何度も謝りながら告げると、カイルダールが微笑んだ。

「分かった。何色の服がいい？」

「桃色の花柄ね。それ以外はダメ」

社交界の服装マナーは厳しい。着る人物の身分、着ていく場所、着る時間帯……あらゆる場面に対して事細かに定められている。

王子殿下が花柄なんて、絶対に浮くだろう。

「桃色の花柄か。それを着てくればいいんだな？」

「あ、でも、貴方のお祖母様が文句を言うようなら、無理しなくてもいいからね！」

アリスは慌てて付け加える。カイルダールの祖母の性格のきつさを思うと、彼におかしな格好をさせたらあとが大変だ、と思い直したからだ。

彼女の『孫を王位に就けたい』という執念は人並み外れている。

それから、王族こそが尊い血を引く特別な存在なのだ、という思い込みも、兄弟同士の殺戮(さつりく)から逃れるため、異国の公爵ごときに嫁がねばならなかったのだ、という屈辱も。

——リンバー王家って王族同士の殺し合いも盛んだと聞くし、気性が荒い人が多いんだろうな。このメスディア王国も、王様はあんなだけれど……両方の血を引いたカイが、穏やかで虫も殺せない性格なのは奇跡ね。

アリスは何度もあの偉大な『元王女』から『カイルダールと別れろ』と脅された。

理由は『未来の王妃が格下の侯爵家の娘だと権威に傷がつくから』だ。

オルヴィート侯爵家の財力とカイルダールの血筋を合わせ、第二王子としての強い基盤を作ることが目的の婚約だったのだが、祖母君は理解しないし、気に入らないらしい。

メスディアの王族が『財力』と『権力』のうち、前者を失いつつあることも認めようとしないのだ。王者は絶対で不変の存在。それが祖母君の鋼の信念である。

「お祖母様はお元気だよ。俺にもっと身体を鍛えて、強くなって、メスディアの王位に返り咲いたときに覇権を握れるようになれって言ってる」

「相変わらずだね……武闘派っていうか……」

「放っておけばいいよ、俺は関わらないことにしている」

カイルダールが笑顔で、優しいのか冷たいのか分からないことを言う。

――あのお祖母様は、なにがあっても変わらないか。

アリスは肩を落とした。エンデヴァン公爵家は、祖母君の嫁いじめのせいで、当主夫妻が別居の憂き目に遭っている。

公爵は普段は別邸の妻子と暮らし、実母に本邸へ呼び戻されてはひたすら高圧的な愚痴を聞かされるという、神経をすり減らす日々を送っていると聞いた。

二重生活のため、カイルダールの面倒を見る余裕もほとんどなかったらしい。

――リンバー王家の血がそれほどに尊いなら、母国にお帰りになればいいのに。

アリスはぎゅっと奥歯を噛みしめた。

自分がいなくなった世界にあの強烈な祖母君が残るのだと思うと、ますます『カイルダールを置いていけない』という気持ちが募る。間違いなくあの祖母君も、カイルダールから『生きる喜び』を奪っている一人だからだ。

優しくて危ういカイルダール。アリスのためなら、自分のすべてを投げ出してしまうカイルダール。どうしても彼をほうっておけない。

果たしてアリスが悪女になりきれば、この懸念も綺麗に解消するのだろうか。アリスにもっとできることはないのだろうか。心配が尽きなくて、アリスはつい余計なことまで尋ねてしまった。

「アストン王太子殿下は嫌がらせをしてこなくなった？」

「いや、してくるよ」

あっさり答えられて、アリスは慌ててさらに問いを重ねた。

「え、ええっ？　じゃあ陛下は大丈夫？　最近は呼び出してカイを叩いたりしない？」

「父上？　さあ……知らない……」

カイルダールが美しい瞳を動かさず、まばたきさえせずに答えた。

——駄目だこれは……またうつろな穴を覗いちゃったよ。とほほ……。

アリスはがっくりと肩を落とし、なるべく優しい声でカイルダールに言った。

「大丈夫ならいいの。でも王太子様や国王陛下になにかされたら、絶対私に言ってね。お父様に告げ口するから！　任せなさい、私、いくらでも性格悪くなれるんだから！」

「兄上はものすごく弱いし、父上もたいして強くないから大丈夫だ」

「ち、ちょっと……気持ちは分かるけど外で言っちゃ駄目だからね？」

——陛下の話を持ち出した私が悪かった。目の焦点合ってないし。大丈夫かな？

心配しながらも、アリスはそっとカイルダールの胸にもたれかかった。

「とにかく国王陛下には近づかないのよ、いい？」

「分かった」

カイルダールの大きな手がアリスの痩せた背中に回る。

「……アリス、これからもずっと俺の側にいてくれ」

不意にカイルダールの声が低くなった。低くよく通る真摯な声に、アリスの背筋も反射的に伸びる。

「どうしたの、急に」

「俺と君はずっと一緒だから。それだけはどうしても言いたくて」

涙が出そうになり、アリスは唇を震わせる。

――私だってずっと一緒にいたいよ……奇跡が起きてくれればいいのに……。

だが悪女は泣かないのだ。アリスはそっぽを向き、カイルダールに言った。

「さあ、どうしようかしら？　待たずに自由行動をさせていただくかもしれなくてよ」

「ん……？　急に面白いことを言うようになったな？」

ぎくりと身体を強ばらせる。バレてしまったのだろうか、悪女化計画が。

「わ、私、これからは、言いたいことを言うと決めたの、おほほ」

――駄目だもう、私の言動、不自然すぎる。

棒読みなアリスの答えに、カイルダールは優しく微笑んだ。

「いいよ。じゃあ俺は、ちょっと貧民街の見回りをしてから帰る」

「えっ？　危ないから貧民街なんて一人で行かないで」

「大丈夫。俺は丸腰だし、無茶せず安全第一で行動する」

慎重なカイルダールが無茶をするとは思えない。アリスはようやく安心して、彼の言葉に頷いた。

◆

――贈り物なんてもらって、嬉しくて身体に触りすぎてしまった。アリスは性的なことなんてなにも知らないに決まっているのに。

貧民街の見回りを終えたその夜、カイルダールは片手で逆立ちしながら反省していた。

反省点は二つ。アリスに触りまくってしまったこと。

そして手加減を忘れて強盗をはるか遠くに吹っ飛ばしてしまったことだ。

ちなみに逆立ちはリンバー武術の基礎訓練である。戦いのときはこの体位で身体を支え続けねばならないため、毎日必ず逆立ちし、筋力を維持するよう指導されている。

――アリスに触りたい気持ちをどうすれば消せるんだろう……。

身体を支えたままため息をついたとき、激しく扉が叩かれる。

この叩き方はグリソンだ。真夜中だというのに何事だろう。あまりのうるささに、カイルダールは基礎訓練を中止して足を下ろした。

「なんの用ですか？」

「さっきお母さんから大変なこと聞いちゃった。王子様君の婚約者って、白葉病なの？

えっ、嘘、八年も白葉病だったの？」

なんだかわざとらしい。前から知っていたのではないだろうか。そう思いながらカイルダールは答えた。

「ええ、そうですけど……っていうかご母堂と交流があるんですね……」

「あるよ。まあ、淡泊な親子関係だけど、たまには顔を見に行かないとね」

三年ほど隣人同士として暮らし、週に一度は金の無心にやってくるグリソンだが、腹の中は一度も見えたことがない。

「もしかして王子様君は、婚約者の白葉病を治してあげたいから医者になったの？」

「それ以外になにがあると？」

「ちんたらお医者さんの勉強してて間に合うのかなって思って」

空気を読まないグリソンの言葉に、カイルダールは凍り付く。だがグリソンは容赦なく、同じ問いを重ねた。

「婚約者さんを治すのに間に合うと思う？　君なら計算できるはずだよ。原因さえ分からない病気の正体を突き止め、そこから確実に治療できる薬剤を開発する。さて、何年かかるでしょう？」

カイルダールは、絞り出すような小声で答えた。

「どんなにうまく行っても……二十年はかかるでしょうね……」

握りしめた拳を震わせながら、カイルダールは認めたくない言葉を口にする。

「うん、そう、最低でも二十年、で正解だと思う。成功しないまま終わる確率のほうが高いけどね。僕さぁ、王子様君の進級試験の採点したんだ。賢い生徒だなって思ったよ。君ほどに優秀な学生は十年に一人も見かけない。君はいわゆる『逸材』だね」

この男はいったい何年、王立大学に在学しているのか。見た目も若いのか老けているのかよく分からないし、謎が多すぎる。

「珍しく俺を褒めるんですね」

「でもさ、逸材だったとしても、まだ二十歳の君になにができるかな？」

「それは……」

カイルダールにも痛いほど分かっている。

必死に大学の授業に追いつき、若くして医師免許試験に合格したが、それだけなのだ。経験も知識も医学界での人脈も圧倒的に足りない。

これまでに作った二つの薬では、アリスを治せなかった。

間に合わない。どんなに足掻いても、時間の流れの速さには決して勝てない。

グリソンの言葉の正しさに、カイルダールは無言で唇を噛みしめる。

「もっと有意義なことをしたらどう？　結核とか悪性感冒の研究とかさ。たくさんの人を困らせている病気だろう？　『実を結ばない』白葉病の治療のために、君の能力を浪費するのはもったいないと思うんだよね」

カイルダールは無言で首を横に振った。

グリソンの提案は合理的で正しい。だが感情が受け入れられない。自分にどんな能力があろうと、それはアリスのために使いたいのだ。

「俺が白葉病を治すって……子供の頃にそう約束したんです」

「そっかぁ、約束は大事だなぁ」

グリソンが引き下がったのはただの同情からだと分かる。必死に空回りして、己の無力を思い知ればいい、それも成長だと彼は言っているのだろう。

無言で歯を食いしばるカイルダールに、グリソンがにこっと微笑みかける。

「じゃあ質問。白葉病とはどんな病気でしょう？　感染症かな？　それとも原発性の疾患？　君は知ってる？」

試されていると思いながら、カイルダールは慎重に答えた。

「俺は、遺伝病だと思っています。貴族と孤児に発病者が多いことから、どこかの貴族の家で発生した遺伝子変異が原因で起きていると……」

「うん、王家で発生した遺伝子変異だね。王家は治療薬を独占しているから、王家の子女だけは発病しても助かっている。君もそうだよね、王子様君？」

グリソンの言葉にカイルダールは弾かれたように顔を上げた。

かつて白葉病に罹ったかもしれないカイルダールが口にした『薬』。グリソンはあの『薬』の存在を知っているのだろうか。

「な……っ……それはどういうことです、貴方はなにを知っているんですか？」

グリソンは肩をすくめ『さあね』と笑う。睨み付けたが答える気配はなかった。

——口は、割らない……か。

「ともあれ、お勉強がんばってね。じゃ、おやすみ」

グリソンは一方的に言い終えるとさっと扉を閉めてしまった。

「あ、待ってください、グリ……」

慌てて扉を開けたが、グリソンの姿はもうなかった。追う気力もなく、カイルダールはベッドに歩み寄り、横たわった。

——グリソンさんの話は本当なのか？　白葉病の発症元が王家？

疲れ切った身体で目をつぶると、あっという間に眠りに引きずり込まれた。

夢の中で、母が侍女たちに硬い声音で指示を出している。

カイルダールは困った気持ちで、強ばった表情の母を見守っていた。

『ソフィが手紙を寄越したことは絶対に伏せて。貴女たちだけの胸に留めてちょうだい』

母の手には握りつぶされた女物の便せんがある。

その手紙にはこう書かれていた。

〝白葉病の薬は無事届きましたでしょうか。なんとしてもカイルダール様に呑ませてくださいますよう、陛下に伏してお願いいたしました。カイルダール様の快癒(かいゆ)を心より願っております。グレイシア殿下の素晴らしい慈善活動に心からの敬意を。ソフィ・ディナール〟

母が激怒するのも無理はない。

なぜソフィ妃が『カイルダール王子を助けてやったのは私だ』と言わんばかりの手紙を寄越すのか。父の愛を独占しておきながら、正王妃である母に向かって『心からの敬意を』なんてぬけぬけと言い放つのか。

侍女たちは硬い表情で頷く。

母は大きくため息をつくと、カイルダールの隣に腰掛けて言った。

『なんてこと。カイの熱を下げたあの薬は、ソフィ妃の口利きのおかげで陛下から贈られたものだったというの？』

母の黒い目には、怒りと屈辱がはっきりと渦巻いていた。

『変な味の薬でした。血のような。僕は本当に白葉病だったのでしょうか？』

尋ねると、母が困ったように首を横に振る。やはり母にも分からないようだ。

『悔しい。お母様は、陛下が貴方を案じてくださったのだと思っていたわ。喜んだ私が馬鹿だった。愛妾の言葉に心を動かされただけだったなんて……！』

母の大きな目には涙が溜まっていた。

社交界から仲間はずれにされたソフィ妃が、社交界の中心である母と仲良くしたがっているのは知っている。そして母が、断固として彼女を側に近づけないことも。

『今さらすり寄ってきたって、ソフィなど側に寄せるものですか』

カイルダールは黙って母の細い背に手を回した。

『母上、泣かないでください、僕もアリスもお側にいます』

『そうね、私たちには今さら、陛下の愛情などいらないわ。カイが無事で良かった。貴方はきっと白葉病などではなかったのよ、本当に良かった』

その数日後、ソフィ妃の息子アストンが、国王命令で『王太子』に任ぜられた。

貴族たちの大反対を受けながらも、国王はソフィ妃の機嫌を取るために強行したのだ。

祖母は怒り狂い、『孫を王太子にできなかった娘』に暴力を振るうようになる。

そしてあらゆる理不尽に耐えていた母の精神は、あの日から坂道を転がるように、壊れていった。

――母上がなにをしたと言うんだ。俺は今でも、母上を苦しめた人間たちを許していない。

第三章

――なぜ私は日に日に元気になるの？　こうして平気で立っていられるの？

あのひどい高熱の発作以降、アリスは一度も倒れていなかった。

――針も持てたし、なんか元気だな……って思ってたけど、まさかこんなに元気になるとは。どういうことなの？　治っちゃった……？　なんてはずはないし。一時的に病状が落ち着いたのかな？

アリスはベッドの脇に立ち、己の脚が震えていないことを確認する。身体中にはびこっていた鉛が、溶けて消えたかのようだ。

すいすいと部屋の中を歩き回ることができる。

間違いなく身体が元気になっている。不思議だ。こんな風に歩けたのは何年ぶりのことだろう。ベッドの周りを五周して、アリスは腕組みをする。

――やった。一時的なものだろうけど嬉しい。

そう思いながらアリスは大きく息を吸う。

「おほほほほ！　おほほほっ！　おーっほほほほほ！」

元気な今のうちに悪女の高笑いの練習をするのだ。アリスの悪女演技は下手くそすぎる。あまり大声でやると侍女が駆けつけてくるので、声を抑えねばならないが。

——うーん……わざとらしいな……もっと高飛車に、もう一度。

「おーっほっほっほっほ！　おほっ、おほゲホッ、ゲホゴホッ……」

むせた瞬間、にわかに部屋の外が騒がしくなった。

アリスは慌てて口をつぐむ。

「ユージェニー、アリスは病人なの。今日はお見舞いを控えてちょうだい」

母の制止の声が届く。

「あら叔母様！　私はエンデヴァン公爵家の大奥様から許可を得ておりますのよ！」

聞こえてきた大声に、アリスは心の底からため息を吐き出す。

——ユージェニー……なにしに来たの？　大奥様って言ってたけどカイのお祖母様がなんの許可を出したの？　はぁ、面倒なことになりそうね。

訪問者は母方の従姉、ユージェニーだ。

母の兄の娘で、ロイナー公爵家の『ご長女様』である。

伯父のロイナー公爵は穏やかな人柄なのだが、ユージェニーは違う。

ものすごく『階級至上主義』なのだ。両親ともに公爵家の出である自分自身を『王女に次いで尊い身の上』だと主張してはばからない。

ロイナー公爵夫妻がどんなにたしなめても、その傲慢な振る舞いは直らなかった。

ユージェニーは、第二王子カイルダールと婚約したアリスを目の敵にしている。

『アリスみたいなガリガリの無愛想な女が、殿下の婚約者だなんて許せない！』

お見舞いに来てくれたときにそう言われたこともある。

——ユージェニーってば、我が儘すぎて婚約者に浮気されて逃げられたのに、元気いっぱいね。まあ、私も悪女になったから、貴女を容赦なく迎撃させてもらうけど？

アリスは寝間着に室内履きのまま、すっと姿勢を正す。

母とユージェニーの争う声が扉のすぐ向こうまで近づいてきた。

「本当に今日はやめて。そんな話をアリスにしないでちょうだい」

「叔母様、貴女はもう侯爵夫人でしょう？　私に命令なんてできる立場じゃないわよね」

爵位を笠に着たユージェニーの声が響き渡る。

——ユージェニー、うちのお父様はロイナー公爵にお金を貸してるのだけど？

心の中で静かにつぶやきつつ、アリスは扉に歩み寄った。

——よし、なるぞ、『レディ・マリエール』に。

そう自分に言い聞かせ、明るい声を出す。

「どうぞ、お入りになって」

高笑いはまだまだだが、明るい声は出せるようになった。

「アリス、歩き回っているの？　ベッドから出てはだめよ」

母が驚いたように部屋に飛び込んでくる。続いて、招き入れてもいないのに、派手に着飾ったユージェニーが部屋にずかずかと入りこんできた。

「あーら！　元気そうじゃない？　本当に白葉病なのかしら。カイルダール様の気を引くために嘘をついているのではなくて？」

普段なら無言で耐えるような罵詈雑言も、『悪女』のアリスには刺さらない。なぜならアリスのほうがもっと悪女になったからだ。

アリスは笑顔で寝間着の裾をつまみ、ユージェニーに一礼して答えた。

「ようこそ、ユージェニー。お見舞いに来てくれたの？　嬉しいわ」

「な、なによ……今日はずいぶん馴れ馴れしいのね」

「気のせいじゃないかしら？　久しぶりに会えて喜んでいるだけよ」

作り笑いを浮かべたアリスを、ユージェニーが不気味そうに見つめてくる。

「アリス、貴女に、カイルダール様から身を引けと言いに来たの。私、エンデヴァン公爵家の大奥様からカイルダール様との婚約許可証をいただいたのよ」

――婚約許可証？　そんな公的書類はメスディア王国には存在しないけど。

冷静に思いながら、アリスは笑顔で両手を組み合わせた。

「まあ！　『婚約許可証』ってなあに？　聞いたことないわ。今日はその珍しい書類を私に見せに来てくれたの？」

アリスのわざとらしい笑顔と言外に滲ませた『嫌味』を不審に思ったのか、ユージェニーは一歩引いて、鞄から封筒を取り出した。

「そ、そうよ……ほら……これよ……」

ユージェニーがエンデヴァン公爵家の封筒を取り出してみせる。その表には、大きくリンバー王家の印章がでんと押されていた。主張が強い。

――懐かしいな。大奥様がよく私に手渡してきた『お気持ち表明の手紙』だわ。

遠い目になったアリスの前で、ユージェニーがどんと手紙を突き出した。

「大奥様は、私をカイルダール様の婚約者候補と認めると仰ってくださったわ！」

確かに、ユージェニーの言うとおりのことが書かれている。

――だけど私とカイの婚約は、うちのお父様の財力や貿易商としての実力を勘案した上で、亡き正王妃様がお決めになったものなのよ……。

無言のままのアリスに、ユージェニーがますます手紙を突きつけてくる。

「このお手紙を見て、素直に身を引きますって一筆書きなさい！」

自分亡きあと、ユージェニーみたいな令嬢に繊細なカイルダールを託せるか？　と問われれば、当然『否』だ。

まばたき一つの間にそう考え、アリスは満面の笑みで頷いた。

「ええ、ユージェニー。お手紙を書かせていただくわ」

アリスは軽やかに請け負うと、久しぶりに書机に向かい、ペンを手に取った。座って字を書くのも久しぶりな気がする。本当に身体が軽い。

『大奥様へ　お久しぶりです、アリス・オルヴィートです。体調が回復し、またこうして大好きな大奥様にお手紙を書くことができて、とても嬉しい気持ちです。大奥様がユージェニー・ロイナーにお渡しになった手紙を拝見いたしました。たとえばですが、カイルダール様の新しいお相手に、次のようなお家柄のご令嬢はいかがでしょうか？』

そして、アリスが知る限りの順番で『お金持ちの貴族』の家の名前を連ねていく。

体調が良いときに、父が読み終えた経済新聞をめくっているだけだが、そう大きくは間違っていないだろう。

『ご検討くださいませ。愛する大奥様へ　アリスより』

手紙を書き終え、アリスはインクが乾くのをのんびり待つ。ユージェニーが苛々したようにアリスに言った。

「見せて、なんて書い……」

書面を覗き込んだユージェニーが、みるみる顔を引きつらせる。

「アリス！　私が言ったのと全然違うことを書いているじゃない！」

「大奥様にカイルダール様の新しい婚約者を推薦しただけよ。ここに挙げたお家なら、カイルダール様に年間二十億くらいの支援はできるはずだから」

「ね……年間……二十億……？」

「そう。王族に嫁ぐなら、妃の実家はそのくらいの支援ができないといけないの」

アリスは淡々と告げる。

オルヴィート侯爵家が裕福なのはアリスの力ではない。たまたまこの両親の子に生まれて運が良かっただけなのだ。

　だがユージェニーを退散させるためには実家の威(い)を借る以外にない。自分亡きあと、カイルダールがお金のない我が儘娘に振り回されるなんて嫌だからだ。

「ふざけないで、大切なのは血筋！　私のような高貴な血筋でしょ！」

「ねえユージェニー、王族は貴族のように自分で会社を興(おこ)して経済活動することはできないの。『個人の利益よりも国家を優先せよ』と王国法で決められているからよ。だから妃の実家の『経済的な後ろ盾』が必要なわけ」

　血筋を主張する人間ほど無視しがちだが、現代のメスディア王家に必要なのは、慈善活動や文化支援活動、社交界でかかる費用を『どこから供給してもらうか』である。

　――国王陛下も、大奥様からの支援を目当てに正王妃様を娶られたのに。あの結婚は、結局、誰も幸せにしなかったけれど。

　カイルダールの祖母も、ユージェニーも、まったく『カイルダールの品位の維持』にかかる費用を考えていない。

　もちろん王家には、王領からの収入がある。

　だが『あらゆる貴族を超えた威厳』を保つには足りない。

　目端(めはし)の利く貴族……たとえばアリスの父のように多数の会社を経営している貴族は、王族以上の多額の財産を築いている。

　時代が変わり、国王は唯一無二の絶対強者ではなくなった。国家権力こそ王家が掌握(しょうあく)しているものの、富める者の頂点は王ではなくなったのだ。

――大奥様は、生きているだけでリンバー王家からのご支援があるから、血筋のことだけ考えていられるのでしょうね。けれどユージェニー、貴女は違うわ。王族の夫のために毎年莫大な貢納をするなんて、貴女のご実家には不可能なのよ。

アリスは笑顔で小首をかしげてみせた。

――ねえユージェニー、今の国王陛下を見て分からない？　エンデヴァン公爵家からの支援を打ち切られて、貴族からの寄付金集めも全然うまく行かなくて、とても地味にお暮らしじゃないの。国王としての権威を保つにはとてもとてもお金がかかるのに、愛妾に溺れて政務を軽視した結果が今の『嫌われ国王』なのよ。

そう思いながら、アリスはユージェニーに手紙を差し出した。

「はいユージェニー。このお手紙を大奥様にお渡ししてね」

引きつった蒼白な顔で、ユージェニーが手紙をひったくる。

「会えて嬉しかったわ！　歓迎するからまた来てね！」

ユージェニーはアリスを睨み付け、入ってきたとき以上の勢いで部屋を飛び出していく。

母は彼女を見送りもせず、大きくため息をつくとアリスを抱き寄せた。

「……無理して起きていては駄目よ」

「ごめんなさい、お母様」

「引っ込み思案な貴女が、ああもきっぱりとあの子を追い返せるなんて。驚いたわ」

母が優しく髪を撫でてくれる。

「ちょっとね。私も少しは悪……じゃなくて強い女になろうと思って」

アリスの答えに、母は身体を放して微笑んだ。

「残念だけれど、ユージェニーは貴女と違ってお金のことを知らないの。お母様もここに嫁いでくるまでは、お金は誰かが用意してくれるものだと思っていたわ」

母がしみじみと言う。

「浪費がなぜいけないのかを教えてもらって、お父様を大好きになったんでしょ？」

何度も聞いた両親ののろけ話を、アリスは口にしてみせた。母はたちまち真っ赤になり、誤魔化すように咳払いをする。

「ええ、お父様に嫁いで初めて、知性と責任感のある殿方の魅力を知ったのよ。貴女はお父様に似て賢い子だわ。自慢の娘よ。だからもうベッドに入ってちょうだい」

アリスは頷くと、室内履きを脱いでベッドに横たわった。

「今日はすごく元気なの、不思議なくらい」

「駄目です。身体を労って、これ以上発作が起きないように気をつけてちょうだい」

母の言葉ももっともだ。しかし、あんなに長い時間立って喋って、手紙まで書いたのに、身体が苦しくない。この元気はいったいどこから来たのだろうか。

――でも無理はしないでおこう。まだ死ねない、私にはまだやることがあるんだから。

身体が元気になったと同時に、頭が猛烈に冴えてきた気がする。

病気が重くなってからは、いつも頭がぼんやりしていて、ベッドでなにか読むか、休み休み裁縫をするくらいが精一杯だったのに。

——この先、きっとユージェニーみたいな令嬢が、今後もカイに群がってくる。あの人、その辺に立っているだけで格好いいからね。あれはモテるよ。どうしよう。

アリスは真剣に天井を睨みながら考える。

お馬鹿な従姉に突撃訪問されて、痛烈に思い知らされた。

カイルダールに相応しくない女たちは、この手で追い払わなければ駄目だ、と。

——神様、もう少し力をお貸しください。病は治らなくてもいいです。私に、今日のように動ける時間をください。

アリスは毛布の下で、そっと祈りの形に手を組む。

策士で悪女な『レディ・マリエール』なら、こんなときどうするだろう。

予想外の行動に出るはずだ。誰もが度肝を抜かれるような作戦に。

——普通はしないようなこと。悪女にしか考えつかないような。うーん……。

母はアリスを寝かせたまま、棚に置いてある介護用品を片付けている。

真剣に考え続けていると、ふと閃(ひらめ)いた。

——あ……！　ある！　カイを守りながらも悪女として嫌われ、まともなお嫁さんをもらわせる方法がある！

アリスは天井を見つめたまま息を呑む。

恐ろしいことを考えついてしまったからだ。

――神様、これからすごいことを言いますが……どうかお許しください……。

そう前置きして、本来であれば決して許されないことを願った。

――私は……カイと結婚して、妻として彼に悪女っぷりを見せつけつつ、彼のために良い人を探したいです。神様、私にカイの『次の奥さん』を探す時間をください。

今の元気がしばらく続いてくれるなら、この計画が叶う。

『第二王子の妃』の座をしばらく塞いで、カイルダールを守ることができる。

時間を稼いで、その間に『第二王子妃に相応しい令嬢』を探すことができる。

それに、一度正式に結婚してしまえば、義理堅い父は、アリスの死後もカイルダールを支援してくれるだろう。

神聖な婚姻を汚すようで心が痛むが、アリスの我が儘さえ通れば、不可能ではない。

問題なのは、アリスの心だ。

好きな人と別の女性の幸せをただ見守らねばならない自分の気持ち。

――最高の女性が見つかったら、譲ります！　だから動ける時間をください、神様。

アリスはひっそりと嗚咽を呑み込み、枕元の椅子に腰掛けた母に小さな声で尋ねた。

「ねえお母様、カイは次、いつ来てくれるかしら？」

「寒くなってきたから、孤児院の奉仕活動でお忙しいのかもしれないわね。奉仕活動のあとは、しばらく我が家への訪問をお控えになるから」

「そうね、風邪が流行っているって新聞に書いてあったし」

白葉病のアリスとの結婚を、両親が許してくれるだろうか。

迷いながらアリスは母に尋ねた。

「……ねえお母様、変なことを聞いてもいい？　お母様は、私がカイと結婚したいと言ったらどう思う？　やっぱり病気が治ってからにしろと思うわよね？」

母が驚いたように顔を覗き込んでくる。

「どうしたの、急に。身体が落ち着いたら結婚するお約束でしょう？」

家族は、余命いくばくもないアリスを気遣い、同じ話を繰り返してくれる。

気落ちしてぽっくり天に召されないよう、細心の注意を払ってくれているのだ。

「じゃあ私が、他の女の子に取られる前にカイと結婚したいと言ったら？」

「馬鹿なことを言わないの。貴女を治す薬は、お父様やカイルダール様が必ず探し出してくださるから」

「……治るまで待つのに、飽きたの」

悪女になったアリスの我が儘に、母は困ったように首を横に振る。

「今は療養に専念して、身体が良くなったらお話を進めましょう」

「ずるずる先延ばしにしないでほしい」

「アリス、急にどうしたの……？」

『私、悪女になりました』とも言えず、アリスは母の目を見ないで答えた。

「……ユージェニーに言いたい放題言われていたら、腹が立っちゃって」

もちろん嘘だ。

けれどこの嘘なら、母を納得させられる。

「私もたまには我が儘を言いたくなったの。身体が動くうちに綺麗な花嫁衣装を着てみたいのよ。ずっとこの部屋で寝たきりのまま死ぬのは嫌」

――いや、あり得ないでしょ、家族に散々迷惑を掛けておいて、こんな我が儘は。

言えば言うほど心がギリギリと痛んだ。

本当にこの選択で、壊れたカイルダールを幸せな男として残していけるのか。

けれどただこの世を去るだけでは、必ず大きな悔いが残る。

「ずっと我慢して療養してきたんだもの。少しくらい我が儘を言ってもよくない？」

母は涙ぐんだまま口をつぐんでしまった。

――ごめんなさい。お母様の気持ちも考えずにこんなことを言って。

こんな身体の娘に『早くお嫁さんになりたい』なんて言われて、母はどんなに辛く切ない思いをしていることか。

しばらく俯いて涙を拭っていた母が、不意に言った。

「あのね、お母様も娘時代はとっても我が儘だったわ……。お父様っていつも淡々となさっているでしょう？　今は素敵だと思えるのだけど、当時の愚かな私にはその魅力が分からなかった。だから『あんな無愛想な人と結婚するのは嫌』と置き手紙して、別荘に抗議の家出をしたのよ。本当に傲慢でどうしようもない娘だと思わない？」

　アリスは驚いて目を丸くする。

　若い頃の母は王都一の美女と言われ、父と婚約していても、求婚者が引く手あまただったと聞いている。

　しかし、こんな過去を聞くのは初めてだった。

「だけど、馬鹿な私を、両親と当時婚約者だったお父様は許してくださったの。思えば娘時代は、驚くような我が儘が許される最後の時間だった」

「信じられない……お母様がそんな……」

「……そうね……アリスはずっと我慢して療養してきたんだもの。貴女の我が儘なんて、昔の私に比べれば可愛いものよ。分かったわアリス、お母様に任せて。お父様にはお母様から話をしてみます」

　母はきっぱりとアリスに言い、小さなアリスの手をぎゅっと握った。

「それにしても、本当に顔色がいいわ。よかったわね」

　アリスは頷いた。

　体力さえ一時的にでも戻るなら、できることが増える。

　誰に悪女と言われてもいい。実際、悪女になるのはかなり効果的だ。

　今日だって『レディ・マリエール』を憑依（ひょうい）させたつもりでユージェニーの応対をしたら、見事に撃退できたではないか。

——昔の私なら、ユージェニーにぎゃあぎゃあ言われたら、無表情のまま固まってた。

だが残り少ない人生、人見知りで無口なアリスのままではいられない。

ギョロギョロと辺りをうかがうだけの気弱なねずみではなく、『レディ・マリエール』のような強き雌獅子（めすじし）になるのだ。

眼光一つで寄ってくる敵を粉砕できるような絶対強者に。

「少し待っていなさいね。必ず貴女のお願いが叶うようにお母様は頑張ってくるわ」

「ありがとう、お母様。我が儘を言ってごめんなさい」

覚悟は決まった。

どんなに希望を刈り取られても、最後まで強く明るく自分勝手な悪女でいよう。

悪女は逆境に屈したりしない。

それに『ヒーロー』を悲しませることもない。

この世を去ったあと『せいせいした』と思われるような女を目指そう。

なにより、カイルダールだけは幸せにしてみせる。悪女の力で。

——よし、私は頑張って『レディ・マリエール』を超える悪女になる！

悪女らしさを磨く以外に今日からアリスが始めること。それは……。

——『カイの次の奥様リスト』作り！　私の後追いをしようなんて考えなくなるような、素晴らしい人を探さなくては。

「ア、アリスと結婚……!? はい、します! ありがとうございます!」

◆

『お暇があるとき秘密裏に』とオルヴィート侯爵夫妻に呼び出されたカイルダールは、長椅子から立ち上がって直立不動になった。

オルヴィート侯爵から『娘が少し元気なようなので、入籍し結婚式を挙げてやってくれないか』と切り出されたのだ。

そんなの『今すぐします!』以外の答えはない。

これまでは、容態が危うくなったと時間が経ってから聞かされて駆けつけることしかできなかった。多忙な自分を気遣って、オルヴィート侯爵家の人々は些細なことでは自分を呼びつけたりしないからだ。

多忙な日々の合間を縫って『お見舞い』に行く婚約者ではなく、もっと側でアリスを支えたかった。その夢がようやく叶うのだ。

もちろんアリスの病は重く、この結婚が嬉しいことばかりでないのは分かっている。それでも側にいられて嬉しいと思ってしまうのは、カイルダールにとってアリスが愛しく、不可欠な存在だからだ。

——こんな覚悟……絶対にしたくないけど……君が遠くに旅立ってしまうときは、側にいたいんだ。すぐにあとを追わないと君とはぐれてしまうからね。

カイルダールは滲んだ涙を袖で拭い、震える声を抑えて言った。

「俺にできることならなんでもします、本当にありがとうございます、侯爵」

オルヴィート侯爵は表情を変えずにすっと目を伏せ、静かに首を横に振った。

「……正直、殿下のご迷惑になるかと思っておりました。私どもの『殿下を支援させていただきたい』という気持ちは、娘との婚姻がなくなっても変わりません。貴方はあの偉大なグレイシア様の遺志を継がれる方です。だから、無理はしていただかなくてもいい」

オルヴィート侯爵の視線は厳しい。

この冷ややかな眼光、彼を知らない人間は『怒っているのかな？』と勘違いしてしまうようなつっけんどんな口調。

侯爵とアリスは間違いなく父子だ。

「慈善活動への支援を申し出ていただけることに感謝しております。ですがアリスと結婚したいという気持ちは本物です。支援していただきたいからではありません」

「殿下にそれほどにお喜びいただけるとは。うちの娘は幸せ者です」

オルヴィート侯爵が、感情の起伏を感じさせない口調で言った。

きりりと吊り上がった目も、まっすぐな金の髪と青い目も、無表情で淡々とした態度も、長身以外はアリスにそっくりで微笑ましい。

――アリスは本当に侯爵似なんだよな。へそを曲げてるときは背中を向けて喋ってくれないところとか、侯爵と同じなんだって夫人が仰っていたな。

愛するアリスに関する逸話が次々と頭に浮かぶ。

アリスが生まれたのが円満な家庭で嬉しい。彼女が素敵な家族から大切にされている幸せな娘で嬉しい。両親から溢れんばかりの愛を注がれている存在で嬉しい。

　カイルダールの胸に去来するのは、ひたすら『アリスがこの誠実な夫婦の娘で嬉しい』という喜びだった。愛する人が両親に愛され、大切に扱われているという事実は、ひたすらカイルダールの胸を温めてくれる。

微笑んでいるカイルダールに、真面目な顔のまま侯爵が言う。

「殿下、お座りください」

「あ……失礼しました。興奮してしまって……」

カイルダールは頬を染めて長椅子に腰を下ろした。

「快諾(かいだく)してくださって嬉しゅうございますわ。ね、あなた」

侯爵と正反対に、明るく社交的な夫人が微笑む。オルヴィート侯爵夫妻のおしどり夫婦ぶりは社交界でも評判だ。

伯父のエンデヴァン公爵は言っていた。

『あのくそ真面目で冗談の一つも言わない侯爵が、メスディア社交界一の美女を娶ると聞いたときは、皆が金目当ての結婚なのだと噂したんだ』

その後、美貌の夫人が、無愛想な夫との日々をのろけまくるようになったので、『あ、これは金目当てとはちょっと違う』と全員が思ったらしい。

アリスは、心から愛し合う夫婦の大切な宝物なのだ。

「大事にします……絶対大事にします、侯爵、夫人、お約束します」

言いながらまた涙が流れた。

アリスを幸せにしなくては。療養ばかりでどこにも行けず、遊ぶことさえ稀だったアリスに『結婚生活は楽しい』と思ってほしい。

「国王陛下からは……いつでも好きなときに結婚すればいいと許可は得ております。アストン様は、我が家の後ろ盾を得てカイルダール様の力が増すのではとお怒りでしたが、まあ、気になさらなくて大丈夫でしょう。アストン様には未だに後見人も婚約者もおりません。あの方個人はなにもおできにはならないので……」

言いにくそうに侯爵が口にする。

母亡き今、家族に恵まれなすぎて恥ずかしいほどだ。

「それから『殿下の結婚相手は私が決める』と仰せのエンデヴァン公爵家の大奥様ですが、失礼ながら、当家は大奥様のご意向を伺う気はありません」

カイルダールは侯爵の言葉に頷いた。

――お祖母様は『王姉』ではなく『王の伯母』に地位が下がった。リンバー王家からの手当が減り、今では昔のような影響力はない。侯爵の言うとおり、無視で構わない。

「ええ、祖母と父のことは気にしないでください。俺はアリスと結婚します」

笑顔で答えると、侯爵は少しほっとしたように頷いた。

「これは、私ども夫婦の我が儘でもあるのです。普通の結婚生活は送らせてやれませんが、せめて、花嫁衣装を着たいという娘の願いを叶えてやりたくて」

「ぜひ着てほしいです。絶対に世界一可愛いですから、見たいです」

カイルダールは無我夢中で答えた。

「あの子が珍しく口にした我が儘なものでね。アリスはこれからもあの部屋で寝たきりで過ごすことになるとは思いますが、よろしくお願いします」

ツンと顔を背けながら侯爵が言う。お礼を言うときに照れて人の目を見られないところが本当にアリスとそっくりだ。侯爵にまで接吻したくなる。

――いや、落ち着け、俺。舞い上がっているぞ。

「本当にありがとうございます……殿下……アリスが喜びます……あの子、本当に小さな頃から殿下をお慕いしておりますのよ……ああ……」

夫人が顔を覆って泣き出した。

侯爵が無言で夫人の華奢な肩を抱き寄せる。

カイルダールは止まらない涙を何度も拭いながら言った。

「アリスに会いに行ってもいいですか？　俺たちがやっと一緒になれると話したいです」

寄り添っていたオルヴィート侯爵夫妻は、優しい笑顔で頷いてくれた。

「ところでアリスは今なにをしているんだ？　具合は良さそうだったが」

「なにかを一生懸命書いているわ。日記なのかしら？　私や侍女には見せてくれないの」

——アリスはなにを書いてるんだろう？

不思議に思ったものの、すぐに『あとで聞けばいい』と思い直した。

「諸々のことが整い次第、すぐにでもアリスに求婚しようと思います。いつこちらに正式にお伺いすればいいでしょうか？」

そう尋ねたカイルダールの胸には、ただ最愛の婚約者に『夫』として寄り添える喜びだけが満ちあふれていた。

人生一番の我が儘を言った日から、十日……。

とうとうカイルダールが、アリスに求婚してくれる日がやってきた。

父母からの『アリスと結婚してやってほしい』という話を快諾してくれたのだ。

先ほど侍女が来て、綺麗な青のドレスに着替えさせてくれ、『すぐにおいでになりますので、お待ちくださいませ』と教えてくれた。

——寝間着以外の服、久しぶりだな。着替える間も立っていられた。

部屋に入ってくる彼の顔が見られない。恥ずかしいからだ。

なので、先ほどから入り口に背を向けた格好で、ベッドに腰掛けている。

最高潮に心臓が高鳴ったとき、ノックの音が聞こえた。

「私だ」

父の声が聞こえ、侍女が扉を開けた。

カイルダールが歩いて、目の前に回り込んできた。

アリスは照れくささのあまり慌ててぷいと横を向く。

カイルダールは身をかがめてアリスの顔を覗き込むと、優しい声で言った。

「今日はお洒落してるんだな。素敵だよ」

見れば今日のカイルダールは、淡いえんじ色の上着に、桃色の薔薇が描かれたシャツを合わせている。喉元には深緑のループタイに通したルビーのタイ留めが輝いていた。

通常、社交界では、男が花柄を着るなんてあり得ない。

『花は女性のもの』という不文律があるからだ。

だが、カイルダールが身につけると非常に華やかで美しく、『似合うものを着た』という説得力を感じる。正しくは『美男はなにを着ても格好いい』と言うべきか。

普段は黒の質素な服しか着ない彼が、突然別人になってしまったかのようだ。

——え……あれっ？　嘘……めちゃくちゃ素敵……どうしよう……。

アリスの心臓がますますドクドクと早鐘を打つ。

彼に明るい赤や桃色系の服がこんなに似合うとは思わなかった。

「カイこそ、今日の服、素敵だね」

アリスは操り人形のようにギクシャクと口にする。

「君におねだりされたとおりの服がやっと仕上がったんだ」

「え……私……なに言ったっけ……？」

緊張のあまり頭が働かない。カチコチに固まったアリスの隣に腰を下ろすと、カイルダールが穏やかに耳打ちしてきた。

「俺の服装を指定しただろう？　『桃色の花柄ね。それ以外はダメ』と君が言ったんだ。覚えてないのか？」

――あ……はい、言いました。私の中の『レディ・マリエール』が。

真っ赤になったアリスは、無言で何度も頷いた。

「気に入ってくれた？」

「い、いつもと違うからびっくりしたけど、素敵」

「良かった。街の仕立屋には『こんな派手なシャツをどこに着ていくんだ』って聞かれたけど、恋人に勧められたって答えたら超特急で仕上げてくれたんだ。『好きな女性が喜んでくれる服装が一番だ』ってね」

花柄の服を完璧に着こなしたカイルダールが笑った。

「へえ……そ……そうなの」

猛烈に顔が熱くなってくる。

「では、私と主人は席を外しますので、娘とごゆっくりなさってくださいませ」

「アリス、気分が悪くなったらすぐに呼ぶんだぞ」

父母は、部屋にいた侍女を従えて出ていった。

部屋の中に、カイルダールと二人で取り残される。

再び心臓がドキドキ言い始めた。

「さ、最近、具合いいんだ」

「よかった。寝間着じゃないアリスを見るのは久しぶりだ。そのドレス、素敵だな」

カイルダールの顔が近づいてくる。

唇にそっと口づけされ、アリスは静かに目をつぶった。

恥ずかしくて目が合わせられない。『レディ・マリエール』もアリスの中から出てきてくれない。

「アリス」

優しく名前を呼ばれ、俯いていたアリスは勇気を出して顔を上げた。

「侯爵ご夫妻が君との結婚をお許しくださった」

顔が焼けそうに熱く、言葉がなにも出てこない。

「結婚式を挙げたら、このお屋敷に住まわせてもらう。部屋を一つお借りして、君が治るまで側で看病するつもりだ。孤児院での慈善活動のあとだけは、申し訳ないけれどしばらく会えない。それは君に感染症をうつさないためだから、ごめん」

アリスは無言のまま首を縦に振る。

言葉が出てこないのは、ありがとうと言うべきなのか、ごめんねと言うべきなのか分からないからだ。

「俺はアリスを愛してる。だからなにがあっても、できるだけ長く一緒に過ごしたい」

――優しいね……カイは……。

カイルダールの優しさは尽きることがない。

裕福な家族の愛情で生かされてきただけのアリスに対しても、親に捨てられ苦しい人生を歩まされている孤児たちにも、誰に対しても優しい。

だからアリスもその優しさに報いてみせる。

自分にできるすべてでカイルダールを幸せにしてみせる。

カイルダールの手が伸びてきて、アリスの痩せこけた身体をそっと抱きしめた。

「今回結婚したいと言ってくれたみたいに、これからはもっと我が儘を言ってほしい。俺は、君に我が儘を言われれば言われるほど幸せになる生き物なんだ」

アリスの目にかすかに涙が浮いた。

――いや、泣かない。私、悪女だし。

カイルダールのぬくもりを感じながら、アリスはぎゅっと唇を噛みしめる。

「そうだ、アリス、手を貸して」

カイルダールは身体を放すと、魔法のように取りだした指輪をアリスの指に嵌めてくれた。大きな青い石がついていて、ぶかぶかでぐるぐる回る。

「母上が王家に嫁がれるときに持参したサファイアの指輪だ。リンバーの宝石商が、母上の婚約記念に献上したものだと聞いている」

自分の指の幅より大きな宝石に、アリスは目を丸くする。

──せ、正王妃様の持参品？　とんでもない由緒のお品じゃない！

アリスは息を呑む。指に輝くサファイアは鮮やかで複雑な輝きを見せ、アリスの心を吸い込んでしまいそうな美しさだった。

「こ、こんな貴重品を、私に……」

「君は青い石が好きだろう？」

──そんなこと教えたっけ。小さい頃に教えたかも。覚えててくれたの？

カイルダールの言うとおり大好きな色だ。小さな頃、一度だけ見た海に似ている。

「母上はきっと、この指輪を君に託すことを喜んでくださると思う。でも、君にはちょっと大きいね。今度夫人に頼んで大きさを直してもらおうか」

ぶかぶかの指輪を嵌めたアリスの手に、カイルダールが優しく口づけた。

「アリス、俺は君を愛している。君に恥じぬ人間でいられるよう、これからも努力するよ。だから俺の妻になってほしい」

泣くな、泣くなと何度言い聞かせても、視界が滲んでぼやけてきた。

──私は……悪女になって、貴方に綺麗さっぱり嫌われる。未練なく嫌われる。新しい奥さんだって死ぬ前にちゃんと探してあげる。

それがアリスが結婚を望んだ理由なのだ。

だから、とっさになんと答えていいのか分からなかった。

優しい王子様の真摯な誓いを『レディ・マリエール』ならどのように受け止めるのか。

アリスは逡巡の末、震える声で答えた。

「え、ええ……受けて差し上げてよ。せいぜい世界一の幸せ者におなりなさい」

「ありがとう」

再び抱きしめられ、アリスはこみ上げる嗚咽を呑み込んだ。

──私、絶対に頑張るから。私がいなくなった世界でも、カイが幸せになるように。優しい貴方が、誰からも傷つけられずに生きられるように……！

アリスはカイルダールの肩越しに机を見つめる。

そこには、アリスが身体が動くうちにと必死に作っている、彼の未来の妻候補のリストが置かれていた。

求婚から半月
カイルダールとアリスの、形だけの結婚式が行われることになった。
──良かった。私、半月も元気でいられた！　今日も生きてて、良かった。
家族だけの結婚式だ。
アリスの身体では来客を迎えて、長い時間耐えることができない。

第二王子の結婚式は、本当ならエンデヴァン公爵家が所持する聖堂を借り切り、何百人もの来賓を招いて行うべき格式なのに。

そう思うと、カイルダールに申し訳なくなる。

――本当に、私さえ元気だったら……。

だが、アリスは頭を切り替えた。

今日の結婚式は『悪女の我が儘』で行うのだ。

ここ数年は常に寝間着なので、着飾りたいからドレスを作ってほしい。

会場はとにかく豪華に花で飾ってほしい。

精一杯の我が儘を高慢ちきな態度で告げたら、父は『そうだ、結婚式くらいそうやってお前の望みを通していいんだ』と涙してしまった。

『悪女風の巻き髪にしてもらいたい』というのだけは母に断固却下され、普通に結い上げられてしまったが。

自宅の広間は、溢れんばかりの花で飾り立てられている。

家族が用意してくれたのだろう。

余命いくばくもない娘の、我が儘な結婚を祝福するために、こんなに贅沢に飾ってくれたのだ。

そう思うと申し訳なくて涙がこみ上げてくる。

――悪女は泣かない！　ふんぞり返るのよ。

アリスは急いで、己の中の『レディ・マリエール』を呼び出す。

「素敵ね。華やかで私の門出に相応しくってよ。このドレスもレースが綺麗でとても気に入っているわ」

アリスが纏っているのは、なるべく簡単に着付けができるよう工夫された、純白の花嫁衣装だ。一見すると普通のドレスにしか見えない。特別な仕立てである。

「そう、気に入ったのなら良かったわ。素晴らしいでしょう、いつもの衣装の先生にご相談して、最優先で仕立てていただいたのよ」

アリスの車椅子を押しながら母が言った。嬉しそうだ。

隣では、父が花嫁姿を見守っていた。いつも通りのツンとした表情だが、非常に機嫌が良さそうだ。

どうやら両親はアリスの悪女な言動を『体調が良くなり遅い反抗期が来た』と解釈しているらしく、なにを言っても受け流されてしまう。

花で飾られた広間の奥には、急ぎで発注した新品の祭壇があった。

昨日の夜から、使用人たちが広間を『結婚式場』へと調えてくれたのだ。いつ消えてしまうか分からないアリスの未来のために。

『ありがとう。ごめんなさい』

涙と共に、皆に何度も頭を下げたい気持ちが湧いてくる。

――だめ、普段の私みたいなことはもう考えないの。強い悪女を目指すのよ。やらなきゃいけないことがたくさんあるんだから！

アリスは涙をためた目で昂然と顔を上げた。

「ほら、アリス、殿下もいらしてくださったわ」

母の優しい声にアリスは振り返った。

――あ、あああぁぁっ！　素敵、格好いい……！

カイルダールの凛とした花婿姿に、アリスの胸がどうしようもなく高鳴った。

純白の上下に胸に飾った白と薄桃色の薔薇。普段とは正反対の衣装のせいか、異国の血を引く精悍な美貌が際立って見える。

アリスは嬉しさのあまり、車椅子から立ち上がった。

あまりにカイルダールが素敵だったからだ。

アリスは純白のドレスの裾を持ち上げ、ゆっくりとカイルダールに歩み寄る。

カイルダールが慌てて腕を差し伸べてきた。

「無理をするな」

「素敵！　とても素敵！　……いや、えっと、私に釣り合っているわ。褒めてあげる」

間近で見てもカイルダールは美しかった。いつもと違う前髪を上げた髪型も格好いい。

いつまでもうっとりと見ていられそうだ。

「これも持ってきた。一緒に式に出ようと思って」

カイルダールが、無数の脚が生えた青い針山を懐から大切そうに取り出す。

――それは今日はいらないです。

とも言えず、アリスは曖昧(あいまい)に微笑み返す。

カイルダールが謎の物体を再び懐にしまい、手袋の上からサファイアの指輪を嵌めたアリスの手を取った。

「こんなに美しい君を妻に迎えられて嬉しい。今日の君は、世界一綺麗だ」

「カイ……」

あまりの嬉しさに、我慢していた涙が滲み出る。

好きな人に花嫁姿を綺麗だと言われることがこんなに嬉しいなんて。

絹の手袋を嵌めた手で涙を拭い、アリスは背筋を伸ばして答えた。

「そうよ、嬉しいでしょ？　今日も明日も私は美しいのよ」

『レディ・マリエール』でさえこんな高慢な台詞は吐くまい。

「ああ、嬉しい。俺はずっと、花嫁姿の君が俺の隣に立ってくれる日を夢見てきたんだ」

――そんなことを言わないで。私まで胸が一杯になってしまう。

アリスの目からとうとう涙がこぼれ落ちる。

自分だってどんなに嬉しいか。痩せ衰(おとろ)えて死んでいく前に、精一杯綺麗に着飾った姿をカイルダールに見てもらえたのだから。

「わ……私も……嬉しい……」

リエナが慌てて駆け寄ってきて、さっとハンカチを差し出してくれた。

悪女なのに、王子様の台詞で素直に号泣するなんて。

そう思ってもこの涙は止まらない。

——死ぬまで人前で泣きたくなかったのにな。でもいいか、自分の結婚式で嬉し泣きしてるだけだし。自己憐憫で泣いてるわけじゃないから、今日はよしとしよう。

泣きじゃくるアリスの背を支え、カイルダールが言った。

「さ、この椅子に座って」

「え、ええ、ありがとう」

アリスはハンカチを押し当てたまま何度も頷き、椅子に腰を下ろした。

家族や使用人たちが祝ってくれて、最愛の人が世界一綺麗だと言ってくれる結婚式。

白葉病になってしまった自分に、こんなに幸せな日がくるなんて思っていなかった。

「わ、私の泣き顔を見るのを……特別に許してあげてよ……っ」

強がりながら泣いているアリスを、誰もが優しい眼差しで見守っている。

数分後、ようやく涙を収めたアリスに母とカイルダールが話しかけてきた。

「アリス、教父様が式の誓いに立ち会ってくださるわ」

「祭壇の前まで歩けるか？　無理なら車椅子で行こう」

「大丈夫」

美しい花束を手渡され、アリスは恐る恐る立ち上がった。かなり泣いたが、歩く体力は余裕で残っている。

アリスはカイルダールと共に祭壇の前にたどり着いた。

——確か『教父様に、説法を最短時間で済ませるよう頼んだ』ってお父様が仰っていたわ。私が倒れたら大変だからって。

緊張の面持ちのアリスとカイルダールに、教父が言った。

「神様は常に、輝かしき門出を迎えた貴方たちを見守っています。私からのお話はこれで終わりです」

本当に話が短かった。有能な教父様だ。

「夫カイルダールは、妻アリスに永遠の愛を誓いますか？」

「はい、誓います」

迷いのない口調でカイルダールが答える。

「妻アリスは、夫カイルダールに永遠の愛を誓いますか？」

「誓います」

きっぱりと答え、アリスはもうひと言付け加えた。

神様にどうしても届いてほしいひと言を。

「それから神様に、夫の永遠の幸せを願います」

驚いたようにカイルダールがこちらを見たが、アリスは教父から目を離さなかった。

——私がいなくなっても、カイにはずっと幸せでいてほしいのです。神様、どうか叶えてください。

「神様は貴女の誓いをお聞き届けくださるでしょう」

優しい声で教父が言い、頷いた。

ほっとしてアリスは微笑む。

アリスの気持ちは最初から変わらない。

貧しい人のため、奉仕活動に尽力しているカイルダールに誰よりも幸せになってほしい。

頭はいいのに不器用な彼を守ってくれる人に出会ってほしい。それだけだ。

そのためなら悪女にでも、なんにでもなる。

「では、誓いの口づけを」

アリスはカイルダールと向き直って目をつぶる。

――ああ、今日は人生で一番幸せな日。ありがとうカイ、ありがとう、みんな……。

滑らかなカイルダールの唇が、アリスの唇を塞いだ。

こうしてアリスは、誰よりも愛する、大事な人の妻になったのだ。

第四章

アリスの部屋には、二つのベッドが並べられている。

両親が『結婚したから』と、カイルダールと一緒に自分の部屋で寝ることを許可してくれたのだ。

カイルダールのベッドの脇には瀟洒(しょうしゃ)な小机が置かれ、その上にアリスの婚約指輪と、無数の脚で自立する青い針山、結婚式でアリスが手にした花束が飾られていた。

闘病用の寂しい寝室が、新婚夫婦の幸せな一室に様変わりして見える。

——寝言を言ったらどうしよう。恥ずかしい。

頬が火照り、胸がドキドキする。アリスはじっとカイルダールの横顔を見つめた。そうしていてふと、彼から国王の動向を聞かずじまいだったことを思い出した。

「どうした？」

アリスの視線に気付いたのか、カイルダールが尋ねてくる。

「あの……国王陛下は、この結婚についてなにか仰ってた？」

「さあ？　別に」

――相変わらず、親子の距離がものすごく遠いね。

心配しながらアリスは問いを重ねた。

「結婚の報告はしたんだよね？」

「したよ」

「ねえ、本当に大丈夫だった？　意地悪なことをされなかった？」

「平気だって。その気になれば父上くらいは殺れるから」

カイルダールが天井を見上げたままぼんやりと答える。

「こ、こらこらこらこら、なに言ってんの、反逆罪に問われるよ！　そんなことをよそで言ってないよね!?」

「冗談だよ。奥さんの前でしか言わないさ、こんなこと」

カイルダールの言葉に、アリスはほっと胸をなで下ろす。

――なんか、国王陛下の話をするとき、カイはいつも上の空だよね。どうでも良さそうっていうか。今日は特に顕著だけど。嫌いだからだよね。

そう思い、アリスは話題を変えることにした。

「カイ、奉仕活動や公務がない日は、毎日私の部屋に泊まってくれるの？」

「そうするつもりだよ。侯爵夫妻の許可は得ている」

――あ……や、やっぱり……そうしてくれるんだ……。

両親公認で二人で朝まで過ごせるのだと思うと、胸が高鳴った。

自分たちは『夫婦』という特別な関係になったのだと、改めてそう実感できたからだ。

「あの……実はカイに言わなきゃいけないことがあるんだけど……」

迷いに迷った末、アリスは切り出した。

「私、実は悪女なの」

もしアリスが『カイが考えているよりも悪女なの』のようになり、突然お金を投げたりしたら……。

カイルダールは嫌悪感を抱くより前に『アリスを信用していたのに、こんな悪いことをするなんて！』と驚き、傷ついてしまうかもしれない。

そう考え始めたら、心配になってしまったのだ。

――いや『なんて悪女だ、愛が冷めた』とは思ってほしいんだけど、傷つけたい訳じゃないの。難しいな、さじ加減が。

ある程度は『私は実は悪女だ』と匂わせたうえで、悪逆非道の限りを尽くしたほうがいいのかもしれない。そう思い、葛藤の末に切り出したのである。

「そうか」

淡々と答えるカイルダールに一抹の不安を抱きつつ、アリスは話を続けた。

「だから、私が悪女の振る舞いに及んでも驚かないでほしい」

「分かった」

「なんで驚かないの？」

「いや、驚いてるよ。どうして急に悪女になったんだ？」

――まったく驚いていないでしょう。なんで笑ってるの？

アリスは起き上がり、カイルダールの顔を覗き込んだ。

「自分で自分の生き方を決めたの。人妻になったし、もう子供じゃないから」

「分かった、じゃあ俺は悪女の夫としての覚悟を決めておくよ」

――どうしてニコニコしてるのよ。ここは驚くところでしょ？

カイルダールの美しい笑顔を覗き込んだまま、アリスは話を続けた。

「たとえば、皿に五種類のクッキーが盛られてお茶菓子として運ばれてきたら、私は真っ先に、好きな味のものだけ食べ尽くすから。そんな妻を持ったんだと覚悟してほしい」

お茶のマナーとしては最悪の振る舞いである。

人前でバクバクお菓子を食べたりせず、一緒にお茶している相手に『お好きなものをどうぞ』と笑顔で勧めるのが貴婦人のたしなみなのだ。

まともな貴族の子女なら五歳児でもそうする。

「君がどんどん食べてくれて、元気になってくれれば嬉しいな」

「そういう話じゃない、私は悪行の話をしてるの」

通じている気配がまるでない。アリスは焦りながら念を押した。

「じゃあ、俺は奥さんがどのくらい好きか話そうか？」

不意にカイルダールが身を起こし、アリスを仰向けにして、ベッドに押しつけた。

「え？　……あ……っ……」

アリスの唇に、カイルダールの唇が押しつけられる。二人きりの部屋でかわす口づけは、相変わらず胸が高鳴り、背徳感に満ちていた。

——カイ……私やっぱり貴方が大好き……。

お互い寝間着姿で、横たわって口づけするのは初めてだ。いつものように抱きしめられての接吻とは違い、カイルダールの全身から熱を感じる。

ドキドキしていたアリスは、ふと違和感に気付いて尋ねた。

「……カイ、お腹にカイロを入れているの？」

「入れてないよ」

カイルダールがさっと腰を離す。

だが間違いなく、腹のあたりに棒状の熱い物体が入っていた。

「カイロを直接肌に当てたら火傷するよ。出したほうがいい」

「……自前のものだから大丈夫だ」

意味が分からない。アリスは首を横に振り、カイルダールに手を差し伸べた。

「カイロは外に出して」

「出したら大変なことになるから……」

大袈裟だ。お腹にカイロを隠していたくらいで笑ったりしないのに。

「火傷しない？」

「ああ、火傷は絶対にしない」

形のいい耳が赤くなっている。珍しくなにかに照れているようだ。

——なにが恥ずかしいのかしら？

不思議に思いながらも、アリスは言った。

「寒いのなら私の湯たんぽを貸してあげる。三つも足元に入っているから」

アリスは起き上がり、自分のベッドの足元から湯たんぽを取り出した。

「私、二つでも寒くない。一つはカイが使って」

カイルダールはごろりとアリスに背を向けると、毛布を被って言った。

「三つともアリスが使っていい、俺は大丈夫だ」

「でも、貴方のお腹のカイロ、小さくない？」

「君は可愛い顔をして痛いことを言うね」

どういう意味だろう。アリスは首をかしげ、カイルダールの毛布を捲った。

「こっちのほうが大きいよ、足元に置けるの。よいしょ」

アリスは湯たんぽをカイルダールの足元に押し込む。大型の湯たんぽは重く、かなりの大仕事だったが、息は切れなかった。

「温かいでしょ？」

アリスは再びモソモソとカイルダールのベッドに移動し、広い背中に寄り添って尋ねる。

彼にくっついていると、言葉にできないくらいの幸せがこみ上げてきた。

カイルダールからも拒まれる様子はない。やはり夫婦になったので、一緒に寝ても『はしたない！』なんて怒られたりしないのだ。嬉しい。

　──そうだ。このまま一緒のベッドで寝ちゃおうっと。

　そう思いながらアリスは尋ねる。

「湯たんぽ、侍女にもっと持ってきてもらう？」

「……俺は君と寝るにあたって、侯爵夫妻と約束したことがあるんだ」

　突然、深刻な声でカイルダールが切り出す。

「なにを約束したの？」

「君になにも入れないこと」

「私に入れる？　なにを？」

「男には入れたい物があるんだ、でもそれは君の身体のために、決してしないと約束した」

　まったく訳が分からない。

「どこになにを入れるの？」

「いろんな箇所に、俺が持っている物を入れたい。でも絶対に入れないと約束する」

「私に入れる……？」

　アリスの頭に、リエナが銅貨を貯めているお人形型の貯金箱が浮かぶ。

　お洒落好きのリエナは父の教育方針で『親が買い与える以外の服はお小遣いを貯めて買いなさい』と厳命されているのだ。

――なにを？　なにを入れたいんだろう？　銅貨の訳ないし。

頭が混乱してくる。

再びカイルダールがこちらを向き、戸惑うアリスを抱き寄せた。腹に隠しているカイロが熱い。お腹にぴったり当たっていて、機能がよさそうだ。

「いいな、私もこのカイロほしい」

「触らないでくれ」

ぴしゃりと言われ、アリスは慌てて手を引っ込める。

「ごめんなさい、取るつもりじゃなかったの。カイもお腹が冷えるんだね」

「違うんだ。この小さな……小さなカイロは……俺から生えてるんだよ……」

「どういう仕組み？　私もお父様に頼んだら買ってもらえる？」

アリスを抱く腕にますます力が籠もった。

「いや、侯爵にはこの話はしないでくれ。もう寝よう。さあ、自分のベッドに戻って」

そう言うと、カイルダールはそっとアリスの身体を押しのけた。突然カイルダールに突き放され、アリスは眉根を寄せて抗う。

「私、今日からカイと同じベッドで寝たい。いいでしょう？　嫌？」

「べ、別に嫌じゃない……んだが……あのな、自覚しておいてくれ。君は小悪魔なんだってことを！」

カイルダールは突然跳ね起きると、毛布を捲ってベッドから降りてしまった。

「どうしたの？」

「ちょっと用事が限界」

「用事が限界？」

アリスは首をかしげる。

「とにかく君は先に寝ていて」

「分かった……ここで寝ている……」

アリスは素直に答えて、枕と湯たんぽをカイルダールのベッドに移動させた。

――カイ、今、私のことを『悪魔』って呼ばなかった？

愛しい夫の残り香に包まれながら、アリスは考え込む。

――もしかして、私を悪女と認識したのかな？

だとしたら少し切ない。

でも、計画が予定通りに進んでいることを喜ばねば。

愛しい人にだんだん嫌われていく日々は、きっと苦しいだろうけれど。

カイルダールの美しい琥珀色の目が、別の誰かを映す未来は、きっと痛いだろうけれど。

考えるだけでぶわっと視界が歪んだ。

――いやいや、私、自分を哀れんで泣かないって決めたし。決意が弱ってるな。また明日、『レディ・マリエール』の本を読もう。あんな風に自分のやりたいことだけ貫き通して、高笑いしながら明るくぶっ飛んで生きるんだから。

目頭が熱いままだ。

今日の結婚式での誓いを神様は聞いてくれただろうか。

アリスがカイルダールの永遠の幸せを願っていることを。

誰よりも強い悪女になり、愛しい人を幸せな世界に送り出したいことを。

――神様、信じてますから、お願いしますね。

アリスは大人しく目をつぶる。湯たんぽが温かくてあっという間にうとうとし始めた。

今日は結婚式もあったので、疲れているようだ。

――カイの用事ってなんだろう？

起きて待っていようと思うのだが、気付けば目が閉じている。何度か無理やり瞼を開けたとき、ようやくカイルダールがベッドに滑り込んできた。

「なんとかしてきた。しばらくは大丈夫だ」

アリスは薄く目を開ける。

「大丈夫……？」

「可愛い奥さん、愛してるよ、おやすみ」

そう耳元で囁かれるのと同時に、アリスは安らかな眠りに落ちていった。

『一度、カイとゆっくりお茶がしたかったの』

アリスにそう微笑みかけられて断る自分ではない。カイルダールは昨夜の懊悩も忘れ、いそいそと調えられたお茶の席に着く。

オルヴィート侯爵家のお茶の時間は、とても優雅だった。

『アリスお嬢様』のために用意された茶器類は真新しく、彼女が今まで茶会を開いていないことを示している。

――ずっと療養していたから、使えなかったんだな。

綺麗な茶器を前にニコニコとご機嫌なアリスが愛おしく、同時にこれまでの長い闘病生活を思うと胸が痛くて、なんと言っていいのか分からなくなる。

だがカイルダールは知っている。アリスが誰の同情も欲していないことを。

――君は……なにを考えているんだろう？

白葉病の研究はしなくていいと言われたこと。

突然すぐにでも結婚したいと言い出したこと。

最近のアリスが不安定なのは、身体の調子が落ち着かないからなのだろうか。

彼女は無表情のまま不調に耐えるたちなので、放っておくのが怖い。

いなくなるときも、なんの前触れもなくかき消えてしまいそうで怖い。

胸の中で膨らんでいく不安に耐えられなくなり、カイルダールはアリスに呼びかけた。

「アリス」

「はごもご」

クッキーを頬張っていたアリスが謎の返事をした。

――本当にどうしたんだ、最近の君は？

厳しい躾を受けて育ったアリスが、口の中に食べ物を詰め込んで返事をするなんて。

本来の彼女であればこんなマナー違反は犯さないはずなのに。

そういえば、昨夜『好きなクッキーは全部私が食べる』と宣言された記憶がある。

「俺は食べないから、ゆっくりどうぞ」

なんとかクッキーを呑み下したアリスが、真剣な表情でカイルダールを見上げた。

「こんな振る舞い、お招き先でしたら大変なことよね？」

「あ……ああ、そうかもしれないな。でも俺たち二人のお茶会なら君の自由でいい。たくさん食べてくれて嬉しいよ」

「今の私、非常識でありながらも自我を押し通す悪女に見えた？」

質問の意味がよく分からない。

「いや、別に……君はそんなにクッキーが好きだったかな？　とは思ったけど」

正直に首を横に振ると、アリスは難しい表情で黙り込んでしまう。しばらくお茶を飲んだのち、アリスは顔を上げて、真剣な表情で尋ねてきた。

「……カイ、これは単なる質問なんだけど」

「うん？」

「私と婚約していないとしたら、カイはどんな令嬢を妻に迎えていた？」

まったく考えたことがない質問だった。

カイルダールは物心ついた頃からアリスが好きである。

世の中にあまたの美女がいるのは知っているが、カイルダールはアリスだけが愛しい。

無愛想だったり不器用だったりするところも含めて、アリスのことが可愛いと思う。

その気持ちは今も昔も変わらない。

「王族の義務と結婚していたんじゃないかな。つまり独身ってこと」

「じゃあどんな令嬢が好み？　胸が大きいとか、背が高いとか」

この質問で、新婚の妻に対して『俺の好みは君だ』と答えない男はいないだろう。

カイルダールは張り切って答えた。

「小柄でまっすぐな髪で、目は大きくてちょっとつり目、声は低くて喋り方が無愛想な人がいい」

「駄目だよ。もっと高望みしてみて。これは、えっと、占いなの」

カイルダールは首をかしげると、もう一度答えた。

「君と結ばれていなければ独身だ。この答えで占ってくれ」

「えーと、その答えだとね、カイに幸運をもたらす動物は『ねずみ』です」

重々しい口調でアリスが言う。

——なんだろうこの占い……。

「ねずみじゃ嫌だよね？　もっと大きくて格好いい動物がいいでしょ？」

「いや、ねずみでいいよ。俺が好きなのは奥さんだけだから」

そう答えると、アリスは耳まで真っ赤になったまま固まってしまった。反応がいちいち可愛すぎるのだが大丈夫だろうか。自分は大丈夫ではない。アリスが可愛いので小さく哀れなカイロが大変なことになりつつある。

「じゃあ今度は俺が占っていいか？」

カイルダールは口の端を吊り上げて尋ねる。

「え……え……？　うん……いいよ……」

真っ赤になったアリスがもじもじしながら答える。

――なんで君はそんなに可愛いんだ？

彼女が健康な身体だったら、お茶会などやめて、そこに見えているベッドに押し倒していただろう。

小さな唇をこじ開け、舌を絡めて、華奢な脚を開かせて……。

――この辺でやめよう、またアリスに謎のカイロを発見されてしまう。

カイルダールは静かに息を吸うと、アリスに尋ねた。

「もし俺以外の男と結婚するとしたら、アリスは誰がいい？」

――占いでもなんでもないな。俺だと言ってくれ。

「う、うーん。カ、カイがい……い、いえ、仕方ないから貴方で満足してあげてよ」

──可愛すぎる。

やはり今すぐアリスを押し倒して口づけしたくなった。

新婚なのだし、多少くっつきすぎていても大目に見てもらえるはずだ。

舌や指、謎のカイロを入れなければいいのだ。触れるだけなら。

カイルダールは立ち上がり、真っ赤になって硬直しているアリスを椅子から抱き上げた。

「ど、どうしたの？」

「占いの結果が出た。俺たちはこれからベッドで口づけするらしい」

腕の中のアリスが、真っ赤な顔のまま小さな手をぎゅっと組み合わせる。まっすぐな金の髪がさらりとすべり落ちた。可憐な仕草にますます欲望が募ってくる。

──口づけだけだ。口づけだけ。どこにもなにも入れない……！

ベッドにアリスをそっと寝かせて、柔らかな唇を奪う。アリスが華奢な手をそっと背中に回してきた。

気付かれる。またカイロの存在に気付かれる。そう思いながらカイルダールはアリスに覆い被さり、可愛らしい唇を無我夢中で貪った。

──暴発するなよ……？

自分に言い聞かせながら美しい髪を梳いたとき、不意にアリスが言った。

「ねえ、カイ……今日、あれしてくれる……？」

時間が止まり、一気に血液が逆流する。

「なにを!?」

声が思い切りうわずった。この状況で頼まれるあれとは『あれ』しかない。

まさかアリスに『あれ』の知識があったのだろうか。

だがそれは身体の弱いアリスには絶対にしてはいけないことだ。

カイルダールの心臓がばくばくと異様な音を立てた。

アリスの顔が真っ赤だ。大きな青い目は潤み、ひどく蠱惑的に見える。

「い、いや、あれはまだしないほうが」

「逆立ちしてほしい……」

「は?」

真顔になってしまった。

カイルダールは慌てて笑みを浮かべ直すと、優しく尋ねた。

「逆立ち?」

「うん。昔、よくしてくれたでしょ? 今もできる?」

青い大きな目が『逆立ちしろ』と訴えかけてくる。

カイルダールはカイロの様子を確かめた。収まってくれない。

「……君の前で逆立ちするのは俺だけだからな」

興奮のあまり意味不明の自己主張をすると、アリスは赤らんだ顔で頷いてくれた。

——くっ……可愛いから許す。

大きく息を吸うと、カイルダールはベッドから飛び降り、アリスに背を向ける姿勢で逆立ちした。この位置なら、悲しいほどに反り返るカイロを発見されることはない。

「すごい！　すごい綺麗な逆立ち！」

アリスが身体を起こした気配がし、小さな拍手が聞こえた。

『なんで今、俺に逆立ちさせたかったの？』

そう尋ねたいのはやまやまだが、カイルダールはその質問を呑み込む。

――こんな状況でもアリスに喜ばれれば嬉しいなんて……俺は……俺は！

カイルダールは左右両方の腕で片手倒立を終えると、体勢を戻してベッドに戻った。

「こんなに背が伸びたのに、まだ逆立ちできるんだね」

ベッドに座ったアリスが嬉しそうに抱きついてくる。

――か……かわい……い……！　かわいい！

カイロが元気になりすぎてもう我慢できない。

アリスにも自分のおねだりを叶えてもらおう。

「じゃあ、俺の頼みも聞いてくれるか？」

「な……なに……？」

アリスが落ち着きのない様子で尋ねてくる。大きな目はさっきから甘く潤んだままだ。

――やめておけ。

頭の中の自分が警告してくるが、身体のほうが止まらない。

「これ、握ってほしいんだ」

——だめだ、よせ。アリスに余計なことを教えるな！

カイルダールは頭の中の声を無視して、アリスの小さな手を服の上からカイロに導いた。

どくん、とそれが脈打つのが分かる。じわじわと危うい汗が身体中に滲んだ。

「え……これ……カイロ……じゃないの……？」

アリスが遠慮がちに反り返る分身を握る。

愛おしい手に触れられて、爆ぜそうなほどに元気な分身がびくりと蠢く。アリスが驚いたようにそれを凝視した。

「動いたよ、こ、これ……カイの身体の一部……？」

「うん、君に触られると嬉しい場所だ」

アリスは『触ってはいけないもの』だと直感したのか、そっと手を放そうとする。小さな顔は真っ赤になっており、視線は握らされた棒状のなにかに釘付けだ。

——触ってくれよ。

なにも知らない純真な婚約者にも、少しでいいから男のことを知ってほしい。

身体が燃え上がりそうなくらい『抱きたい』と思っていることを、うっすらとでいいから感じてほしい。性欲に濁った頭では、それ以外のことが考えられない。

カイルダールは分身から離れたアリスの手を引き、再びそれに触れさせる。

——調子に乗っていると暴発する。気をつけないと。

身体中がますます汗ばんでくる。

アリスは恐る恐る分身をさすり、小声で尋ねてきた。

「これ……カイから生えてるんだ……」

「生えてる」

分身を握るアリスの手に力が籠もる。本人は意図していないのだろうが、巧みに快楽を刻み込まれるような動きだ。

「ど……どこか……腫れちゃってる……のかな……？」

落ち着かない様子でアリスが言った。

「本当に知らない？」

もしかしたら、気まずくて無知のふりをしているだけなのかもしれない。本当は『カイロ』の正体を知っているのかもしれない。

「知らない……私にはこんなの生えないよ……」

アリスは握っている分身を凝視したまま答えた。

真剣そのものの表情を見る限り、本当に知らないようだ。

名門侯爵家の箱入り令嬢ともなれば、生まれてから嫁入り教育を受け始めるまで、男性の裸体など見る機会は一切ない。

メスディア王国では、宗教上の教えで、裸体を描いた絵画は展示禁止だし、人体彫刻も秘部は必ず布で覆われている。

やはりアリスは十歳の頃の無垢な天使のままなのだ。

不意にやるせなさがこみ上げてきた。

——君と俺は一緒に大人になるはずだったのにな。

切ないのか、恥ずかしいのか、嬉しいのか、分からなくなってくる。

「そうなんだ。じゃあ、俺のこれのことは内緒にしてくれ。それで、ときどき服の上から触ってほしい」

「なんでこんなに伸びるんだろう？　棒みたいになってるよ」

「俺の場合、アリスといるとこうなるみたいだ」

アリスの小さな手が、布越しに昂ぶる茎をしごく。ひく、ひく、と下腹が波打ち、あまりの快感に熱い吐息が漏れかけた。

「熱い。すごく熱いね」

アリスは『棒』の扱いが異様にうまい。本当にこれの正体を知らないのだろうか。

「血が、集まってるんじゃないかな……」

なんとか答えたとき、ひときわ大きく下腹部が波打った。限界だ。

「……ごめん」

カイルダールは強引にアリスの華奢な身体を引き離した。

「ちょっと急用を済ませてくる」

「どうしたの？」

「大丈夫、すぐ戻る」

驚きの声を上げるアリスに背を向け、カイルダールはアリスの部屋を飛び出した。

『じゃあ俺はちょっと……孤児院の近辺が心配だから見回りに行ってくる』

『奉仕活動は大事だけど、一人で出かけるのは危険じゃない？』

夕食後、出かけると言い出したカイルダールを、アリスも、家族も心配して引き留めた。

貧民街の治安の悪さは、メスディア王都に住まう者なら誰もが熟知しているからだ。

父が『我が家の護衛をお連れください』と申し出たが、カイルダールは『本当にできることしかしないので』と、謎の理由で固辞して出かけて行ってしまった。

――カイは本当に慈善活動を頑張ってるんだな。すごいな。天国の正王妃様も、きっと、すごく喜んでくれているよね……私も、もっと元気になって外出許可が下りないかな。まあ、完治する人がいない病気だから……難しいのかな……。

そう思いながらお腹をさする。

胃の中には、クッキーに加えて夕食まで入っているのだ。

たくさん食べたのに苦しくない。

家族で食卓を囲んだのも久しぶりだし、アリスがスープとパンと小皿の惣菜（そうざい）まで食べたのを見て、母が泣き出してしまったほどだ。

――いつもなら、命がけで具のないスープを半分啜って終わりだったのにな。最近お腹が空くんだよね。私、今までどうやって生きてきたんだろう？

アリスは元気になった。異常なくらいに元気になった。

――なんか、身体が自分のものじゃないみたい。

ベッドに座ったアリスは、じっと両手の爪を観察した。

爪がさらに白くなったような気がする。真珠のようだ、と言えば綺麗だが、やはり自分の爪が真っ白なのはなんだか気味が悪い。

――主治医の先生は、白葉病で八年も生きた患者はいないから、私もこの先どうなるか分からない、としか言わないんだよね。

死ぬ準備のうち、『次の奥様リスト』に良さそうな家柄を挙げる作業は終わった。

他にも、カイルダールの役に立ちそうな情報を残しておきたい。

アリスはしばらく考え込んだ。

――そうだ！　カイのいいところを列挙してみようかな？　私たくさん知ってるし。それを見たらカイも『俺はいい男なんだ！』って自信を持ってくれるかも。

良い案だ。悪女からのはなむけとして『第二王子カイルダール』の良いところをたくさん書き連ねておこう。

――カイは自分の格好よさをあまり自覚してないから。なぜなのか分からないけど。

アリスは机に着くと日記帳に向かい、ペンを走らせた。

『カイのいいところを挙げておきます。疲れたときに読んで元気をお出しなさい』

そして数行開けて、書き始める。

『寒い日でも暑い日でも、孤児院で慈善活動をするのが立派』

『王子様なのに医学の勉強をしているのが立派』

――こんなのみんな知ってる。他に私しか知らないことがあるかな？

『逆立ちが上手（うちの家族は誰もできない）』

『欠かさずにお見舞いに来てくれてありがとう。たくさん会いに来てくれてすごく嬉しかった。今後も大事な人に対しては誠実でいてほしい（私が言うまでもないけど）』

『慈善活動を頑張ってくれてありがとう。正王妃様もきっと喜んでくださってるね。私が手伝えなくて本当にごめんなさい。でも、お願いだから一人で頑張りすぎないで』

カイルダールに言いたいお礼がどんどん湧いてくる。彼に感じるのは感謝ばかりだ。

――括弧書きが多くなってしまった。文章下手だなぁ。でも、気持ちは伝わるはず。こうやって思いつく限り書いていこう。

そう思いながらアリスは日記帳を閉じ、『自由な悪女と可哀想なお嬢様』を手に取った。

リエナに『もう返して』と言われ、父に新たに買ってもらった新品だ。

何度読んでも『レディ・マリエール』がすごい。そしてアリスはまるで悪女のすごさに追いつけない。

寝室でできる悪行に限界があるのだ。

――虫だけは……自分で頑張っても無理だし……。

手にした虫が暴れる様を想像するだけで腰が抜けそうになる。

やはりお茶会に招かれたり、パーティーに出かけた先などで暴れ回らないと、彼女のような凄まじさは出せないのだ。

――私の悪行、今のところカイにまったく伝わっていないしな。

クッキーを下品に独り占めしても、好みの女性を聞き出すのに失敗して『占いの結果は〝ねずみ〟だ』と意地悪を言っても、彼はまるで動じていなかった。

――ねずみなんて小さくて盗み食いばっかりするのに、ねずみでいいなんて。カイはすごく格好いいんだから『黒い馬』とかでしょ！

まだ悪逆非道さが弱いのだ。足りていない。

今のアリスは『悪女』ではなく『最近言動がおかしい妻』にすぎない。

――でも、なんとか頑張ってみよう。悪逆非道な女になって『アリスなんてもう好きじゃない』って思われなきゃいけないしね。

アリスは天井を眺めながら、はぁ、とため息をついた。

己の心に反することをするのは辛い。

どんなにカイルダールに嫌われようと、自分は好きだからだ。

けれど誰からも哀れまれず、流星のように消えるには『アリスは悪女になって好き勝手やっていた』と思われるのが一番いい。

目から涙が落ちたので慌てて拭う。

この病気で家族をたくさん泣かせたのだから、自分だけは泣かないと決めている。

どんなときも平気な顔のアリスでいるという誓いは破りたくない。

――私は家族にもカイにも、いっぱいよくしてもらった。もったいないくらいなんでもしてもらえた。だから泣く資格なんかない。笑顔で感謝しているべき。

しばらく涙を拭ったあと、アリスは洟(はな)を啜って腕組みをした。

もう一つゆゆしき問題があるからだ。

――なんか……カイの身体から、棒が生えてる……んだよね……。

この手で確かに握った。あの棒はなんなのだろう。

先ほどの、両親には絶対言えない睦(むつ)み合いを思い出し、アリスは真っ赤になって俯いた。

考えることが多すぎて、頭を抱えたくなる。

先ほど握らせてもらって確信した。

あの棒はカイロではなく、カイルダールの下腹部から生えているものだ。

――他の人にはあんなの生えてないと思うんだけど。

母に聞いてみるべきだろうか。だが、アレを握ったときのカイルダールの反応を思い出すと、『絶対他人には聞かないほうがいい』と直感的に分かる。

――あの棒、カタツムリの角みたいに出たり引っ込んだりするのかな？　普段、カイのお腹はあんな風になってないし。

もしかしたらカイルダールは『突然棒が生えてくる』という秘密を、こっそりアリスにだけ打ち明けてくれたのかもしれない。

——そうなのかも。きっとそうだ。顔が真っ赤だったし、たぶんそうなんだ！　病気なのかな？　あんな病気あるのかな？

頭があの棒のことでいっぱいになり、落ち着かない。

ちょうど侍女も休憩で外しているようだ。書庫に行って人体の本を探そう。

アリスは室内履きを履いて、上着を羽織り、部屋を飛び出した。

——身体が軽い。身体全体が鉛みたいだったのに、それがいきなり消えた。急に良くなりすぎて逆に怖いけど、好きに動けるのはありがたい。

久しぶりの書庫は綺麗に片付けられている。ここには主に父が収集した本が集められているのだ。

アリスは書架に向かった。『人体』に関する書物を探し、たくさんの百科事典の中から『人体のすべて』と書かれたものを取り出す。

『未成年の閲覧を禁ず』と表紙に書かれていた。

アリスは十八歳で、成人だ。よって閲覧権はある。

——コレはなにかありそうな本ね。

震える手で、ゆっくりとページをめくる。中にはおぞましい人体の縦割り図などが描かれている。くりぬかれた目玉の説明図もお腹の解剖図もあった。

――す、すごい本だ、確かに大人しか読んじゃいけない。

ページをめくっていたアリスは、手を止めた。

そのページには、堂々と人間の全裸姿が描かれていたからだ。上部には『学術用途以外の閲覧を禁ず　メスディア王国教会』と書かれた印が押してある。

この印をもらえば、露出させるのに不適切とされる部位も印刷していいらしい。

アリスはブルブル震えながら『男性』の裸身を凝視した。

――え……？　え？

概ね女性と同じだが、一つだけ謎の部位がある。それは『男性器』と記されていた。

――し、し、し、知らないよ……なにこの棒と袋……男性器？

なにかの間違いかと他のページをめくる。

だがそのページの続きにも、その棒が何度も出てくる。

男には必ずこの棒があると定義され、棒の存在を前提に百科事典が編纂されているのだ。

――嘘……！

アリスは百科事典を胸に抱え、書庫を飛び出す。

女性と男性の差異は胸の大きさだけだと思っていたが、そうではないのだ。全身がどくどく言っている。汗が止まらない。

――これは、部屋でじっくり読まないと。

アリスは自室に戻ると、休憩から戻り控えていた侍女に『しばらく読書をする』と告げ、長椅子に腰を下ろした。

『学術用途以外の閲覧』を禁じられたページは複数あるようだ。

──『生殖』……『未成年の閲覧を絶対に禁ず』……。

その章扉には、真っ赤な印が押されていた。

未成年は絶対に読んではいけないと強調されている。

子供が読んだら神様の罰が当たって大変なことになる内容なのだ。

──生殖ってなんだろう？

アリスは勇気を出してページをめくった。

そして、ただでさえ大きな目を、目玉が飛び出るくらいに見開いた。

第五章

――男には棒が生えている……。

アリスは家族との夕食を終え、湯浴みをしたあと、放心状態でベッドに腰掛けていた。

爵位を父に譲って事業に専念している祖父にも、不器用で優しい父にも、真面目で頑張り屋の兄にも、母方の伯父にも、侍従長にも、使用人にも、庭師にも、主治医の先生にも、男性には全員『棒状の男性器』が生えている。

もちろんカイルダールにも生えているのだ。

夕食は気もそぞろで、なにを食べたかも覚えていない。

母に心配されたが、アリスは隣に座る兄の股間にも『あの棒』があるのか気になって仕方がなく、ろくな言い訳もできなかった。

今も棒の衝撃で上の空のままだ。

――なぜ誰も私に『男には棒が生えている』って教えてくれないの？　愛し合う夫婦は性交するって教えてくれないの？　教えてよ！

理不尽な怒りを抱きながらアリスはため息をつく。そして『未成年者は絶対閲覧禁止』

のページをまた開いた。

『性交状態の断面図』と書かれたそのページには、棒……つまり『男性器』が、女性の身体にある『女性器』に差し込まれる様子が図で表されている。

そのページには三回にわたり『愛し合う夫婦が行うこと』と但し書きがあった。

性交を相手構わず行うことは教会の教義で厳禁なのだ。

頭の中で嵐が吹き荒れ、ぐわんぐわんと鳴った。

アリスは『断面図』を凝視する。男の身体から出てくる赤ん坊の素を、この棒で直接女性のお腹の奥に注ぎ込むのが、正しい子供の作り方らしい。

呆然としながらアリスは断面図をなぞった。

――すごく奥までズブッと入れるんだな。そのためにあの棒が硬くなるのか。

『いろんな箇所に、いろんな物を入れたい。でも絶対に入れないと約束する』

初夜のカイルダールの言葉を思い出す。

――あの棒は、愛情や性的な欲求が高まると硬く大きくなるって書いてあった。性欲って、カイと触り合うと恥ずかしい感じがすることかな？

目は『性交の断面図』に釘付けのままだ。

――脚の間の『女性器の穴』に大きくなった棒を入れて、奥までズブリ……愛し合う夫婦のみが行っていいんだ。愛し合う、夫婦……。

自分たちも該当するではないか。ならば一度試してみたい。

病気が重いときは無理だっただろうが、元気な今なら、穴に棒を入れられるくらいは耐えられるはずだ。

——いつまた具合が悪くなるか分からないし、やるなら今しかない。

それに、カイルダールもアリスと性交したいのだ。

『性交したいときに男性器が硬くなる』と百科事典に明記されている。

棒を握らせてくれたとき、彼は遠回しに『今、自分は性交したい状態だ』と教えてくれたに違いない。

——ごめんね、カイ。あれは、私が病気だからできないけど、本当は性交したいって伝えてくれたんだよね。大丈夫だよ、きっと今なら死なないから。

問題は、性交すると妊娠するかもしれない、という点である。

——カイにこの『精子』とかいう人間の素を出さないでもらえたら、私のお腹に赤ちゃんは入らないはず。

「アリスお嬢様、お茶をお召し上がりになりますか？」

侍女に声をかけられ、アリスはベッドから飛び上がりそうになった。

「え、ええ、ありがとう。カイは今夜いつくらいに戻るのかしら？」

「三時間ほど前に貧民街にお出かけになられましたから、日付が変わる頃にお戻りになるのではないでしょうか？」

アリスは柱時計に目をやる。

日付が変わるまで、あと二時間ほどだ。

——精子って出すの我慢できるのかな？　性交すると興奮する、興奮すると精子が出るって書いてあるけど、侍女は知ってるかな？

アリスはチラチラと侍女の様子をうかがった。

だが『男の人は、精子を出すのを我慢できる？』と聞く勇気が出てこない。

侍女にそんな質問をしたら母に筒抜けだ。

即座に母が飛び込んで来てこの百科事典を取り上げられ、『貴女は大人しく療養していなさい！』と怒られるに決まっている。

——お母様にかかれば、少しでも身体に悪いことは全部禁止だもん……だから性交のことも教えてもらえなかったんだろうな。分かるけど、知りたかった。

カイルダールに直接聞くしかなさそうだ。

アリスは次に『出産』のページを開いた。

出産が大変なことは以前から耳にしているし、百科事典に書かれた様々な事例を読んで、病気の自分には出産は無理だろうと分かった。

——そういえばリエナが産まれたとき、お父様は『良かった、無事に産まれた』って泣いてたっけ。命がけだからだったんだね。

人体の不思議に思いを馳せながらアリスは百科事典を閉じた。

病気でなかったら、花嫁修業の一環としてこれらの話を習ったのだろう。

跡継ぎを作ることは貴族の妻の大事な仕事だからだ。

母は嫁いですぐに兄を授かったので、祖父母がとても喜んだと聞いたことがある。

——カイの子供は、次の奥さんに産んでもらうしかないんだな……。

そう考えたらなぜか涙が出てきた。侍女に気付かれないよう拳でぐっと拭う。

泣くことはない。

——だって私、出産は無理だけど、性交だけならできるし。

カイルダールと初めて性交する人間は自分でありたい。

自分の我が儘さが末恐ろしくなるが、これだけは『次の奥さん』に譲りたくないと思った。普通の夫婦がすることをなにもしないで死ぬのは嫌だ。

ほとんどのものを『次の奥さん』に譲らねばならないのだ。なにか一つくらい、自分も思い出がほしい。

——だけどこんなことしたら、カイに変な未練が残るかな……？　分からない。分からないけど、私は望んでしまっている。

アリスは運ばれてきたお茶を飲みながらため息をつく。

とにかく今日は衝撃の一日だった。

この百科事典を開くまで、アリスは世界の半分を知らなかったも同然なのだ。

——男性器が大きくなること、勃起って言うんだ。カイは私と性交したくて勃起してくれたんだ。嬉しい。だってカイは誰彼構わず性交したがる人じゃないもん。私が奥さんになったから、したいと思ってくれたんだもん。

なんとも言えない喜びが胸の中に広がる。

カイルダールはアリスが可哀想だから優しいのではなく、ちゃんと好いていてくれるし、女として扱ってくれているのだと改めて実感できたからだ。

嫌われなければいけないのに、好かれて嬉しいなんて間違っている。でも、嬉しいのだ。

きっと悪女なら、自分の感じた気持ちを誤魔化したりしない。

――嬉しい。嬉しいよ。ありがとう……。

涙が滲みかけたが、お茶の湯気で誤魔化した。

お茶を飲み終えたアリスは、侍女に告げる。

「書庫に本を返してくるわ」

「私がお返しして参りますわ」

「ううん、次は別の本を借りたいの。ゆっくり選びたいから一人にしてくれる？」

成人指定の百科事典を持ち出したことを知られる訳にはいかない。アリスの言い訳を信じたのか、侍女は深々と頭を下げて『かしこまりました』と返事をした。

◆

見回りから帰ったあとの、オルヴィート侯爵家でのもてなされようは大変なものだった。

真夜中だというのに、部屋で湯浴みをさせてくれるという。だが、侍従たちに身体を洗われるなんて子供のとき以来だ。何年ぶりかも思い出せない。

──自分で洗い慣れていると、人に任せるのは落ち着かないな。

カイルダールは『全部自分でやります』と断り、使用人たちが使う大浴場を借りた。

王国一の大富豪だけあって、使用人用の大浴場はとても清潔で、石鹸(せっけん)や洗髪料も素晴らしい品質のものが揃えられていた。

オルヴィート侯爵家に勤めたい人間は多いが、採用されるのはごく一部の極めて優秀な人間だけだと聞いている。

これだけの厚遇を得られるならば『憧れの職場』になるのも当然だ。

──久しぶりにお湯に浸かれて良かった。

一国の王子らしからぬことを思いながら、用意された寝間着に袖を通し、アリスの部屋に向かう。

入り口に佇んでいた侍女が招き入れてくれ、同時に侍女は一礼して部屋を出ていく。

アリスはベッドの隅にちょこんと腰掛けていた。

「まだ起きてたのか？　身体に悪いから早く寝たほうがいい」

「カイのこと待ってたの」

アリスが静かに振り返る。暖炉では惜しみなく薪(まき)がたかれ、部屋の中は充分に暖かい。

だがアリスの身体が心配で、カイルダールはベッドに歩み寄ってアリスの肩を抱いた。

「遅くなってごめん。さあ、ベッドに入って」

アリスは素直に従うかと思いきや、二つ並んだベッドの真ん中に座り込んでしまう。

「どうした？」

座ったまま、アリスが深々と頭を下げた。

「勃起してくれてありがとうございます」

――…………………？

駄目だ。アリスがなにを言っているのか咀嚼できなかった。衝撃でしばらく意識が飛んでいたようだ。

焦りのあまり声がうまく出せない。自分は今、動転している。刃物を持った賊が突っ込んできてもこんなに慌てることはないのに。

「え、え、えっ、なに？　アリス、なに？」

「勃起してくれてありがとうございます」

再びアリスが理解できない言葉を口走る。小さな頭は深々と垂れたままだ。

どく、どく、と心臓の音が大きくなっていく。

――え、アリスはなんて言った……？　勃……起……？

アリスの口から出てくるはずのない単語だ。

昼間のやらかしで、彼女はなにか知ってしまったのだろうか。

あんなものを淑女に握らせるなと、遠回しに怒られているのだろうか。

「そ、そ、それは、どういう意味で」

かすれた声で問うた瞬間に、分身がむくりと反応した。

この異様な状況に、なぜ謎の興奮を覚えるのか。純粋無垢(じゅんすいむく)なアリスの口から『勃起』という直接的かつ性的な単語が出てきたせいなのか。

「ここに来て」

アリスが顔を上げてベッドの隣をポンポンと叩く。

「いいのか？　隣に行っても」

訳が分からないまま尋ねると、アリスが頬を赤らめて頷いた。

勃つな、勃つな、と言い聞かせながら、カイルダールはアリスの隣に座る。ちょこんと座り込んでいたアリスが、涙の滲んだ目でカイルダールを見上げた。

——どうして泣いていたんだ？　あ……！

はっとなったカイルダールは、アリスの華奢な両肩を摑む。

「ごめん、さっき俺がおかしな真似をしたから泣いてたのか？」

やはりお嬢様育ちのアリスにあんなものを握らせるなんて、自分が間違っていたのだ。

オルヴィート侯爵夫妻が心からアリスを大事にし、汚らわしい知識からどれだけ遠ざけて育ててきたか知っていたのに、自分は性欲に負け、アリスにいやらしいことをさせた。

だから彼女は事実を知って気分を害し泣いている……のだと思うが、お礼を言われている理由がさっぱり分からない。

「あの棒、私の脚の間にある穴に入れたいんだよね？」

アリスの問いに、再び頭が真っ白になる。

──その、とおり、だけれど……どうして……。

想定外だ。想定外のことが起こっている。

「うん」

カイルダールはゆっくりと手を上げ、余計なことを口走ってしまう己の口を塞いだ。顔中が熱い。火照っているのが分かる。

「嬉しい！」

アリスが、正座して硬直しているカイルダールに全身で抱きついてきた。

柔らかな身体から、間違いなくアリスの歓喜が伝わってくる。

なにが起きているのか理解できない。

「ア、アリス、君はどうしてそんなことを知っているんだ？　昨日は俺のあれを、カイロだって……」

「カイロじゃないよ！　あれは男性器！」

意気揚々と答えられ、全身に冷や汗が噴き出した。

──正解だけど！

どこでなにがどうなったのかさっぱり不明だが、大変なことになってしまった。脳裏にオルヴィート侯爵の言葉が浮かぶ。

『教えたらやりたがりますから、あの子の性格上』

侯爵の予言通りになってしまったのかもしれない。嬉しそうなアリスをそっと抱きしめ返し、カイルダールは再度尋ねた。

「なぜ知ってるのか、俺に教えてくれないか？」

腕に抱いた身体は温かい。こんなに温かなアリスは久しぶりだ。

「お父様の百科事典で調べたの。カイのお腹に棒が生えてたでしょ。あれ、いきなりお腹が硬くなって飛び出してくる病気なのかと思って、気になって」

「百科……事典……」

「そう、私、男の人には棒が生えていることを知らなかったの。今日初めて知ったんだ」

アリスは侯爵に似て頭がいい。

百科事典に書かれた内容はすべて理解できたのだろう。そして、カイルダールや両親が隠していた真実に自力でたどり着いてしまったのだ。

「ごめん、アリス。俺が変なモノを握らせたりしたから」

「全然変じゃないよ。だってカイは私が好きで、私と性交したいと思ってくれたんでしょ？」

「え？　あの……それは……」

身体中汗だくである。下半身は『はい』と答えているのに、頭は『なんとか丸く収めろ』と指示してくるのだ。命令系統が壊れ始めている。

「そうだよね？」

華奢な腕でカイルダールを抱きしめていたアリスが、身体を離して顔を覗き込んできた。頬は桃色に染まり、大きな青い目には甘い光が浮かんでいる……ように見える。自分に都合の良い解釈なのだろうか。だが、アリスはひどくご機嫌に見える。

「ああ、そうだよ」

カイルダールはアリスのあまりの可愛らしさに負けて、正直に頷いてしまう。

「嬉しい！」

アリスが再び笑い、目をさらに潤ませた。この変態野郎、と張り倒されても仕方ないことをしたのに、なぜかアリスはとても幸せそうに見えた。

頬に優しく接吻され、カイルダールは信じられない思いで笑顔のアリスを見つめる。

――これはたぶん、なにか大変な誤解があるぞ。

「百科事典を本当にちゃんと読んだのか？」

「読んだよ。カイは他の女の人には勃起しないよね？」

「当たり前だ、そんなこと二度と聞かないでくれ」

ここは天国なのか、地獄なのか、自分はいったいこれからどうなるのか。

「うん、ならよかった……今日は元気だから性交できるよ」

再びアリスが優しく口づけてくる。

――なにが……なにが起きて……なにが……？

「私が奇跡的に元気なうちに性交しよう」

淫猥さの欠片もない、愛らしい口調でアリスが言う。とても嬉しそうだ。知ったからにはやりたいのだろう。侯爵の言ったとおりになってしまった。

「い……いや……それは……君の病気が治って、元気になってから……」

「駄目。明日はもう元気じゃないかもしれないから」

そう言うとアリスが切なげに表情を翳（かげ）らせる。

「私、カイが勃起したことが分かったとき、本当に嬉しかったんだ、ありがとう」

勃起してこんな風にお礼を言われている人間は、メスディア王国広しといえども自分くらいではないだろうか。そう思いながら、カイルダールは首を横に振る。

「君の身体に障ったらよくない。やめよう」

「ううん、カイが精子を出さなければ妊娠しないよ。出さないで性交できる？」

「それは無理だ」

カイルダールは歯を食いしばる。

最愛の妻を抱きたいに決まっているからだ。

それに、ようやく腑に落ちた。

今日、百科事典で性のことを知ったばかりのアリスにとっては、新婚の夫に『性交したい』と思われるのは純粋に嬉しいことなのだ、と。

だからアリスは夫の性欲を汚らわしいなんて微塵（みじん）も思っていない。

『愛されているから勃起された』と素直に思っている。

——どうして君はそんなに可愛いんだ……？

こんな状況なのに、幸せで涙が出そうになる。

自分の愛情を信じ切っているアリスがいじらしくて、愛おしすぎて、どうしていいか分からない。

改めてアリスが好きだと強く思った。

思考がどんどん『どうやって抱けばアリスは安全か』というほうに傾いていく。

なぜ実現の可能性を検討しているのか、やめろ、そう自分に言い聞かせるが止まらない。

——最後は抜いて腹の上に出すとしても、挿れた時点で妊娠の可能性はある。

医師としてはそう避妊指導をしろと徹底されている。

かといって病気のアリスに避妊薬を飲ませていいのか、と言われれば難しい。

薬には副作用があり、アリスの身体に負担がかかる。

避妊具もあるが確実に効果があるものではない。自分にかぶせて漏れないかの実証実験をしたことがないから信用できないのだ。

腕の中でモゾモゾしているアリスを抱いたままカイルダールはため息をついた。

「ごめん……アリス。せ、精子は挿入すると絶対に出てしまうんだ。だから、君を愛しているけれど性交はできないん……」

言い終えるよりも早く、アリスは、すべて前開きになる介護用の寝間着のボタンを外し終えていた。肌着が丸見えになっている。

カイルダールは慌ててアリスを制した。

「待ってくれ」

「嫌だ！」

必死なアリスの声にカイルダールは動きを止める。

「私は生きているうちに、やりたいことを全部やるの。元気なうちに性交したい。私に勃起してくれたカイとしたいんだよ」

アリスの大きな目からは涙がこぼれ落ちそうだった。

「子供ができても産めないから、私が性交するのは禁止なんでしょ？　分かってる。でもしたいの。無責任で最低の女だって自覚くらいはある」

カイルダールの袖をぎゅっと握りしめ、アリスは続けた。

「私、元気な今しなかったら、死ぬまで『なんであの夜に性交しなかったんだろう』って後悔する。悪いけど私、怒ってるからね。『病気で可哀想だから、健康な人にしかできないことは教えないでおこう』って思われていたこと、怒ってる」

「それは、その、本当に君の身体に悪いから」

返す声にはまるで力がこもらなかった。

自分の言葉にはなんの説得力もないからだ。

アリスの言うとおり、侯爵夫妻も自分も、病気で苦しむアリスに『余計なこと』は教えないでおこうと考えていた。

　この結婚生活も、アリスが喜べばいい、納得すればいいと、ままごとのような日々のままで済ませようとしていたのだ。

「身体に悪いことでも、こんなに大事なことなら教えてほしかった」

　アリスの涙が心に突き刺さる。

「ごめん……」

「謝らなくていいから性交して。子供ができない方法を隠してるなら教えて。だって周りのご夫婦は、子供を十人も二十人も産んでないもん。どうせ薬とかあるんでしょ？」

　アリスの大きな目から涙がぼろぼろとこぼれ落ちる。

「妊娠を止める薬はあるけど、呑むと気分が悪くなる女性もいるんだ。君が呑んだら、大きく体調を崩すかもしれない。俺としては呑ませたくない。君の主治医も間違いなく同じ判断をするだろう」

「呑む」

　即答され、カイルダールは言葉に詰まる。

「……ここに薬はない。君とする予定はなかったから」

「じゃあ持ってきて」

『みんなが君を心配しているのだから、いい加減にしろ』と叱ることもできる。

　だが、カイルダールはその言葉を口にできなかった。

自分たちの心配は当然だ。だが、当然であることを理由に、アリスの必死の願いを踏みにじっていいのか分からなくなってしまったからだ。

アリスは賢い。悲しくなるくらい自分自身の身体のことが分かっている。

――こんなことをしたら、確実にアリスの身体には悪い影響が出る……。

だが、アリスはそんなことは理解したうえで、身体に障っても構わない、一度でいいから妻として愛してほしいと心の底から願っているのだ。

――俺が抱いたせいで、健康な人が罹らないような感染症に罹ったら？　避妊薬の副作用で一気に弱ってしまったら？

もしもそんなことになったら、自分は一生後悔するだろう。けれどここで正論を振りかざして拒みとおしても、同じく一生後悔する。

「早く妊娠しなくなる薬を持ってきて、呑むから。お願い」

しばしの葛藤の末、カイルダールは選んだ。

アリスの願いを叶えようと。

後悔と、アリスの家族からの責めは自分が一人で負えばいいのだ。

どんなに『愛している、君が心配だ』と言葉を尽くしたところで、『共に危険を冒してくれなかった夫』の言葉などアリスには二度と届かないだろう。

十歳の知識のまま病の世界に閉じ込められていても、現実のアリスは十八歳で、賢くて、自分の意志で大事な選択をする権利がある一人の女性なのだ。

オルヴィート侯爵家の人々とカイルダールは、『アリスに幸せな夢を見たまま眠りについてほしい』という願いを抱き、この結婚を決めた。

カイルダールにだって、愛する人と結ばれたいという思いくらいある。儚い身体のアリスが幸せになればいいと思い、その思いは押し殺してきただけだ。

しかし、『末永く何十年もずっと』は無理かもしれないけれど、アリスが元気な今夜なら、その思いは叶うのだ。

カイルダールは絞り出すように答えた。

「……その薬は、明日の朝呑めば間に合う。君を抱いたあとに王立大学に取りに行く」

「嫌だ！　抱くんじゃなくて性交してほしいの！」

「ごめん、性交することを、抱くとか愛を交わすって言うんだ。その……学術用語をそのまま使うと少し露骨だから」

カイルダールの説明に納得したのか、アリスは大人しく頷いた。

「そうなの……分かった……」

アリスは涙を拭うと、寝間着を脱ぎ捨て、薄い下着姿になった。

ごく親しい同性や、限られた侍女の前でしか見せないであろう無防備な姿に、かえって劣情をそそられる。

華奢な指で下着のボタンを外しながら、アリスは真剣な口調で言った。

「私は悪女なんだからね。自分勝手な人間なの。だからカイはなにも気にしなくていい」

「いや、君は悪女なんかじゃ……」

「ううん、もう悪女になったんだ」

下着が開かれ、真っ白な肌が露わになる。アリスは恥じらうように背を向け、肌着も脱ぎ捨てた。

カイルダールは先ほどまでの葛藤を一瞬忘れ、息を呑んだ。

アリスは胸を隠そうと思ったのか、長い髪を身体の前側に垂らした。

露わになったアリスの背中は美しかった。長く床についていた病人とは思えないほど、肌に傷がない。肘も肩甲骨も腰も、真っ白だ。

あれだけ寝たきりであれば、普通は肌の至る所が傷んでいるものなのに。

「カイも脱いで」

頷くと、カイルダールはいつもの黒い上着を脱ぎ、身につけていた簡素な衣装を軽く畳んで床に置いた。

幼い頃以降は、人に肌を晒したことなどない。だからアリスに裸身を晒すことにも強い恥じらいを覚える。

だが、欲情が羞恥心を凌駕し始めていた。腹に付くほど反り返った淫杭を隠さずに、カイルダールはアリスを背中から抱きしめる。

「これも脱いでくれ」

カイルダールは、アリスが身につけていた最後の一枚、下着の腰の部分に指を差し込む。

アリスがびくりと身体を震わせた。

「う……うん……」

「アリス、俺のほうを向いて」

下着から手を放して耳元に囁きかけると、アリスがみるみる真っ赤になりながら、ゆっくりとこちらを向いた。

そして大きな目を見開き『棒』を凝視する。

「気になる？」

「う……ううん……」

棒から視線を外さぬままアリスが答えた。

――凝視されると恥ずかしいな……なのに収まらない……。

カイルダールは傍らに置いていた黒い上着をベッドに広げた。そして、上着の隠しから、小さな入れ物を取り出し、脇に置く。

「この上に横になって」

「どうして？」

「初めてのときは出血するかもしれないからだ。ベッドに血痕が残っていたら、侍女や夫人を心配させてしまうだろう？」

アリスは素直に頷くと、広げた上着の上に移動する。

胸を隠したままアリスが横たわる。

武骨な自分とは別の生き物のように細かった。

どこもかしこも壊れ物のようで触るのが怖い。だが、カイルダールは思い切って、華奢な下半身を覆う下着を、真っ白な脚から抜き取った。

「寒くない？」

「うん……大丈夫……」

アリスはますます赤くなって膝をとじ合わせた。

いつもすとんとした寝間着を着ているので分からなかったが、アリスはとても美しい身体をしていた。

肉付きは薄く胸も小ぶりだが、長く病んでいた人間とは思えないほど滑らかな身体だ。もっと骨が浮いた、がりがりの身体を想像していたのに。

──侯爵夫妻が、高価な栄養剤を呑ませているからか……？

カイルダールには、アリスの身体が病人らしくない理由が分からなかった。

それに今は真剣に理由を探る余裕もない。

真っ白な肌に興奮し、下腹部に熱が溜まっていくのが分かる。

「アリス、傷用の軟膏があるから塗っていいか？」

「どこに塗るの？」

華奢な手で秘部と胸を覆い隠したままアリスが尋ねてくる。

口にすることに強い羞恥心を覚えたが、カイルダールは答えた。

「君の脚の間だ」

カイルダールはほっそりした脚を掴み、強引に開かせた。

アリスがびくりと身体を揺らす。だが、彼女は激しくは抗わなかった。恥じらいをこらえるようにぎゅっと目をつぶり、こちらに身を任せてくる。

カイルダールは秘部を覆い隠そうとする小さな手を外させ、金の和毛（にこげ）に包まれたそこを露わにさせた。

淫靡（いんび）な姿態に、カイルダールは悟られないようごくりと喉を鳴らす。そして、傍らに置いた入れ物の蓋（ふた）を開け、中の軟膏を指に取った。

無害な消毒用の軟膏だ。路上の格闘で擦り傷を負ったときなどに使っている。潤滑剤（じゅんかつざい）としても使えるはずだ。

「『男性器』を君の中に挿れるために、『女性器』の滑りをよくするんだよ」

できるだけ穏やかに声をかけると、アリスがびくっと身体を揺らした。

「う……うん……」

強い興奮を感じながら、カイルダールはアリスの脚の間に触れた。柔らかい毛の奥に、桃色の裂け目がある。

「あっ、や……！」

「今は指を入れるだけだ」

覆い被さりながら耳元で囁くと、アリスは身体の下で何度も小さく頷く。

アリスの入り口は狭かった。だが未熟な訳ではなく、座学で学んだ成人女性のものと大差はなさそうだ。指で広げると、かすかな音と共にそこが口を開けた。

ますます興奮が高まってくる。

――触っただけで暴発なんて洒落にならない。

カイルダールは己の昂ぶりを抑えながら、軟膏を取った指先を秘裂に突き入れた。

「あ……」

身じろぎするアリスに構わず、より深い場所に指を進める。濡れた粘膜が指に驚いたようにうねった。

カイルダールは入り口のあたりに軟膏を擦り付け、指を奥まで進める。

「ん……っ……ん……」

未知の行為にアリスが小さな声を漏らし、身体をよじる。

「痛いか？」

無言でアリスが首を横に振った。

身体中に汗が滲んでくる。人差し指の付け根まで淫窟に入れ、何度かそれを行き来させる。アリスは怯(おび)えたように、開いた脚を何度か揺らした。

アリスの中がだんだん熱く柔らかくなってくるのが分かる。

「どこまで……入るの……？」

「本番はもっと奥までだ。指じゃ届かない場所まで入る」

そう答えてカイルダールは、中に埋める指を二本に増やした。

中をかき回すたびにくちょくちょと蜜の音がして、アリスの細い路が収縮する。

「なにか出てくる……血……？」

怯えた様子のアリスに、カイルダールは答えた。

「女性は性交のときに、こういうとろとろの液を出すんだ。人間の身体がそうなってるから、アリスがおかしいわけじゃない」

「わ……分かった……あんっ……」

そっと指を抜くと、アリスが甘い声を出した。金色の細い毛に小さな雫がいくつも絡まっている。

カイルダールは身体を起こし、毛の中に埋もれた桃色の陰核を探り当てる。

小さなそれを指先で軽く押すと、アリスが嬌声と共に腰を浮かせた。

「ひぁっ！」

「ここ、気持ちいいか？」

「わ……わからな……んぁっ……！」

カイルダールはもう一度秘部に触れる。アリスの蜜口はすでにびっしょりと濡れていた。

蜜窟に指を差し入れ、親指で陰核を弄びながら、カイルダールは腰を揺らすアリスに尋ねる。

「苦しい？」

「ううん……もっと触って……」

アリスは首を横に振る。大きな目は潤み、桃色の唇が薄く開いている。

――夢じゃない、アリスが本当に俺のことを受け入れてくれるんだ……。

妄想の中でしか抱けないと思っていた愛おしい婚約者が、身体の下で甘い匂いを漂わせている。嬉しくてどうにかなりそうだ。

小さな粒を軽く押すと、アリスはぎゅっと目をつぶり、薄い腹を波打たせた。

「んっ！」

細い指は敷かれた黒い上着を必死に摑んでいる。先ほどまで隠していた両乳房が露わになり、先端が桃色に色づいているのが分かった。

――ああ、ここも可愛い……。

カイルダールは指で秘部を愛撫しながら、小さな乳房に唇を寄せた。

「あ、あぁっ、そこ舐めるの……やだ……っ、カイ……」

乳嘴を舌先でつつかれ、アリスが小さな声を上げる。ツンと尖ったそこを舌で可愛がるたびに、指を咥え込んだ淫路がなまめかしく蠢いた。

「やだぁ！　男性器、を、入れてくれるだけで、いい……っ……」

「駄目」

カイルダールはわざと素っ気なく答えて、硬くなった胸の先端を優しく吸った。

アリスの皮膚が薄いことは察せられるので、あくまでそっとだ。

傷一つ付けるつもりはない。

「んぅ……っ……」

アリスが身体の下で脚を閉じようともがく。ますます秘部が濡れ、蜜が指に纏わりついてきた。淫路は熱を帯び、より強く指を咥え込もうとする。

——そろそろ大丈夫かな。

カイルダールは乳房から唇を離し、身体を起こす。

そして膝裏に手を掛け、真っ白な脚を屈曲させて開かせた。

「や……やだ……見ないで……あ……」

アリスが弱々しく脚をばたつかせた。

「大丈夫、綺麗だから見たいんだ」

「き、綺麗じゃないよ……」

アリスが落ち着かない様子で、小さな手で身体を隠そうとする。

カイルダールはその、淫らで愛しい姿を目に焼き付ける。

——もう二度と君を抱けないかもしれない。今日が最初で最後かもしれない。

そう思うとなにもかもが尊く思えた。

アリスの腕も脚も、カイルダールが簡単に握りつぶせそうなくらい華奢で頼りない。

壊さないようにしなければ、という思いと、この白い身体を貪り尽くしたいという思いが交錯する。汗がますます滲んできた。

「君と性交できるか試してみていいか？」

色気のない言葉だと思ったが、こう言わないとアリスには通じないのだ。

カイルダールに強引に脚を開かされ、秘裂を露わにしたまま、アリスは頷いた。

「うん、お願い……」

不安そうな表情に、さらに劣情を煽られる。

「俺の身体に摑まって」

アリスは所在なげに上着を握りしめていた手を放し、背に腕を回してくる。

カイルダールは己の茎に手を添え、濡れた小さな孔に自身の先端を押し当てた。杭は逸るようにびくびくと動く。早くアリスの中に入りたくて苦しい。

「う……うう……」

怯えたようにアリスがぎゅっと目をつぶる。無事に遂げられますようにと願いながら、カイルダールはぬかるんだ蜜孔に己自身をゆっくりと突き入れた。

「お……大きいよ……カイ……」

細い腕が、身体が震えている。

「君は小さなカイロだと言っていたけどね」

カイルダールはそう答えて、アリスの額に口づけた。

愛しい妻と、身も心も結ばれたのだと思うだけで暴発しそうだ。

「動かないで……あ……あぁ……っ……怖い……っ……」

「なにが怖いの？」

「な、中が……破れる……よ……」

「破れないよ、このくらいじゃ」

そう答え、カイルダールは突き入れた己自身をゆっくりと前後させた。身体の下のアリスの呼吸が乱れ始める。

「い……いやだ……動かないで……んぁ……っ……」

「大丈夫だから」

「そ……そうじゃなくて……は……ぁ……」

動くと同時に、ぐちゅっ、ぐちゅっと淫らな音が聞こえた。

アリスの中が、カイルダールを食（は）むような動きをする。柔らかな襞がうねり、脈打つ怒張を甘く絞り上げた。

「あ……あぁ……っ……カイ……っ……あ、あ」

——俺のほうこそ、喘（あえ）ぎたい。

暖炉の炎がぱちぱちと爆ぜる音が聞こえる。カイルダールが腰を進めるたびに、アリスは身体を揺らし、かすかな声を上げた。

「可愛い」

アリスの熱を感じるごとにこみ上げてくる愛おしさを、どう言葉にしていいのか分からない。

本当に神様がくれた奇跡のような時間だ。カイルダールはアリスの脚を持ち上げて曲げさせた。より結合が深まり、淫杭がひくひくと蠢いた。

「んん……っ……！」

アリスは身体の下で身をそらし、嬌声を上げた。つがい合う蜜音が激しくなり、おびただしい悦楽の証があふれ出た。

——君も感じているのかな、この快感を。

カイルダールはかすかに額に汗を浮かべ、身体を起こした。

自分と繋がっているアリスの裸体を見たいからだ。

「あ、見、見ないで……あ……！」

アリスの真っ白な肌に、桃色に血の気が差している。春が来て花が咲き誇ったかのような美しさだ。

「嫌」

乳房を隠そうとするアリスの腕を押さえつけ、カイルダールは優しく抜き差しを繰り返す。

「見せて」

「駄目だよ……恥ずかしいから嫌なの……」

「どうして？　見たいんだ」

この白い肌に口づけのあとを残したい。もっと激しく彼女を突き上げたい。そう思う自分を必死で抑えていると、ますます汗が滲んでくる。

——駄目だ、落ち着け。落ち着いてするんだ。アリスに手荒なことをしては絶対にいけない……。

幸せいっぱいなのに、身体は焦れて焦れて息苦しいくらいだ。

もっと犯したい。彼女が乱れ泣き叫ぶくらい激しく。その一方で理性は赤子を抱くよりも優しく、丁寧に触れなければと告げてくる。

「ねえ、身体を隠させて……」

「駄目」

カイルダールは小さな頭に口づけてそう告げた。

「俺はアリスが世界一好きなんだ。見せてくれてもいいだろ？」

ともすれば果てそうになりながらも、カイルダールは何度もアリスの可愛い頭に口づけをする。

自分の奥さんがこの世の誰よりも大好きだ。そう思いながらカイルダールは言った。

「俺だって見られてて恥ずかしいんだ、お互い様だ」

「あ……う……うん……そうだね……」

アリスが素直に頷いて、可憐に頬を染めた。

「私、私ね、カイが勃起したのなら私に挿入してほしかったんだ」

そう言って、アリスが肩のあたりに何度も頬をすり寄せてくる。

——すごいことを言われてるな……でも、幸せだ……。

アリスの無垢さに笑みが浮かぶ。『居場所がない王子様』だった自分が、優しい妻からどんなに愛されているのか、痛いくらいに伝わってきた。

「嬉しい。ありがとう、ありがとう、カイ」

カイルダールも、何度も小さな頭に口づけを返した。

「お礼なんていらない。俺は、昔から君が好きなんだ」

ずっとずっと大事に思ってきたアリスに受け入れられてどんなに幸せか、この喜びをアリスに直接届けられればいいのに。

そう思いながら、カイルダールは細心の注意を払って、己の肌をアリスの身体に重ねた。

柔らかな乳房が胸に押しつけられる。気持ち良すぎて、腰の奥が溶けそうだった。

カイルダールを呑み込んだアリスの身体の中が熱くなってくる。

「ねえ、カイは……カイは性交気持ちいい？」

いつもは低めのアリスの声がうわずって聞こえる。

「ああ、もちろん」

良すぎてもう果てそうだ。静かな、荒ぶる己を抑えながらの交わりは、童貞のカイルダールにとっては難しすぎたらしい。

「なんだか、アリスに食べ尽くされそうな気がして」

「そ……そう……？　私も……なんか気持ちいい……」

愛らしく息を乱しながら、アリスがぎこちなく腰を揺すった。

「みんな、こんな素敵なこと、内緒にしててひどいよ……でも、してくれたから、ゆるしてあげ……っ……んっ……」

アリスの蜜窟が切なげにうねる。

「あ……あ……カイ……っ……だめ、動いたら変になる……！」

「どう変になるの？」

自分のほうこそもう吐精しそうなのに、アリスの反応が可愛くて聞かずにはいられなかった。自分に抱かれて甘い声を上げるアリスが好きだ。

愛しい彼女は、今やカイルダールだけの妻なのだ。

「わかん……ない……んぁ……っ……！」

強引に接合部に己の恥骨を擦り付けると、アリスが腰を震わせて背を反らせた。

びくびくと隘路が収縮しカイルダールを強く絞り上げる。

「やだ……やだぁ……っ……」

——駄目だ、もう……。

カイルダールは歯を食いしばって、達している様子のアリスをそっと抱きしめた。そして抱擁を解き、身体を起こして淫杭を抜く。

「ん……」

カイルダールはアリスの真っ白な腹の上に、びゅくびゅくと白濁を散らした。なにも分

からないアリスは、腹の上に精がしたたり落ちるたびに薄い腹を蠢かせる。自分でも呆れるほどに吐き出すと、カイルダールの頭にようやく静けさが戻ってきた。

「待っていて、今から綺麗にするから」

アリスは裸身を晒したまま素直に頷いた。

カイルダールは室内に用意された大量の布を一枚とり、蜜で汚れた脚の間を優しく拭った。ほとんど出血しておらず、布は淡い赤に染まっただけだ。

――結構きつかったのに……？

不思議に思いながらも、次に己の淫杭に付着した交合の名残を拭き取る。やはりほとんど血はつかない。血が出にくい体質なのかもしれない。

「痛みは？」

「大丈夫、今はなんともないよ」

カイルダールは頷き、最後にアリスの腹の上に吐き出した劣情の証を綺麗に拭った。

――もっと綺麗に拭かないと。

侍女に湯の用意をさせるわけにはいかない。

一度アリスに寝間着を着せ、広げた上着を取り去ったあと、彼女をベッドに寝かせて大浴場に向かう。

夜更けすぎなので風呂は空で、掃除も終わっていた。カイルダールは浴室の石鹸と冷水で念入りに汚れた布を洗い、絞った。そして部屋に戻って、濡れた布を暖炉の火で温め、アリスのもとに向かう。

「もう一度拭くからお腹を出して」

「うん……」

アリスは毛布を捲り、起き上がると、頬を赤らめながら寝間着の裾を捲った。

ひどく淫靡な眺めに再び押し倒したくなったが、なけなしの理性でこらえる。

――君のこと、朝まで抱けるよ……。

露わになった腹部を念入りに拭い、翌朝アリスの世話をする侍女たちが『痕跡(こんせき)』に気付かないよう証拠隠滅を図る。

幸せだった時間を、後ろめたい気持ちで消し去るのは少し悲しい。アリスはなにも言わず、大人しくされるがままになっていた。

「中で出さないのはどうして？」

「お腹の中で出すと、俺が出したものが脚の間から出てきてしまうから」

「分かった」

アリスは共犯者のような、真摯な表情で頷いた。

「身体は大丈夫か？　痛み以外にもおかしいところは？」

「平気」

アリスが膝立ちになり、カイルダールにぎゅっと抱きついてくる。

「カイ、本当にありがとう」

いつも通りの、媚態の欠片もないまっすぐなアリスの声だった。

先ほどまで纏わりついていた後ろめたさや悲しさが薄れていく。

後ろ指をさされるような行いであっても、彼女と自分の心はしっかりと結ばれ、満たされたのだと確信できたからだ。

自分たち『夫婦』だけは、今日の出来事を祝福しよう。

「お礼なんていらない、俺たちは夫婦だ。俺は君を愛してる」

たとえ肌を重ねるのが今夜で最後であっても、自分は永遠にアリスを愛するだろう。

そう思いながら、カイルダールはそっと抱擁を返した。

王宮にもエンデヴァン公爵家にもカイルダールの居場所はない。カイルダールは祖母の道具で、父にとっては存在すら認知したくない子でしかない。

唯一息がつける研究棟でも、カイルダールは何者でもなかった。グリソンの言うとおり、白葉病の研究に成果を出せない未熟者でしかない。

それでもアリスは、居場所のない自分を、身体ごと受け入れてくれたのだ。

「俺の奥さんは永遠に君だけだよ」

「……うん」

アリスは小さな声で、そう返事をしてくれた。

◆

夫が願いを叶えてくれた幸せな夜から、五日が経った。

避妊薬の副作用で胃が痛み、しばらく苦しかったが、白葉病で辛かったときも平気な顔はできたので、周囲を誤魔化すことは簡単だった。

母も侍女もなにも気付いていない。

アリスは無垢で無知だった頃の自分を演じ続けている。

侍女たちに湯浴みの世話をされ、丁寧に髪や肌を磨かれながら『今日もカイが帰ってくるまで起きて待っている』と無邪気に口にして、母が笑顔で見守る前で、あれでもない、これでもないと、カイルダールが翌日に着るシャツを選んで……。

皆が望むとおりに『ままごとのような結婚で喜ぶお嬢様』になりきっている。

父母も兄妹も侍女たちも、誰もアリスを疑っていない。

それでいい。嘘をつきとおす悪い人間になることを受け入れた。

カイルダールが抱いてくれた事実は一生の宝物だ。

結婚式で流した嬉し涙も、あの夜の痛みと快楽と愛おしさも、天国に持っていける最高の思い出だと思っている。

――神様、より一層夫が愛しいと思えました。ありがとうございます。我が儘な私を幸せにしてくださってありがとうございます。カイのことを本当にお願いします。

アリスは机の前で手を組み合わせ、神様に感謝の祈りを捧げた。

最近、急に体調が良くなり、主治医もカイルダールも首をかしげている。

この平穏な時間は、神様が八年間も苦しんだアリスにくれた、特別な贈り物なのかもしれない。完治するという希望は持っていない。これまで、白葉病に罹って生き延びた人間は一人もいなかったのだから。

でも、つかの間の奇跡でもいい。やりたいことの半分くらいはできた。

アリスは日記帳を開き、自分の書いたリストに目をやる。

列挙したのは、未婚の娘がいて、かつ王子妃としての『品位』……つまり経済的な支援が可能な家の名前だ。

相手の都合は聞いていないので、アリスの一方的な指名である。

——本当は一人一人に会って、カイを託せる人を選べれば良かったんだけど。家に呼ぶにも理由がないと難しいし、一度会ってお話ししただけで、私の事情をすべて理解してもらえるとも思えないし……。

言い訳を重ねているのは、心がまだ『嫌だ』と言っているからなのだ。

『カイの奥さんは私がいい』

そう思っているから思い切って動けない。

本気でなりふり構わず探すのなら、今すぐ着替えて、相手の家に押しかけて『私はもうすぐ死ぬから、どうしても会って話を聞いてほしい』と一人一人頼んで回るべきなのに。

——……だから泣くな。私は、まだまだ中途半端な悪女なんだよ……。

勝手に涙が溢れてくる。

アリスは慌てて目元をハンカチで押さえた。

――結婚しちゃ駄目な令嬢の特徴を書いておこう。うーん……まずは『王子様をやめても離婚しないでくれるか』という質問をして、嫌だと答える令嬢は駄目。それから、カイの慈善活動を妨げるような人も駄目。ええとあとは、カイのお祖母様の言うことを聞いちゃうような令嬢も駄目だよね。本当に私、厳しいお姑さんみたい。最低。

アリスは列挙する手を止めてページをめくる。

――結婚してもいい人の条件を……書いてみようかな……。

そう思って白いページにペン先をのせようとするが、手がまったく動かない。

条件ならいくらでもある。

健康な人。

優しい人。

カイルダールのことを大好きな人。

孤児院の清潔にすることができない子供も抱っこできる人。

掃除やゴミ拾いなどの厳しい奉仕作業もできる人。

贅沢を望まない人。

誰よりもカイルダールを優先してくれる人……。

すべてアリスがなりたかった『第二王子妃』の姿だ。

——早く手を動かしなさいってば。大事なことなの。書かなきゃ。

自分に言い聞かせてもまるで書き起こす気になれない。

せっかく起きていられるのに、書き残せる力がまだあるのに、なんて愚かなのだろう。

——そうだよ、いつまでも書けると思うな。頑張れ。

アリスは気力を振り絞ってペンを走らせる。長い時間をかけて書き終えたところで、放心状態になってペンを置いた。

そして、またページを開く。

——こんなにばらばらにいろんなことを書いたら、あとでカイが読みにくいでしょう。

そうでなくても私は文章がうまくないのに。

さっきからため息が止まらない。

どんなに己を鼓舞しても、心に居座っている『カイの一番好きな人は自分でありたい』という醜い自我が邪魔をする。

最近、気付いてしまった。

『レディ・マリエール』があんなにも気ままで勝手だったのは、王子様を愛していなかったからだ、と。

彼女は作品の中で『王子様の婚約者』だったけれど、王子様のことなんてたいして好きではなかった。

ヒロインを愛し、婚約を勝手にうやむやにしようとした王子様に怒って、仕返しをしていただけなのだ。

――だから私が『レディ・マリエール』と完璧に同じになるのは難しいんだ。私にできる嫌がらせなんて、もう、カイの前でお金を投げて『拾え！』って叫ぶくらいしかない。

だがそんなことをして怒るのは、カイルダールではなく父だ。

お金を粗末にしたと父の耳に入ったら、ものすごく叱られて……それで、病気だから許される。反省してこいと物置に押し込められることもなく、厳しい奉仕活動を命じられることもない。ただ身体が弱いから許されるのだ。

――……ちゃんと考えるのよ。一時間後に熱が出て動けなくなると思いなさい。そうしたらもう、起きて字を書く元気なんてなくなる。私はカイになにを書き残せばいい？

アリスは再びペンを取った。

そして新しいページに文字を綴（つづ）り始める。

『私がいなくなってもここはカイの家です。どうかこの家を実家だと思って頼ってください』

そう念を押すのは、昨日、父から衝撃の事実を聞いたからだ。

カイルダールが、父から慈善活動の資金援助を一切受けていないこと。

それから、彼が王立大学を卒業してからずっと、大学内の『研究棟』という狭く汚れた、本物のねずみが出るような施設で暮らしていたことを……。

昨日の父との会話を思い出す。

あんなに父に向かって怒ったのは、生まれて初めてだ。

『どうして私に教えてくれなかったの！　どうして、どうしてこの家に住めって言ってくれなかったの！　お父様はとてもお金持ちなのに、どうしてカイが住む家を借りてあげることもしなかったの、どうして……っ……』

自分は蚊帳の外に置かれるばかりだ。

あのときほどそう実感したことはない。

泣くまいと必死のアリスに、父は困り果てた顔で答えた。

『殿下に断られたら、侯爵である私から強要することはできない。黙っていたのも、お前に心配をかけたくないと殿下に命じられたからだ。アリス、殿下の妻になったお前から、オルヴィート侯爵家の支援を受けてくださるように改めて頼んでくれないか？』

お金を寄付してくれと頼まれることはあまたあるが、頼ってほしいと申し出て、頑なに断られ続けることなどないのにと、父は困り果てていた。

カイルダールが王族として命じたことには、侯爵の父は逆らえない。

メスディア王国における身分階級は絶対的なものだ。

国王の人望がなく王家の権威は失墜しつつあるが、それでも『国王命令』であれば貴族たちは従わざるを得ない。

ソフィ妃の息子アストンが、多くの貴族が反対する中で王太子に定められたのも、それが『国王命令』だったからだ。

――国王陛下が命令を連発しないのは、一度発したら、もう取り返しが付かないから。

実際に、アストン殿下を王太子に任命したことで、国王陛下は国民の信頼を大きく損ねた。命令によって損ねた信頼を取り戻すことはできないのよ。

アリスは唇を噛む。

夫が優しいことを、アリスは誰よりもよく知っている。

カイルダールは祖母や父親の理不尽な振る舞いに対しても、アリスにさえ愚痴らずに、ただ耐えているような人なのだ。

――絶対にお父様に遠慮してるんだよね……また自分がたくさん我慢して、どうにかしようとしてるんだよね……駄目だよ、もう我慢しちゃ駄目……。

また涙が出てきたが、気力でこらえてペンを動かし続ける。

『絶対に祖父と父と兄を頼ってくださいね！』

そう書き加えて、はあ、とため息をつく。

『私との結婚生活が本当に楽しかったのなら、また素敵な人を見つけて結婚し、新たに楽しく暮らしてください。相手は私の忠告を参考に選ぶことをお勧めします（ものすごく好きな人が見つかったらその人でもいいですが）』

――なぜ私は、カイに下手くそな文章を残すくらいしかできないの……。

自分に対して、強い怒りを覚えた。そのとき、部屋の扉が叩かれた。

「お嬢様、奥様がお呼びです。居間においでくださいませ」

侍女の声だ。普段は母が直接訪ねてくるのにどうしたのだろう。来客だろうか。

アリスはインクが乾かない日記帳を開いたまま、急いで扉に向かった。

「どうしたの？」

「それが、お嬢様に国王陛下からの御使者がお見えで」

——え……？　国王陛下……？

カイルダールを完全に無視し、結婚したことすら祝わない、声の一つも掛けてこなかった国王が、なぜ今さら使者を送ってきたのだろう。

寝間着から普段着用のドレスに着替え、居間に向かうと、そこには王室づき侍従の制服を着た男性たちが立っていた。胸には使者の印が留められている。

——本当に国王陛下からの使者……？

応対していた母が困り果てたようにアリスを振り返る。その隣には、リエナが不安そうに佇んでいた。

王家の使者たちがアリスに向かって一礼する。アリスはドレスの裾をつまんで、礼を返した。

「ようこそおいでくださいました」

彼らが派遣されてきた意図が見えない。

無言で様子を探るアリスに、使者の代表者が告げた。

「アリス・オルヴィート様、第二王子カイルダール殿下とのご結婚、誠におめでとうございます」

　――今さらお祝い……？

　ますます違和感が強まる。アリスは警戒を解かずに愛想笑いで答えた。

「ありがとうございます」

「国王陛下が直々にアリス様にお祝いを差し上げたい、と仰せです。これから我々と共に王宮にお越しいただけますでしょうか」

　――そんな、前もっての連絡もなく急に？　非常識すぎるわ。

　アリスは笑顔を保ったまま、母に視線を投げかけた。

　母は使者たちに頭を下げたまま答える。

「恐れ入りますが、娘は重い病で療養中の身でございます。外出することが難しく……」

「それでも、短時間でも良いので顔を見せてほしいとのことです」

　強引すぎるし、失礼すぎる。だが『そちらの都合が悪くても来い』という誘いは、命令に近い。

「……それは、国王陛下のご命令でしょうか？」

　母がそう確認すると、使者は頷いた。

「はい、そう解釈してくださって構いません」

　母がほっそりした手をぎゅっと握ったのが見えた。

　アリスを無理やり連れ出す『命令』を下した国王に、とても腹を立てているに違いない。

だが『命令』であれば、抗ったら罪に問われるのは、身分が下のオルヴィート侯爵家だ。

「かしこまりました」

アリスは母の代わりにそう返事をする。

国王は愚かだ。貴族の反感を買う『命令』しかできないどうしようもない人間だ。そう思いながら、笑顔で続ける。

「ありがたく、陛下のお招きにあずかります」

母が青ざめた顔でアリスを振り返った。心配で仕方ないに違いない。

「お母様、今日はとても具合が良いので、陛下に結婚のご挨拶をして参ります」

「アリス……でも……」

母に向かって首を横に振り、アリスは使者に尋ねた。

「病気療養中ですので、長い時間外出するのは難しいのですが構いませんか？」

「もちろんです」

使者は頷いた。おそらく国王は、カイルダールと結婚し、彼の支持基盤を固めさせてしまったアリスに、嫌味の一つも言うつもりなのだろう。

——行くしかなさそうね……白葉病の熱って突然出るから不安はあるけれど。

アリスは覚悟を決め、使者に深々と頭を下げた。

「それでは、僭越(せんえつ)ながら陛下のお目にかかりたく存じます」

「私もご一緒してはいけませんか？」

たまりかねたように母が尋ねた。だが使者は、母の懇願を一蹴する。

「陛下がお招きになったのはアリス様だけです」

「では、娘に供の者をつけて構わないでしょうか？　身体を壊しているものですから」

母が必死の形相で尋ねる。突然アリスが倒れたときに介抱し、屋敷に連れ帰れるよう、侍女や男手が必要だと考えたのだろう。

王家の使者はしばらく考えたあとで答えた。

「数人ならば構いません。ただし陛下の御前にお上がりになれるのはアリス様だけです」

「かしこまりました」

アリスはそう答え、半泣きの母に大丈夫だと頷いてみせた。

第六章

王宮を訪れるのは八年ぶりだった。

白葉病の進行は速く、発病からひと月もしないうちに次の発作を起こし、アリスは主治医に家から出ることを禁じられたからだ。

——久しぶりね。なんだかお庭の手入れが行き届いていないように見える。

オルヴィート侯爵家の馬車の中から、アリスはやや寂れた雰囲気の王宮を眺めた。

王家が求心力を急速に失っていることを知っているせいか、王宮はなんとなくうらぶれた雰囲気に見えた。

グレイシア正王妃が生きていた頃の、楽の音に満ちた優美な姿はどこにもない。

元気のない木々の間を走り抜け、馬車は『女神の門』と呼ばれる準正門に横付けされる。

王命で招かれた侯爵令嬢を迎えるにあたっては、過不足のない扱いだった。

だが、今のアリスはたとえ病身でも第二王子妃なのだ。

——格式から言えば、正門から招かれるべき。カイは正王妃様の息子なのよ。国王陛下がいかにカイを軽く扱っているか分かる。

しかも、準正門で降りても出迎えの侍女さえいない。憤懣やるかたない思いで、アリスは衛兵のあとについて王宮の玉座の間に向かった。

やはり王妃の存命時よりも空気が淀んでいるように思える。

――正宮殿ってあまりお伺いしたことがなかったな。正王妃様は離れでお暮らしだったから……。

やがて玉座の間が近づいてきた。衛兵に呼び止められ、ここで待つようにと指示される。アリスの護衛と侍女たちはここから先には入れないらしい。

「アリス様のみどうぞ」

衛兵の言葉に黙礼し、アリスは歩き出す。

急に呼ばれたのでよそゆきのドレスなどなかった。着る機会がなく、一枚も作っていないからだ。母のドレスでは大きすぎるので、仕方なく社交界デビュー前のリエナの晴れ着を借りてきた。露出が少ないが、大きく礼儀から外れてはいないはずである。

それに服装が地味な分、母が思い切りたくさんの宝石類を貸してくれた。

耳にも首にも、母が王都一の宝石商に作らせたダイヤモンドの宝飾品が輝いている。手にはカイルダールがくれた婚約指輪を嵌めた。

淑女としての武装はまあまあ調っている。

「お名前を」

玉座の間の衛兵がアリスに尋ねてくる。

——招いておいて名前を聞くなんて、失礼すぎる。お父様やお母様が開く舞踏会では、家の人間は皆、来客の名簿を覚えて、お名前をお呼びして歓迎していたのに。

無論、亡き正王妃のお茶会だってそうだった。こちらが招待した客に名前を聞くなんて社交界では通常あり得ないことなのだ。

アリスは彼らに視線をくれず、静かに答えた。

「第二王子カイルダールの妃、アリスでございます」

アリスが王宮の無礼な態度にへこへこしてみせたら、カイルダールの立場まで貶めることになる。冷たい表情のアリスの前で、玉座の間の扉が開かれた。

開かれた扉に向かって、アリスは無言で一礼する。

そしてドレスの裾をからげ、玉座の前まで歩み寄り、王の目をしっかりと見つめながら膝を折って淑女の礼をした。

王への敬礼では、目を見ることで『二心のなさ』を示すのだ。

相手がどんなに失礼でも言質をとられるようなことをしてはならない。

「ふむ、そなたはまだ歩けるのか」

正しく淑女の礼をしたアリスに、開口一番に王が言った。

まるで家畜の様子を確かめるかのような口調だった。

——カイとの結婚を祝ってくださるためにお呼びになったのではないの？

なにもかもが常識外れの『お招き』にアリスは心の中で悔しさを噛み殺す。

だが王が口を開いたからには、アリスも言葉を返さねばならない。

「ありがとうございます。おかげさまで小康を保っております、陛下」

アリスは無難な礼を口にした。王は笑みさえ見せずに玉座に座したまま言う。

「誰か『薬の君』をお呼びして参れ」

王は、傍らにいた侍従にそう命じた。

侍従は深々と一礼すると、足早に玉座の間を出ていった。

――『薬の君』？　どなたかしら？　陛下の態度を窺う限り、ずいぶん身分の高いお方のようだけど。

アリスは戸惑う。王がそれきり口を閉ざしてしまったからだ。

呼び出したアリスを労うでもなく、カイルダールの様子を尋ねるでもない。

こうなっては『臣下』のアリスもなにも喋ることができないのだ。

異様な沈黙が長く流れた。

王は、確か今年で四十七歳になるはずだ。容姿は整っており、若々しく見える。

瞳はカイルダールと同じ琥珀色をしていた。顔立ちもどことなく似通っているものの、やはり、愛する夫とは『似ても似つかない』と思う。

立ったまま会話の一つもなく待たされて、五分以上経っただろうか。

玉座の間に、衛兵を伴った美しい女性が現れた。

年の頃は二十歳くらいだが、表情があまりに落ち着き払っているので、もっと年上にも見える。

波打つ長い金髪に灰色の瞳で、品のいい薄紫のドレスを纏っている。宝飾品も過不足なく身につけているが、なぜか髪を結っていない。王の前だというのに下ろしたままだ。

――この方は、どちらのご令嬢かしら？　髪を下ろしているのはなぜ？

「おお、『薬の君』、呼び立ててすまぬ」

――私には労いの言葉一つもないのに、彼女には気を遣っている。きっと重要な立場の女性なんだ。

『薬の君』と呼ばれた女性が優雅な足取りでアリスに歩み寄ってくる。灰色の目はじっとアリスを見つめたままだ。

「薬の君、こちらの娘が八年前に白葉病を患い、今も闘病中の娘だ」

王がそう説明すると、薬の君は王を振り返って尋ねた。

「本当に八年もの間、白葉病に罹っておいでだったのですか？」

「そうだ、間違いない。なぜならその娘は私の息子の妻だからな。私の息子は、その娘の実家の支援ほしさに、彼女の白葉病を無視して先日結婚を強行したのだ」

「……かしこまりました。間違いないのですね」

訳が分からずに薬の君を見つめていたアリスは、はっとする。彼女の手に細身のナイフが握られていたからだ。

なぜ薬の君はナイフを持っているのだろう。身体を強ばらせると、歩み寄ってきた薬の君がアリスの痩せた手を取り、レースの手袋を外させた。

「なんて真っ白な爪。ここまで白葉病が進んだ例は初めて見ました」

アリスの両手の爪をじっと確かめたあと、薬の君がナイフを構える。

「い……いや……！」

後ずさろうとしたが手を押さえられていて無理だった。ナイフの刃がすっとアリスの手の甲を切り裂く。

どっと赤い血があふれ出し、アリスはぎゅっと目をつぶった。

痛い。なぜこんなことをされるのか。薬の君の手がアリスの傷を無造作に拭う。

――なにをしているの……？

アリスは恐る恐る目を開け、切り裂かれた手の甲に目をやる。

予想とは裏腹に、赤い血で汚れた皮膚には、傷一つ残っていなかった。

「傷が塞がりますね。爪の色から見ても、九割方『不老化』が進んでいるようです」

――どうして血が出たのに傷がないの？

呆然とするアリスをよそに、国王が言う。

「おお！　ではこの娘は『不老の一族』になれるのですな？」

ひどく嬉しげな声音だった。薬の君は、表情を変えずに国王に答えた。

「まだ分かりませんが、この娘は、この三百年間出現しなかった『成功例』の可能性があります」

王と薬の君がなんの話をしているのか分からない。

アリスは血で汚れた手の甲を何度も確かめる。

やはり、出血したのに傷は見当たらない。

——あ、あれ……？　確か、この前も私、変だなって思って……。

カイルダールへの贈り物を作っていたとき、針を刺して血が出ても、傷が見つからなかったことを思い出す。

それから……カイルダールに抱かれたときもだ。

彼は出血が少ないと不思議がっていた。ほとんど血が出ない女性もいるから気にしなくていいと言ってくれたのだけれど。

他にはここ数年血が出るような怪我をしていない。過保護に看護されて、自室からもほとんど出ないような暮らしをしていたからだ。

——どうして？　どうして傷がなくなっているの？　『不老化』ってなに？

「なんと、なんと！　三百年経ってようやく『成功例』が生まれるとは」

王の言葉に、薬の君が頷いて答えた。

「いいえ、まだ確定した訳ではございません。これまでに混血の子が『不老化』に成功した事例はただの一度もないのですから」

薬の君がアリスをちらりと振り返る。落ち着き払った表情だ。王のように浮き足立つ様子もなく、あくまでも淡々としている。彼女はなにを考えているのだろう。

「ですが傷が塞がる様子を見れば、この娘の身体がほぼ『不老化』していることも間違いありません。王よ、私がこの娘をお預かりして、もう少し調べてみても構いませんか？」

薬の君の問いに、王は機嫌良く頷いた。

「構わぬ。私はその娘が、史上初の成功例となることを期待している。なんの役にも立たない息子が、無意味な結婚で思わぬ縁を結んでくれたものよ」

――成功例って……なに？

身体中に脂汗が滲み、アリスはもう一度自分の手を確かめた。

間違いなく血まみれなのに……傷がどこにもない。

だんだん血の気が引いていくのが分かった。

アリスは薬の君に手を伸ばす。

「そのナイフ……貸してください」

薬の君は無言でナイフを差し出してきた。

なにかの間違いのはずだ。必死にそう言い聞かせながら、袖をまくり己の腕にナイフを押しつける。怖くてたまらなかったが、力を入れて肌に斬りつけた。

焼けるような痛みと共にどばっと血があふれ出す。だがそれも、すぐに止まった。腕に確かに刻んだ傷は、まったく残っていなかった。

――嘘……でしょ……？

アリスは真っ白になった頭でもう一度腕を斬りつける。

血が溢れ、すぐに止まった。信じられなくて再度腕を斬った。床を赤く汚すほどに己の腕を斬っては、傷が閉じることを確認する。

――違う、そんなはずない……。

借りたナイフが手からすべり落ち、金属音を響かせた。

薬の君は無言でナイフを拾うと、真っ赤に汚れたアリスの腕をハンカチで拭った。

目に涙が滲む。

元気な頃、外で遊んで転んだことが何回もある。そのたびに手や足に怪我をして、母や侍女に手当てをしてもらった。絶対にこんな化物のような身体ではなかった。絶対に。

――嘘……嫌だ……なにこれ……どうしてこんな一瞬で傷が塞がってしまうの？

震えが止まらなくなる。薬の君はナイフを拾い上げると、アリスに言った。

「八年もの間、白葉病と闘っているという令嬢の話を耳にすることができて、嬉しゅうございました。もしかしたら、貴女の身体には、この三百年間、誰にも起きなかった奇跡が起きているのかもしれません」

薬の君は淡々と言うと、血に汚れたアリスの手を取った。

灰色の目が、怯えるアリスをじっと見つめ、口を開く。

「私は薬の君と呼ばれる者です。先日、この国の王子殿下が、八年もの間白葉病と闘っている令嬢を妻に迎えたと王に聞き、どうしてもお会いしたいとお願いしました」

つまり、アリスを呼び出したのは王ではなく、この怪しい女性なのだ。

アリスは息を呑み、薬の君を見つめ返す。

「私も、貴女と同じ身体の持ち主です」

薬の君が、持っていたナイフでアリスの腕を摑んでいる自身の手に斬りつける。

赤い血が流れ出したがすぐに止まった。

傷はない。アリスと同じだ。

「私は遠い昔、この国の王に側妃として迎えられた者。こちらの国王陛下の遠い祖先にあたる者です。この王宮で暮らして三百年になります」

信じられない。無言で首を横に振るアリスに、薬の君は言った。

「陛下、歴代の肖像を見せて、この娘に事情を説明して参ります」

王が頷くのを確かめ、薬の君はアリスをうながして歩き出した。

衛兵たちがあとをついてくる。薬の君は一礼して玉座の間を出ると、アリスが訪れたことのない、王家の私的な区画へと向かって歩いていく。

「この先の廊下に、歴代の王とその一族の肖像が掛けられています。ほら、今の陛下のご家族はこちらですわ」

薬の君が指し示した絵画には、王とソフィ妃、少年のアストンが描かれている。カイルダールとグレイシア正王妃の姿はなかった。

――あれだけ素晴らしい二人を、陛下は徹底的にのけ者にするのね。

不快感を覚えてアリスは絵画から顔を背ける。

「こちらが先代様。貴女の夫君のひいお祖母様も描かれておりますね」

その絵には、現王が子供の頃の姿と、アリスは知らない先代の国王夫妻、そしてその母親が描かれていた。

「王が四十歳になったときに、王の家族全員の肖像を残すのだそうです」

薬の君はそう言いながらどんどん歩いて行く。絵画はいくつ並んでいるのだろう。驚くほどの数で、奥に行くほど古くなっていくのが分かる。

そのうち窓がなくなり、壁にランプが灯されるようになった。

「絵を日光から守るために、古い絵を掛けている場所は窓を塞いでいます」

ぼんやりした灯りに、昔の服装の国王一家が描かれた絵が浮かび上がる。何枚もの絵の前を通り過ぎたあと、薬の君が不意に嬉しそうに言った。

「ああ、この絵です、よく見てください」

それは、色あせかけている一枚の絵だった。

髪型も衣装も、現代とはまるで違う。冠(かんむり)だけが今と同じだ。

――確か王が四十歳のときに、家族の肖像を描くって……。

王の傍らには、二人の女性が立っていた。

一人は薬の君によく似た若い女性だ。年齢的に国王の長女だろうか。

もう片方の冠を被った女性は王妃であろう。その脇に十代とおぼしき男性が三人と、リエナと同い年くらいの女の子が並んでいた。

「この絵は国王の曾祖母と、国王夫妻、その子供たちです」

――曾祖母はこの絵のどこにいるの？

薬の君はその絵の前を通り過ぎ、もう一つ古い絵の前に立つ。

「これは国王の祖父母と、両親、国王夫妻とその子供たち」

壮年の国王夫妻とその子供たちの背後に、六十代くらいの老夫婦が描かれていた。この二人は国王の両親だろう。

そして、傍らに置かれた椅子にはとても年老いた男性が腰掛け、隣に薬の君によく似た女性が寄り添うように佇んでいる。

――薬の君によく似たこの女性、一枚前の絵にもいたけど……？

不審に思うアリスに、薬の君が言った。

「ほら、もう一つ古い絵。こちらは国王夫妻とその両親ですわ」

アリスは無言でその絵を確かめた。一人の男性が描かれている。六十半ばであろうか。彼が国王の父なのだろう。

その隣には、薬の君によく似た女性が寄り添っていた。

一つ前の絵とまるで変わらない若さのままだ。だんだん気味が悪くなってきた。

まるで代々の王家の絵に、歳を取らない女性が一人紛れ込んでいるかのように見える。

「この方は、三百年以上前にこの国の王だった方です。私の『夫』でした」

『国王の父』を指さして、薬の君が微笑んだ。

「夫と仰いますが、この方は、ずっと昔の国王陛下ですよね？」

「ええ、寂しいですけれど、もう世を去ってしまいましたのよ」

正気の答えとは思えない。無言のままでアリスは続きを待つ。

「そして、これが『夫が王だった頃』の絵です。正王妃様は早くに亡くなったので、私を肖像画に残してくださいましたの」

——夫が王だった頃……？　あり得ない。薬の君は今、何歳なの？

嫌な予感をかき消せないまま、アリスは薬の君が指し示す古い絵を見た。

絵の中の国王は、他の絵と同じく四十歳相当の外見だが、薬の君そっくりの妃は二十歳前後にしか見えない。夫婦にはかなりの年齢差がある。

『子供たち』だと示されたのは四人。

金髪の若者が三人と、茶色の髪の娘だった。

茶色の髪の娘と『王妃』は、同じ歳くらいに見える。

「金の髪の少年たちは私が産んだ子、茶色い髪の娘は正王妃様が残された姫君でした」

「あの……少しおかしいと思います。この男の子はもう十代後半ですよね？」

アリスは震える指で、一番年長の若者を差す。薬の君に似た王妃も、少年も、自分とそう変わらない歳に見えたからだ。

「描かれている王妃様には、こんな大きな子はいないと思います。絵だからわざと若く描いているのでしょうか？」

「……この人が、まだ若かった頃の夫です。とても良い人でした」

アリスの問いかけたこととは、まるで違う答えが返ってくる。薬の君はうっとりとこれまで見てきた絵を振り返った。

「夫は王位を息子に譲ったあと、その息子に先立たれても、孫の即位を見届けるまで生きてくれました。私を一人にするのが忍びないと、八十八歳まで……」

薬の君は嬉しそうに微笑む。

「『人間』はあっという間に儚くなってしまいますけれど、それでも、夫は六十年近く私の側にいてくれました。幸せでした、あの短い時間は」

「どういう意味ですか、『人間が儚い』って……」

「言葉通りの意味です。『人間』たちは、たったの百年も生きられないのですから、儚いと思います。遠い昔の私は、自分たちと同じ姿をした『人間』があまりに脆く、儚く、それでいて高度な文明を作り上げていくことに、それはそれは驚いたのですよ」

薬の君がにっこりと笑う。

「よ、四枚の絵に描かれていた女性は、全部貴女なのですか？」

「ええ、そうです。私を家族として扱ってくれた四代の絵の中には、私の姿も残っているのです。最後の孫が亡くなったとき、私は表舞台から退（しりぞ）きました。おかしいですものね、一人だけ百年以上生きているのは」

にわかには信じがたい。

警戒を解かずに立ち尽くすアリスに、薬の君が言う。

「疑わしい……ですよね。ですが『人間』の貴女から見て、私の身体はおかしいと思いませんか？」

薬の君が再び自身の腕をナイフで斬る。

血が伝い落ちたが、それだけだった。汚れたハンカチで拭われた腕にはなんの傷もない。アリスのときと同じだ。

――い、いやだ、怖い、どういうことなの、この人は何者なの……！

身体中に冷や汗が噴き出す。

立ちすくむアリスに、薬の君が微笑みかけてくる。

「我々『爪が白い者』たちは、長く人と交じらず、ここからずっと離れた山の奥で暮らしていました。長く長く生きるのも、怪我がその場で治るのも、私たちにとっては当たり前のことでした。ひどく短命の、爪が白くない『人間』たちと出会うまでは」

そう言って薬の君は、己の片手の爪をアリスに見せてくる。その爪は真珠そのもののように不透明で、白く艶(つや)やかだった。

「たぶん三百年くらい前、深い山奥の集落で暮らしていた私たちは『人間』に出会いました。驚きましたよ、外から『人間』が来たことに。だって私たちは、その山の外は恐ろしいと思い込み、ただぼんやりとその場所で暮らし続けていたのですから」

「どういう意味ですか？」

「言葉通りの意味です。私たちは小さな集落で暮らしていました。私はその集落で生まれたのですが、もっと古い者たちは、記憶がすり切れるほど遠い昔に、別の場所から来たと言っていました。ですが、詳細は分かりません。私たちには『人間』と違い、記録を残す習慣がなかったのと……何千年も前の記憶は、ほとんど思い出せないからです」

薬の君がくすくすと笑う。

想像もつかない話だ。とうてい信じられない。アリスは眉をひそめて薬の君に尋ねる。

「薬の君は、何歳なのですか？」

「数えていません。集落の皆も、家族も、年齢など数えなくていいと言っていました。ただ私は『六十六』という名前を親に与えられています。『六十五』が私の前に生まれた者の名前だからです。私は、仲間内で二番目に若い番号でした」

──名前が、生まれた順に振られる番号なの……？

なにもかもが自分の知る常識と違う。そう思いながら、アリスは尋ねた。

「じゃあ、言葉は……？『人間』と貴女方の間で、言葉は通じたんですか……？」

「最初に『人間』に出会ったとき、『古代語』に近い言葉を喋っていると指摘されました。遠い遠い昔には、私たちと人間は一緒に暮らしていたのかもしれません」

一方的に聞かされる話だけではとうてい信じられない。

「じゃあ、他の、貴女の仲間たちはどこにいるのですか？」

「私の同胞たちは、あなた方『人間』を恐れて姿を隠しました。怪我をしても血が止まらず、あっという間に老いて死ぬ『人間』たちが不気味だったからです。まるで虫のような脆(もろ)さだと驚いて……失礼、私たちは、自分たちこそが『普通の人間』だと信じていたものですから、とにかく怖かったのでしょう」

薬の君が遠い目になる。

「ですが私は『人間』の文明に興味を抱きました。何年もかけて、木の皮の繊維から服を編んでいた私は、『人間』が纏うきらびやかな服に憧れました。『人間』の集落は私の集落とは全然違うと教えられて、好奇心を抱きました。たぶん私が『若い』個体だったからです。だから、私は『人間』からの頼まれ事を引き受けることにしたのです」

「そ、その、頼まれ事は、なんですか？」

「『人間』との間に子供を成し、不老の子を産んでほしいという頼みです」

アリスは信じがたい答えに凍り付いた。

「そ、そんなこと、気軽に引き受けられる頼みだったのですか？」

「ええ、『当時の私』にとっては、たいした頼みではありませんでした……自分たちは人間なのか、それとも別の生き物なのか知りたいと思っていましたし」

理解できない考え方だと思った。

愛する相手の子を切望するのではなく、生物的に自分が何者なのかを知るために身ごもろうとするなんて、薬の君の気持ちがまったく分からない。

「私に子を授けたのは、王と呼ばれる男でした。私は王の側妃に迎えられたのですね。ですが私たちの子は、誰も不老になりませんでした。子も、孫も、そのまた子孫たちも、誰一人不老の血を引くことはなかったのです」

　話を聞きながら、アリスは手袋の外れた片手の、自分の爪を見た。薬の君によく似た真っ白な真珠のような爪。

　ようやく分かった。

　白葉病になった人間は、全員、この薬の君の血を引いているのだ。

　王家の側妃として子を産んだのであれば、その子は王子、王女として育ち、結婚し、子孫を成したはずだ。そして、彼らの血統が貴族階級に広がって……。

　そこまで考えて鳥肌が立った。

「……白葉病って……貴女の子孫が罹る病気なんですか？　無理やり別の生き物同士で子供を作ったから、異常が起きたということですか？」

　アリスは恐る恐る尋ねる。薬の君は頷いた。

「賢い方ね、概ね正解です。私の血を引く子の一部に、不老になるための身体の変化が起きるのですが、皆、不老の身体になれずに死んでしまうのです。その変化のことを、人間たちは白葉病と呼んでいます」

　アリスは何度も何度も聞かされた白葉病の説明を思い出す。

　十歳前後で発病し、長くとも三年ほどで死に至る。その間に何度も高熱の発作を起こし、苦しんで……。

自分の病気を何度『恐ろしい』と思ったことだろう。その病気の原因が、まさか目の前の一人の女性にあったなんて。

「けれど、白葉病が始まった子供には、私のような『大人』の血を呑ませれば命が助かります」

「え……？」

「私たち一族は、白葉病で倒れる子供に、必ず大人の血を分け与えていました。そうすれば子供は生き延び、不老の身体になれるのです。ただ、『人間』との混血の場合は『不老化』がうまくいきません。血を与えて生き延びさせても、不老の身体を得られた子は一人もいませんでした。この三百年の間で、貴女以外には」

アリスは首を何度も横に振る。

「そんな話は初めて伺いました。貴女が仰ることが本当ならば、『白葉病を治す方法がある』ということではありませんか！」

アリスの指摘に薬の君が目を伏せる。

「ええ、そうですね。白葉病になった子供は、私の血を呑めば助かりますから」

「だけど現実には、白葉病に罹った子供たちはみんな死んでいくんです。助かった人はいないと聞いています。私も、この病気は治せないと断言されました。今の医学では助けられない病気なのだと……！」

もう薬の君が語る、得体の知れない戯言(ざれごと)に付き合いたくない。

そう思う一方で、血に汚れた自分の腕の異様さが頭から離れてくれない。

この身体はおかしくなっている。

間違いなく、人間のものではなくなっているのだ。

だから、薬の君が語る言葉も、嘘ではないのかもしれない。

どちらが正しいのかもう分からない。

「私も、この命が続く限り、白葉病になった子供たちに血を分けてあげたいと思っていますよ。皆、私の子孫ですからね。子も孫もひ孫も皆大事でした。あの子たちが白葉病になったとき、迷うことなく血を与えましたもの。その末裔たちだって、全員大事に決まっています」

薬の君はため息をつき、目の前の肖像画を見上げる。

「けれど、二つの理由で止められているのです。一つ目は、メスディア王家から致命的な遺伝病が発生した事実を、他国の支配階級に知られるわけにはいかないこと。二つ目は、私の肉体にも限界があることです。この先、もしも白葉病の子が激増したら、私は身体中の血を抜かねばならなくなるかもしれません」

「そんな……」

「不老と言っても、奇跡の身体ではないのです。特別な能力はなく、『人間』に勝る腕力もありません。ただ傷が『人間』より塞がりやすく、寿命がはるかに長いだけ。あまりに長く絶飲食したり、致命的な大怪我をすれば、私たちとて命を落とします」

なにも言い返せないアリスに、薬の君はやるせない笑みを向けた。

「私は王宮から出られません。そのように歴代の王から命じられているのです。同時に私は、不老の私を狙う『人間』から守られてもいます。私を解剖したいと望む『人間』、私を食らえば長寿になれると思い込む『人間』もたくさんいましたから」

確かに、不老の人間がいると知れば、その身体を調べ尽くしたいと思う輩も現れるかもしれない。その肉体に奇跡を望む愚か者もいるかもしれない。

「ですから私は『王家の子の白葉病だけを治す』という王家の方針に同意し、すべての『我が子孫たち』を助けられないことを受け入れました」

言いながら、薬の君が細い腕を差し出してくる。

彼女はアリスの手を取ると、優しい声で語りかけてきた。

「けれど、血を提供できる人間が増えれば、もしかしたら助けられる白葉病の子供たちが増えるかもしれません」

どくん、とアリスの心臓が嫌な音を立てた。

——私も、私も……薬の君と同じような不思議な身体になったから、私の血を呑めば、白葉病の子供が助かるようになるの？

身体中から血の気が引いていくのが分かる。

「私は……不老の身体なんかじゃありません……」

アリスは弱々しく突っぱねようとした。だが声に力が入らない。自分の傷が間違いなく塞がるのを見たからだ。自分の手で斬って、痛みを覚えて、確認したからだ。

「しばらく様子を見て、自分が老いないことを確かめてみませんか？」

「あ、あの……しばらくって……？」

「ほんの数十年です。私たちにとっては『服を数枚仕立てる』程度の時間にすぎません。そういえば、貴女は十八歳と聞きますが、ずいぶんお可愛らしいですね。十四、五歳に見えます。いえ、おかしなことではないのですよ、私たち一族は十代半ばから三十手前で成長が止まりますから。貴女は止まるのが早かっただけでしょう」

　薬の君が目を細める。なにも言い返せなかった。

　アリスは今日まで、愛するカイルダールや家族を置いて、世を去ることが辛いと思っていた。カイルダールに後追いをさせないため、家族を悲しませないために、なにか手段はないかと足掻いていた。

　誰かを残していくことに未練しかなかった。

　けれど、もし薬の君が言うことが本当なら、今日からはすべてが反転する。

　愛するカイルダールや家族が、『アリスを残して逝くのは辛い』と悩まねばならなくなるのだ。

『もっと時間がほしい、一秒でも一緒にいたい』と考え続ける日々を、その苦悩を表に出さないために淡々と振る舞う日々を、愛する皆に送らせる羽目になる。

　アリスの目から一粒涙がこぼれた。

自分の身体のことで泣くまいと決めていたのに、もう無理だ。

「愛する人を、置いていく覚悟をするのは、辛いことなんです……」

薬の君はなにも言わない。アリスは震え声で話を続けた。

「置いていかねばならない人になにをしてあげればいいか、どんなに考えても分かりません。なにかをしてあげたいのに、なにもできない自分に気付かされるだけなんです」

「夫も、貴女と同じようなことを言っていましたよ」

薬の君は優しい笑顔で頷いた。

アリスは黙って、二つ前の絵の前に立つ。

椅子に座った老人に寄り添う、薬の君の姿が描かれている。

無言で絵を見つめるアリスに、薬の君が言った。

「夫は年老いて物忘れがひどくなり、感情的になって、気立てや容姿も変わってしまいました。それでも私にとって夫は夫でしたし、彼は私の側に居続けようとしてくれた。夫に会いたい気持ちは、三百年経ってもまるで消えません」

「それは……」

薬の君が語るのは、すべての運命が逆転した世界でアリスが味わう感情なのだ。

置いていくのも、置いていかれるのも、どちらも苦しく耐えがたい。別れの苦しみは変わらないということだ。

「子供を産むために連れてこられたのに、旦那様に、情が移ったのですか？」

途切れ途切れに問うアリスに、薬の君がしばらく考えてから答える。

「……ええ。最初はただの好奇心で夫の妻になりました。夫も珍しい動物を扱うように私に接してきたものです」

薬の君は一瞬俯き、再び顔を上げて話し続ける。

「いつの間に夫が大事な存在になっていたのでしょうね？　あの人が我が子を抱いてくれたときでしょうか。あの人が散策帰りに花を摘んで持ち帰ってくれたとき？　それとも我が子たちが当たり前のように、私たちを親と呼び、甘えてくれたときでしょうか？　分かりません。たぶん、そうなった理由は、積み重ね……と呼ばれるものだと思います」

アリスの目からますます涙がこぼれる。

——積み重ね……そう……積み重ねがあるから……愛しくて苦しい……。

自分と家族、自分とカイルダールにも、たくさんの積み重ねがあった。

皆からひたすら愛され守られて、アリスはなんとか生きてきた。

アリスも家族とカイルダールを愛している。その気持ちは、悪女になろうとも、化物のような身体に変わろうとも、決して心から消えることはない。

「私は今でも夫に会いたい。私よりも老いてしまった子供たちを抱きしめたいです。正王妃様が産んだ娘だって、私の大事な娘でした。もうどこにもいない彼らを、私は変わらずに愛し続けています」

淡々と語られる言葉に、アリスの涙が止まらなくなる。

もしもアリスが白葉病で命を落としていたら、カイルダールや家族は、ずっとアリスを忘れずにいてくれただろう。

空いた席にアリスのお気に入りのカップを置いて、『アリスの分のお茶だ』と言って用意し続けてくれたに違いない。

アリスが愛した人々は、そういう人たちなのだ。

だから、どうしても悲しませたくないとずっと思い続けていた。

「不思議ですね、仲間たちと暮らしていたときは、こんな気持ちになったことはありませんでした。ですからこの感情は、『人間』が教えてくれた特別なものなのでしょう」

アリスは両手で顔を覆い、しゃくりあげながら頷いた。

「ありがとう……ございます……おかしなことを伺って、申し訳ありません……」

彼女の語る話が本当なのかは分からない。

けれど、ここに描かれた老いた王の気持ちは想像できる。

痩せこけた身体に合わない、豪奢な衣装に包まれた老人は、一秒でも長く、老いない妃の側にいたかったのだろう。

――私もカイの側にいたいとずっと思ってた。おじいさんになったカイに会いたいって何千回も神様にお願いしたもの。お化けになってこの世に戻って来られたら、カイや家族に会いに行きたいっていつも思ってた。

三百年前の絵に描かれた、老いさらばえた男の気持ちが痛いほどに伝わってくる。

もしも魂という存在があるのなら、彼は今も、薬の君を案じているはずだ。

――だけど、魂なんてあるか分からない。だから私、哀れまれずに消えようと思ったんだ。皆に愛されなくなれば、誰も苦しませずにすむだろうって。だけどこの王様は違ったんだね。最後まで諦めずに、奥さんを一人にしないことを選んだんだ。絶対に負ける戦いに挑んだんだ……。

荒唐無稽な話なのに、自分の身に起きた異様な変化だって未だに信じられないのに、アリスの心は薬の君の話を受け入れようとしていた。

「私の夫も、きっと」

アリスはそこまで言いかけ、大きくしゃくりあげた。

薬の君が首をかしげ、アリスの背に手を回してくる。

「どうしたのですか？」

頭にカイルダールの美しい顔が浮かんで、消えなくなる。

彼は絶対に、この王様と同じ選択をするだろう。

そう思ったら、悲しくて悲しくて、どうしようもなくなってしまった。

「わ、私の夫も、きっと、同じように……同じようにしてくれます……逃げないで、一緒にいるために、足掻いてくれます……」

考えただけで身体が裂けそうになる。

カイルダールには幸せになってもらいたい。

もうこれ以上、辛い人生など送ってほしくない。

後追いもさせたくない。自分だけ老いていく苦悩も抱えさせたくない。

こんな自分から離れて、幸せになってほしい。

「貴女の夫君は、今の王の二人目の息子、カイルダール王子殿下ですね」

優しい声で問われ、アリスは嗚咽しながら頷く。

「もしかしたら、殿下は私の夫に似ているのかもしれません。お会いしてみたいわ。殿下はどんな子に……いいえ、どんな殿方にお育ちになったのでしょう？」

なんと答えればいいのだろう。ひとしきり泣いたあと、アリスは涙でぐしゃぐしゃになった顔を上げ、薬の君に答えた。

「優しい人です、とても優しい……」

薬の君が笑顔で頷く。

「そう、私の夫とは違うわ。彼は傲慢で我が道を行く人だったから。『人間』にはいろいろな気立ての人がいて、それでも同じ選択をする……不思議ですね」

アリスは涙を拭い、薬の君に尋ねた。

「薬の君、教えてください。もし私が貴女と同じ『不老の身体』になっているのなら、これから先もずっと王宮に囚われることになるのでしょうか？」

「ええ、不老の身体になったのならば、私と同じ扱いになるでしょう。白葉病の薬の素になるためにも、特異な身体になった貴女自身の安全を守るためにも」

アリスの視界が再び歪む。

——嫌だ。家に帰りたい。怖い。カイ、お母様、お父様……。

けれど、帰ったところで、アリスは何百年も生き続ける不思議な身体になってしまったかもしれないのだ。

もし今の話がすべて真実なのだとしたら、家族と一緒にいられるだろうか。

家族が誰もいなくなった屋敷で、遠い子孫たちに『いつまでも若い』と気味悪がられながらずっと暮らすなど、たぶん耐えられない。そんな世界は寒々しくて孤独すぎる。

「薬の君は、王宮から出たいと思わなかったのですか？」

「思いませんでした。どんどん様変わりしますけれど、やはり夫や子供たちと暮らした場所ですから。まだ三百年しか経っていないので、元気が出ないだけかもしれません」

アリスはその答えに唇を噛みしめる。

——三百年は……この人にとっては……あっという間なのね。

途方もない感覚だ。自分には理解できない。彼女は人間の尺度で生きていないのだと突きつけられた気がした。

「去って行った同族の仲間には会いたくないのですか？」

「不思議と会いたいとは思いませんね……私たちは、『人間』の言葉を借りるなら、情が薄いのかもしれません。『最初の夫』が、不老を捨てて永眠を選んだときも、それが彼の選択なのだと思いましたし」

――薬の君は、同じ不老の一族の男性と結婚していたことがあるのね。

アリスはひたすら、不可思議な薬の君の話を咀嚼しながら、話の続きを待つ。

「どちらの夫にも先立たれましたが、私が会いたいと思うのは、私を置いて安息の地に発った最初の夫ではなく、私の側に留まってくれた、私を一人にしたくないと言ってくれた、二人目の夫のほうなのです」

アリスは、その言葉に深々と頷いた。

「相手がくれた気持ちによって……自分の気持ちも変わりますから……」

薬の君は静かに頷く。

アリスは震える拳を握りしめる。

よく分かった。

カイルダールや家族に愛された『アリス・オルヴィート』は、もういなくなったのだ。

――私は……ただの人間だから、薬の君のようには物事を受け止めたり、感じたりすることはできない。置いていく側の苦しみを、大事な人たちに味わわせることはできない。

寿命が違う人たちと一緒に、幸せに暮らすことなんてできない……。

アリスはもう一度、枯れ木のような老いた王の絵を見る。

――カイはきっと……ずっと私と一緒にいるって言ってくれるよね。お父様もお母様も、ずっとずっと『残される私』を心配し続けるよね……分かるよ。私がそうだったんだもの。

そんな未来には耐えられない。

愛する皆には苦悩のない、幸せな時間を生きてほしい。

これ以上自分のせいで苦しめたくない。時間を奪いたくない。

アリスは掌を見つめ、爪を強く強く食い込ませてみる。肌には一瞬だけ血が浮く程度で、傷一つ残らない。

――やっぱり、私の身体は変になっちゃった。薬の君が言うことは本当なんだ。

鈍く痛む頭で、アリスは夢物語のような話を受け入れた。

ならば今日をもって『アリスは白葉病で死んだ』と思ってもらおう。

アリスに選べる選択肢は、それしかない。

脳裏にカイルダールと家族の顔が浮かんで消えない。それでも、アリスは震え声で薬の君に答えた。

「分かりました。私も……『白葉病の薬』になるお手伝いをします……」

◆

――次の慈善活動に使う薬、これで足りるかな？

カイルダールは、研究棟の自室で治療薬や熱冷ましの量を確認していた。

とにかく、こなすべき予定がぎっしりと詰まっている。少しでも効率よく進めねばと思ったとき、扉が無遠慮に叩かれた。

「王子様君、帰ってきてるの？」

グリソンの声だ。

「開いていますよ、どうぞ」

また金の無心だろうか、とため息をつくと同時に、グリソンが部屋に入ってきた。

「お、たくさん持っていくんだね、何人風邪引いたの？」

「グリソンさん、なにか御用ですか？」

「そうそう、そうだった。白葉病の薬できた？」

無言になったカイルダールに、グリソンが笑顔で続けた。

「白葉病の進行の速さを舐めてない？　奥さんがたまたま長生きしてるからって、安心しすぎてるんじゃないの？」

「グリソンさんこそ、白葉病のなにをご存じなんですか？　知っていることがあるなら話してください」

厳しい声音で問うと、グリソンが困り果てたように頭を掻く。

「えー……そんな意地悪なことズバリ聞かれちゃうのぉ……？」

「当たり前です。用事がないならお引き取りください。忙しいので」

グリソンはしばらく困ったように考え込んでいたが、突然『六十七』と書かれた樹脂の手袋を外した。

「ほら、見て」

手を突き出され、カイルダールは怪訝な顔でグリソンの手に目をやる。そして、驚きに立ちすくんだ。グリソンの爪は、アリスの爪同様、真珠のように白かったからだ。

「グ、グリソンさんは、白葉病にかかったことがあるんですか……？」

脳裏を自分のぼんやりと白くなった足の爪がよぎる。

「いや、これは大人の印。僕の一族って、第二次性徴期に爪が白くなるんだよね」

「……どういう意味ですか？」

「白葉病っていうのは、僕ら一族にとってある種の知恵熱みたいなものなわけ。全員十代前半で罹るんだよ。その高熱で身体の組織が一気に変化して、こんな風に大人になる」

言うなり、グリソンは勝手に卓上のナイフを手に取り、自分の頬に斬りつける。

「な……なにを！」

真っ赤な血がどっと溢れた。慌てて止血しようと動きかけたカイルダールは凍り付く。血がゆっくりと垂れていくだけで、顔には傷一つなかったからだ。

目の前で起きた現象の意味が分からない。言葉を失ったカイルダールにグリソンが言う。

「拭くもの貸して」

カイルダールは無言でハンカチを手渡す。グリソンは顔の血を拭うと、汚れた顔で苦笑いを浮かべて言った。

「この身体のことは、絶対秘密にするように王家から命じられてるんだ。王子様君は一応王家の人だから、教えてもいいかなって」

――いや……あり得ない……あの出血量で傷がないなんて……。

頬を凝視するカイルダールに、グリソンがナイフを差し出してきた。

「信じられない？　じゃあ斬っていいよ」

カイルダールは首を横に振る。

「い、いいえ……結構です……傷が塞がったのは、確認しましたから」

グリソンはにっこり笑うと、カイルダールに汚れたハンカチを差し出してきた。

「なんですか、もう！　洗って返してくださいよ」

「この血が白葉病の薬なんだ」

「は……？」

「この血が、君たちが『白葉病』って呼ぶ『症状』を治療する唯一の薬なんだよ」

意味が分からない。そもそもグリソンは白葉病を克服したというのか。

「……グリソンさんは、どうやって白葉病になっても命が助かったんですか？」

「僕の場合は、なにもしなくても助かった」

――どういう意味だ？

グリソンがなにを言わんとしているのか探りながら、カイルダールは問いを重ねる。

「そのような不思議な身体の人は、グリソンさん以外にもいるんですか？」

「いるよ。昔は、そうだな……五十人くらいはいたと思う。僕はお母さんに連れられて『寿命が短い人間の国』にやってきたんだ。王子様君はいくつだっけ、二十歳？」

「そうです」

「僕とだいたい三百歳違いなんだね」

「その冗談はなんのために言ってるんです？」

　グリソンは口の両端を吊り上げると、明るい声で答えた。

「冗談じゃないよ。君に真実を教えるために言ってる。僕は王立大学の創始者の一人で、『人を救うは人たれ』という理念を中央広場の石碑に記させた人間だ」

「あ、あの理念は、医学の基礎衛生学の始祖であるトーマス・オレン博士が掲げたもののはずです」

「二百五十年前は『トーマス』と名乗ってたんだ。さすがに『五十歳すぎ』と言い張るには見た目が若すぎるから、『四十八歳』で死んだことにして大学に入り直したけどね？」

　――確かに、トーマス・オレン博士は早世した天才だったと聞いている……。

　グリソンの灰色の目は笑っていない。

「真実を教えてください。たとえば、白葉病を克服した子供がいたとして、その子供は、グリソンさんの血を呑んで治ったんですか？」

　カイルダールが『白葉病』になったときに呑んだあの薬はなんだったのか。

「答えは『いいえ』。僕は血液を提供していない。その血は僕のお母さんのものだ」

「グリソンさんの一族の血で、本当に白葉病を治せるんですか？」

「うん」

カイルダールは身構えながら尋ねた。

「ではなぜ貴方がたは、今苦しんでいる白葉病の子たちを助けないんですか？」

「まずは、僕らの一族は僕とお母さん、二人しか所在が分からないからなんだ。二人で血を配って歩いたら、さすがの僕らも失血死するよ。僕らの血は白葉病にしか効かないんだけど、必死で病と闘う人々はそうは思わない。万病に効く血だと決めつけて、僕らの身体から血を抜き取ろうと必死で迫ってくる。だから僕らは逃げた……分かってくれる？」

信じられるわけがない。

そう答えようとしたが、喉が張り付いたようになり、口が動かなかった。無理やり見せつけられた光景が異様すぎたからだ。

「アリス夫人の白葉病を完治させるために、僕の血を分けてあげようか？　人を救えるのは人、白葉病患者を救えるのは、同じ病を克服した大人だけなんだよ」

駄目だ。グリソンの言っていることが非現実的すぎて、にわかには受け入れられない。

「……すみませんが、俺はもうオルヴィート侯爵邸に戻りますので」

「分かった。じゃあさ、アリス夫人に『なにか』あったら僕のところにおいで。君はこれから、もっと驚く経験をするかもしれないから」

含み笑いのグリソンに、カイルダールは首を横に振ってみせた。

「覚えておきます。すみません、部屋を閉めるので……」

グリソンは肩をすくめ、手袋を嵌め直す。そして、それ以上なにも言わずに出ていった。

――間違いなく出血していたのに、なぜ傷がたちどころに塞がった……？

再び強い目眩を感じ、カイルダールは壁により掛かる。

――だめだ、グリソンさんにいいように弄ばれているような気がする。あの傷は奇術の類いだよな？　そうだよな……？

カイルダールは医学的にあり得ない光景を頭から振り払い、壁から背を離した。そして鞄を手に取ると、寮の部屋を出る。

足早にオルヴィート侯爵邸に向かう途中、凄まじい勢いで馬車が駆け抜けていった。

――あの馬車はオルヴィート侯爵家の……誰が乗っているんだ？

馬車が向かうのは侯爵邸の方向だ。いやな予感を覚えたカイルダールは必死で走り、馬車よりもはるかに遅れて屋敷にたどり着いた。

門をくぐり邸内に入ると、侯爵が青ざめた顔で駆け寄ってくる。

「ああ、殿下！」

「どうされました？」

先ほど駆け抜けていった馬車といい、尋常ならざる空気だ。

「アリスが王宮で倒れたという連絡が、たった今」

侯爵は額の汗を拭うと話を続けた。

「妻に聞いたのですが、今朝、国王陛下がアリスを無理やりお召しになったらしいのです。まさかあの身体で一人で行かせるわけにも参りませんから、護衛や侍女を付けたと。ですが彼らは全員、強引に帰されてきたのです」

「アリスは!?」

「戻されてきた侍女の話では、玉座の間にアリス一人が入ることを許されて、そこで倒れて人事不省に陥ったと。従者が連れ帰ると主張したそうなのですが、動かすことはまかりならぬと、アリスを置いて帰るよう国王陛下が命令されたそうなのです」

「な……なぜ……父がアリスを……」

身体中に冷たい汗が噴き出してくる。

城で倒れたというなら一刻も早く連れ帰らなければ。

「妻がその知らせでひどく取り乱してしまって……今侍女たちに介抱させています。なぜ、なぜ陛下は、倒れた娘を王宮に強引に引き留めようとなさるのか……! 今から私が娘を迎えに行って参ります。陛下のお許しが出るかは分かりませんが、娘が心配で」

カイルダールは慌てて申し出た。

「俺が行きます、俺ならば国王の許可がなくとも、玉座の間まで行けるので」

父は目障りな息子のカイルダールから多くの権利を取り上げようとしたが、大半の貴族からの反対に遭い、王子としての権限はほとんど剝奪することができなかった。今まではどうでもいいと思っていた『第二王子』の肩書きが役に立つときが来たのだ。

「馬車を貸してください。帰りはアリスを乗せて帰るので、付き添える者も」

「で……ですが、大丈夫なのですか? 陛下にお会いになっても」

侯爵は、国王が幼いカイルダールに暴力を振るっていたことを知っている。

どうしても王族が集まらねばならない席で、母の腕に庇われたカイルダールを無理やり引き剝がし、容赦なく蹴りつけて、貴族たちの居並ぶ前で『こんな餓鬼に王子面をさせるな！』と叫んでいた姿を知っているのだ。

――今の俺はもう、父上に殴られることなど怖くはない。無論、暴力を振るい返すわけにはいかないけれど。

国王に向かって拳を振り上げたが最後、『目障りなカイルダール』は執拗に難癖を付けられて、必ず罪に問われる。

貴族たちはカイルダールに味方するだろうが、メスディア王国において、国王はあらゆる権力の頂点にある存在である。

その命令は、どれほど愚かなものであっても従わねばならないのだ。

貴族議院の全員一致による『国王罷免』が採択されるまでは。

だからカイルダールが『王子』であるには『父を無視する』以外に方法がない。

「大丈夫です。俺がなるべく大ごとにならないよう父に抗議してきます。アリスの様子も診て、動かせるようなら連れ帰ります」

侯爵は血走った目をこすると、深々とカイルダールに頭を下げた。

「申し訳ない……殿下にお手数をおかけして……」

「アリスは俺の妻です。俺が迎えに行くのは当然です。侯爵は奥方についていて差し上げてください」

あれだけアリスを守ろう、生かそうと日々必死の奥方は、今頃心臓が止まる思いだろう。

そのとき、再び門前が騒がしくなった。

「王宮からのお使いです、アリスお嬢様からのお手紙を預かっていると！」

侯爵が一礼して玄関へ走って行く。カイルダールもあとを追った。

玄関に着くと、確かに王家の使者たちが立っていた。侯爵は封を切るのももどかしいとばかりに、受け取った書状を乱暴に開封する。

「間違いなく娘の字です」

青ざめた侯爵がカイルダールに書状を手渡してくる。カイルダールは慌ててそれに目を通した。侯爵の言うとおり、間違いなくアリスの文字だ。

『しばらく帰りません。のちほど改めて連絡します、本当にごめんなさい。　アリス』

——なんだ？　この手紙は。

アリスはなにを謝っているのだろう。なんだか嫌な予感がして、カイルダールは侯爵の表情を確認した。

「あの子は、容態が悪いと字も書けないのです。ですから今はまだ起きていられるのかもしれません。申し訳ありませんが、この手紙を妻に見せて参ります」

そう言うと、侯爵はカイルダールから手紙を受け取り、夫婦の寝室へと走って行った。

——奥方は大丈夫だろうか？

あとを追ったカイルダールの耳に、奥方の泣き声が聞こえてくる。

「ああ、あなた、アリスは、アリスは……っ」

相当取り乱しているようだ。貴婦人のそんな姿を見るわけにはいかない。

──……奥方は侯爵にお任せしよう。

今から王宮に向かい、アリスを無理やり連れ帰るべきだろうか。なんにせよ、研究棟から持ち帰った薬を部屋に置き、一度着替えねば。

カイルダールはアリスと暮らしている寝室へと向かった。アリスが張り切って用意してくれた品の良い衣装が置いてあるからだ。

──急いで服を選ばないと。父上も文句の付けようのない無難なものを。

室内で衣装を探していたカイルダールは、ふと卓上に置かれた日記帳に目を留めた。

──これは……アリスの日記……？

カイルダールは、湧き上がる好奇心を打ち消した。盗み読みなど紳士のすることではない。だが、日記帳は開いたまま置いてある。

『帰りません』という手紙を寄越したアリスが、出かける直前まで書いていたものだ。

──なにが書いてあるのだろう。

カイルダールは罪悪感を押し殺してアリスの日記を覗き込んだ。

『私との結婚生活が本当に楽しかったのなら、また素敵な人を見つけて結婚し、新たに楽しく暮らしてください。相手は私の忠告を参考に選ぶことをお勧めします（ものすごく好きな人が見つかったらその人でもいいですが）』

——え……？

カイルダールの身体からすうっとぬくもりが失せた。なにか恐ろしいことが書いてあると直感する。

これは日記ではない。

——なんだ、これは……。

身体中に嫌な汗が滲むのを感じた。何枚かにわたって書かれた日記を遡る。

『私がいなくなってもここはカイの家です。どうかこの家を実家だと思って、頼ってください』

カイルダールは凍り付いた表情で、ページを遡っていく。

どのページにも同じ意図で、アリスの言葉が綴られていた。

『カイのいいところを挙げておきます。疲れたときに読んで元気をお出しなさい』

『新しいお嫁さん候補のリストです。この中から良さそうな相手をお選びなさい。カイなら格好いいから、きっとうまく纏まるお相手がいるわ』

何ページにもわたって書き連ねられているのは、カイルダールに宛てた長い長い『遺書』だった。

アリスの不在を前提に、一人で生きろと告げるものだった。

——どうして、アリス、どうしてなんだ……！

カイルダールは一番新しいページを開き、歯を食いしばってペンを手に取った。

——違う、違うだろう……？　君になにかあれば、俺は君と一緒に逝くと何度も言ったはず。どうしてそれを無視するんだ……？

カイルダールは感情に任せて、日記の最後のページにペンを走らせる。

『私、カイルダールは、神に誓ったとおり、生涯アリスだけを愛し続けます』

妻の日記を勝手に読んだ挙げ句、彼女への抗議めいた文章まで書き込むなんて最低だ。分かっているが、堪えられなかった。

血が出るほど唇を噛みしめ、カイルダールは手を止める。

まだまだアリスに言いたいことがある。けれどそれらの感情は溶岩のようで、どろどろで形がなくて、熱くて、言葉として表に出せない。

自分はアリスを愛していたし、求めていた。

けれどアリスは、カイルダールを愛してくれても、なにも求めてはいないのだ。

日記には『夫を独占したい』という気持ちも、『もし離ればなれになっても他の人を愛さないでほしい』という言葉も、どこにも見当たらなかった。

物心つく前からずっと一緒だったのに、カイルダールにはアリスが必要なのに、彼女は一人で勝手に心の整理をつけて、遠い場所に行くつもりなのだ。

——どうして……俺は君と一緒に逝く。母上だって許してくださるはずだ。だって俺の幸せはそれしかないんだから。

自分の乱れた字が涙でぼやけた。

同時にじわじわと、違和感を覚えたアリスの言葉たちが頭に浮かんでくる。

『あのさ、カイ……もう白葉病の研究しなくていいよ』

高熱の発作で何日も意識を失ったあと、アリスはそう切り出してきた。

『神様に、夫の永遠の幸せを願います』

結婚式で愛を誓い合ったときも、アリスはひと言付け加えて、神様に念を押していた。

『カイ、本当にありがとう』

思えば、初めて肌を重ねた夜も、彼女はカイルダールに『愛している』とはひと言も言わず……。

――俺はなぜ、君の気持ちに気付けなかったんだ。君は、情けない俺を助けるために、俺と一緒になってくれたのか……。

指先が冷たくなっていく。

カイルダールはインクが乾いたのを確かめ、日記帳を閉じた。

――王宮に急ごう。アリスになにがあったのか確かめなければ。

オルヴィート侯爵家の馬車で、カイルダールは王宮にたどり着いた。

「俺がアリスを連れてきたら、すぐに屋敷に帰れるよう調えていてください」

御者や供の者たちにそう指示をする。

皆は緊張の面持ちで、カイルダールの言葉に頷いた。

カイルダールは馬車を門前に停めさせたまま、一目散に玉座の間に向かった。

父に会いに行くのは何年ぶりだろう。

「国王陛下に謁見を願う」

そのひと言で、衛兵たちは困惑したように身体の向きを変え、扉に手を掛けた。

第二王子であり、正王妃の息子であるカイルダールが正式に謁見を求めたならば、玉座の間の扉は開けねばならないのだ。

「うるさい奴め、お前など呼んでおらぬ」

玉座の父が、うんざりした顔でそう声をかけてきた。

——俺だって会いたくて来たわけじゃない。

カイルダールは構わずに、父の前で膝を折る。

「お久しゅうございます、父上」

頭を垂れたままのカイルダールに、父は言った。

「どうせオルヴィート侯爵の娘を迎えに来たのだろう？」

「はい」

「ならば会ってくるが良い。そして彼女自身から今の気持ちを聞いてみろ」

妙に嬉しそうな表情で父が言う。顔を上げると、父は笑っていた。

──なぜ……笑う……？

父がカイルダールに微笑みかけるなど、今までになかったことだ。カイルダールは違和感に眉根を寄せる。この男は今、なにを思って笑ったのか。

「こやつを薬の君のもとへ連れていけ。例の話もしていい。どうせもう、こやつがどう足掻いたところで取り返しはつかぬのだからな」

──どういう意味だ……？

警戒するカイルダールに、衛兵の一人が歩み寄る。

「殿下、こちらへお越しください」

「アリスに会わせてもらえるのですか？　彼女は無事なのですか？」

衛兵に問うと、父が玉座から小馬鹿にしたように告げた。

「もちろん無事だ。愛する妻なのだろう？　会ってくるがいい」

アリスになにがあったのか見当が付かず、胸が苦しくなってくる。不安で拳を握りしめながら、カイルダールは衛兵に続いて玉座の間を出た。

──この扉からは、出たことがなかったな……？

確か伯父から、この扉の先は王家の専用区域だと聞いた気がする。国王夫妻の私室と、玉座の間にしか通じていない廊下があるのだと。

興味がなかったので深く尋ねはしなかったが、この先にはなにがあるのだろう。

歩いていくと、長い廊下に出た。衛兵はそこで立ち止まるとカイルダールに告げた。

「この先をまっすぐお進みください」

「アリスはそこにいるのですか？」

衛兵はなにも言わずに頭を下げる。この場所はいったいなんなのだろうと思いつつ、カイルダールは歩みを進めていく。

――肖像……？

壁にはびっしりと肖像画が掛けられている。

一枚目は父とソフィ妃、アストンの肖像だった。たぶん、母が亡くなってすぐの頃に描かれたものだろう。この絵を描くにあたって、カイルダールは呼ばれもしなかった。だがそのことを、悲しいとも悔しいとも思わない。

居並ぶ王家の肖像らしき絵を眺めながら、カイルダールは廊下を進む。

――ん……？

向かいから、ほっそりした人影が近づいてくるのが見えた。

ソフィ妃だ。国王夫妻の私室から出てきたのだろう。

父の心を独占しているだけあって、美しい。四十を超えた今でも抜けるように肌が白く、十は若く見える。

無言で会釈だけして通り過ぎようとしたとき、ソフィ妃が足を止めて、深々と礼をしてみせた。父の寵姫に正式な礼をされては、声をかけぬ訳にはいかない。

――話すことなどなにもないが。

戸惑いながらもカイルダールはソフィ妃に挨拶をした。

「ごきげんよう、妃殿下」

カイルダールの挨拶に、ソフィ妃が輝くような笑みを見せる。なにが嬉しいのだろう。

気味悪く思い、カイルダールは彼女の笑顔から目をそらす。

「ご機嫌麗しゅう、第二王子殿下。お目にかかれて光栄でございます」

俺は別に用はない、そう言いたいのを呑み込み、カイルダールは答えた。

「ごきげんよう。貴女はこちらでなにをしておいでだったのですか？」

「新たな『薬の君』にご挨拶をして参りましたの」

——なんのことだ？

いぶかしげな表情になったカイルダールに、ソフィ妃が笑顔のまま答える。

「失礼いたしました。殿下は薬の君をご存じありませんのね？」

カイルダールは頷いた。王家にまつわる話などほとんどなにも知らない。わざとらしいほどにのけ者にされ、その扱いを受け入れて今に至るからだ。

「薬の君は、長く王家に仕え、尊い慈善活動に身を捧げておいでの貴婦人です」

——慈善活動家が住んでいるのか？　王宮に？

訳が分からないまま、カイルダールは頷く。そしてソフィ妃に尋ねた。

「この先に、妻が……アリスがいると父上に伺ったのですが」

カイルダールの言葉に、ソフィ妃が眉をひそめる。

「……殿下はなんのために、この先に赴かれますの？」

回答によっては、この先には行かせたくないと言わんばかりだ。

カイルダールは少し考え、答えた。

「妻から王宮にいると連絡をもらい、身の上を案じて会いに来たのです」

「連れ戻しに来たのではありませんわよね？」

やや気色ばんだソフィ妃の様子に、カイルダールはますます強い違和感を抱く。

――ソフィ妃はなにを言っている？　アリスを連れ帰ることのなにが悪いんだ？

様子を窺いながら、カイルダールは尋ねた。

「俺は事情をなにも知りません。アリスは今、この奥でなにをしているのですか？」

ソフィ妃がじっとカイルダールを見つめながら、ゆっくりと首を横に傾けた。

「殿下は、亡きグレイシア様と同じように、奉仕活動に励まれていると伺いました」

「それが、なにか……？」

アリスのことを聞いているのに、なぜ慈善活動の話題を出されるのだろう。

「王宮に戻られないのも、慈善活動を優先されるためだと伺いましたわ」

「そうです、王宮の公務よりも、慈善活動のほうが件数が多いので」

――俺が王宮に戻らないのは、居場所がないからに決まっている。母上から実質『王妃』の座を奪った貴女が、なぜそんなことを尋ねてくるんだ。嫌味のつもりか？

焦れたカイルダールがソフィ妃を振り切ろうとしたとき、彼女が機嫌の良い声で言った。

「まあ……！　殿下は、本当にグレイシア様と同じ奉仕の志をお持ちですのね！」

その嬉しげな声音に、カイルダールは無感情に答えた。

「母ほどではありません。母のように人々の心を動かす才はございませんので。失礼、俺は妻に会いに行ってきます」

「殿下の妃となられたアリス様も、慈善活動に励まれる志をお持ちですのね？」

ソフィ妃が笑顔のままカイルダールに尋ねてくる。

「そうですが、身体が弱いので実際に活動するのは無理です」

「夫婦揃ってグレイシア様の奉仕のお心を受け継がれているなんて、夢のようですわ」

なぜ彼女は執拗に母を褒め続けるのだろう。

夫に背かれ、実母に虐待されていた母が、どんな思いで『素晴らしい王妃』のふりを続けていたか。『勝った』側の女に、これ以上母のことを語られたくない。

カイルダールはできるだけ感情を抑え、ソフィ妃に告げた。

「先ほどから母の話をされていますが、なにを仰ろうとしておいでなのでしょう？」

ソフィ妃が、その問いに不思議そうに首をかしげる。

「なに……って……私が話題にしたいのは、グレイシア様の素晴らしさですわ。社交界の太陽のようでいらした、お美しく聡明なグレイシア様のお話がしたいのです。ご子息の殿下ならば、さぞかしグレイシア様のことをご存じだろうと思いまして」

『負け犬』になった第二王子に、寵愛を得られずに死んだ母の話をさせて、なにが楽しいのか。こんなことに時間を使いたくない。早くアリスの様子を確かめたいのに。

「母は八年も前に亡くなりました。父の寵愛を得て、闘いに勝ったのは貴女です。もう、母を安らかに眠らせてやってはくれませんか」

「私が勝った？」

ますます不思議そうにソフィ妃が首をかしげる。

若々しい目を大きく見開き、じっとカイルダールを見つめたままだ。一種の異様さを覚え、カイルダールは半歩後ろに下がる。

「私が勝った、というのは、どういう意味でしょうか？」

「父に愛されたのは、俺の母ではなく、貴女のほうだという意味です」

「いいえ、あんな男に好かれた女は『負け』です。金もない、王としての力もない、民を救う能もない男。そしてその男から逃げる力さえない私は、『負け』以前の女です」

首を傾けたままの姿勢で、まばたきもせずにソフィ妃が答える。

――なん……だ……？

かすかに肌が粟立（あわだ）った。ソフィ妃の纏う気配がどんどん冷たくなっていくのが分かる。

「殿下はご存じかしら？　私の実家のディナール男爵領は貧しいのです。とてもとても貧しくて、ディナール男爵家に生まれることは『外れくじ』だと陰口を叩かれるくらいに貧しいのですわ。領地も痩せていて、気候は寒く、山から吹き下ろす寒風と夏の雨季の洪水で、畑が全滅することも少なくありません」

もちろん、ディナール男爵領の窮状はよく知っている。

ディナール男爵領は広いが、その大半は痩せた岩だらけの山麓地帯で作物がまともに育たない。わずかな平地で続けている農業も、自然災害の影響で甚大な被害を受けることも少なくないと。

亡き母は男爵領の治水工事のために支援金を出していた。

ソフィ妃のことは憎かったに違いないが、それでも母は公平な慈善活動家だったのだ。

カイルダールも母から継いだ慈善活動の一環として、第二王子に支払われる手当の中から、ディナール男爵領への寄付を続けている。

多くはない額だが、年々治水工事が進み、環境は改善しているはずだ。

「私はそのディナール男爵家の長女に生まれました。私の家族は無力な領主一族でしたわ。飢饉が起きるたびに、領民が飢えて死んだ幼子を抱いて『助けてくれ、食べ物を分けてくれ』と縋ってくるのです。家ごと全滅した一家もありました。そのあばら屋の周りを蠅が飛んでおりましたの。流行病を防ぐためにそのような家は燃やすのです。皆で延焼を防ぐために家の周りに立ち、こぼれ火を叩き消す。私の故郷はそんな土地でした」

ソフィ妃は首を傾けたまま話を続けた。

「何度も王家に助けを求めましたが、『ディナール領の飢饉は毎度のことだ』とろくに相手にもされませんでした。そんな中、父が私に言ったのです。王都の社交界に顔を出し、金持ちの貴族に脚を開いてこいと。そして私は、ないお金をかき集めて作ったドレスを着せられ、国王陛下の夜会に送り込まれたのです」

　ソフィ妃は乾いた唇を動かし、淡々と話を続ける。

「そこで私は、陛下の寵姫となりました。他の貴族は、陛下のお手つきとなった私に近づいてくることはありませんでしたわ……思い出しても腹立たしいこと。自由になる金もない男が、権威を振りかざして私を抱くなんて」

　まばたき一つしないソフィ妃の目が、だんだんと血走ってくる。

　淀んだ情念がくすぶるような、不気味な目だった。カイルダールは彼女から目を離せずに立ち尽くす。

「ディナール男爵領を助けるのに充分なお金を、陛下からはいただけませんでした。私は裕福な男からお金を搾れるだけ搾り取りたかったのに。故郷の皆にたっぷりと食べさせてあげたかったのに……！　そんなときに、ディナール領の困窮に気付き、支援の手を差し伸べてくださったのがグレイシア様なのです」

　ソフィ妃はようやく頭を起こし、嬉しげに両手を組み合わせる。

「あの方こそが、真の奉仕の心を持つ女神様です」

　気付けばカイルダールは、目の前の小柄な女から距離を取ろうと身構えていた。

「私がどんなにグレイシア様に敬意を抱き、感謝をしたことか。あんなに誰かに憧れたのは、生まれて初めてでした」

　最後まで母を苦しめた寵姫に、これ以上母のことを語られたくない。だが、ソフィ妃は真剣そのものの様子だ。

「どんなにお側でその慈善活動ぶりを拝見したいと願ったことか……なのに、私はグレイシア様に近づくことすら許されませんでした。陛下も、グレイシア様の取り巻きの貴婦人がたも、私に『グレイシア様のお側に寄っては駄目だ』と」

「そ……そんなのは当たり前です。貴女は父の寵姫でしょう？　正妻だった母が貴女を側に近づけるわけがない」

カイルダールはようやく言葉を絞り出した。

なぜ母の人生の『最大の敵』だった女が、母に異様な愛着を示しているのか。

国王にもアストンにも冷淡で、顧みもしないと評判のソフィ妃が、こんなに嬉しそうに、亡き母のことを語るとは……。

「そうなのです。貴婦人の皆様も陛下もそう仰っておられました」

自分は誰と話しているのだろう。

——もういい、彼女は放っておいてアリスのところに……！

「こうして、殿下と初めてお話ができて嬉しゅうございますわ。グレイシア様の御心が、ご子息の殿下に受け継がれていることが伺えて良かった。殿下とアリス様は、共にグレイシア様のご意志を継いで、この国のために身命を捧げられるのですね」

「俺とアリス？　いえ、先ほども申し上げましたが、アリスに無理はさせられません。慈善活動を続けるのは、当面の間は俺だけです」

「いいえ、アリス様も先ほど、この国のために命を振り絞ってくださるとお約束くださいましたけれど？」

——命を……？

不吉な言葉にカイルダールは凍り付く。

「アリスはどうしたんですか？」

「あのとき、カイルダール殿下をお救いくださいと陛下にお願いして良かった。私は間違っていなかった。殿下は、グレイシア様の血を引かれた、次期王となられるに相応しいお方に成長なさったのですもの」

ソフィ妃の言葉に、カイルダールの二の腕に鳥肌が立った。

——俺が『白葉病』らしき病で倒れたときのことか……？

あのとき、母がひどく悔しがっていたことを思い出す。カイルダールに届けられた薬は、ソフィ妃が国王にねだったおかげで手に入ったものなのだと。

だが母は誤解していた。ソフィ妃は、母に父からの寵愛を見せつけるためではなく、母を喜ばせ、気に入られるためにあの薬を寄越したのだ。

そう気付いた刹那、ますます鳥肌がやまなくなる。

この女の愛執は、国王ではなく亡き母に向けられていたのだ。

母にはまるで伝わっていなかったけれど、嫌がらせだと母が怒っていた行動のすべては、『グレイシア様に好かれたい』というソフィ妃の歪んだ想いの結実だったのだ。

「私、グレイシア様が身罷られる直前、アストンを廃嫡してほしいと陛下に頼みましたのよ。それでもグレイシア様は、私をお怒りでしたの？」

カイルダールは無言で首を横に振った。

そんな話は初耳だ。

「グレイシア様は、私のことをお怒りでしたの？」

執拗に同じことを尋ねられ、カイルダールは震える声で答えた。

「分かりません……母が、その話を知っていたのかすら……」

ソフィ妃はため息をつき、カイルダールの答えに頷いた。

「さようでございますか。伝わっていなかったのならば残念です……カイルダール殿下、どうか、陛下と私の息子アストンを廃し、この国の玉座にお座りくださいませ」

「な……」

ソフィ妃の唐突な台詞に、さすがのカイルダールも絶句する。

「そうなれば、この国は慈愛に満ちた王を戴く幸福な国となるでしょう。かつて、あの素晴らしいグレイシア様がおわした頃のように」

なんの話をされているのかまるで分からなかった。

少なくとも『運良く』王太子の母となった側妃が口にしていい言葉ではない。

「いいえ、貴女は、アストン兄上の母でしょう、兄上の有力な後見を探すべきです」

ようやく言葉を押し出したが、力ない声にしかならない。

ソフィ妃はカイルダールの言葉に、不快げに顔を歪めた。

「アストンが役に立ったのは、白葉病になったときだけですわ。そのおかげで陛下が、王家が隠し続けていた『白葉病の薬』の存在を明かしてくださったのですから」

そう言って、ソフィ妃は微笑んだ。

「アストン兄上は、白葉病に罹患されたことがあるのですか？」

「ええ、王家では白葉病になる子供は珍しくないそうですの」

カイルダールは首を横に振る。

「そんな話は、初耳です」

「でもそうなのですわ。国王陛下も、幼い頃に白葉病にかかったそうですし……」

グリソンが言うとおり、白葉病が『王家で発生した遺伝病』なのであれば、ソフィ妃の話にも説明がつく。

だが、王家の子供が白葉病で亡くなった事実など、メスディアの歴史には一度たりとも残されていないのだ。

「あのときグレイシア様にお届けしたのは、王家の人間だけが呑むことを許される、希少な秘薬なのです。その秘薬を呑んでアストンも助かったので、カイルダール殿下も間違いなくお命が救われるだろうと、私はそう考えましたのよ」

なぜソフィ妃はこんなに嬉しそうなのか。なぜ笑っているのか。昔の恋をなぞるような遠い目は、カイルダールのことなど映してはいなかった。

息子アストンへの情も、伴侶である王への愛もなにも感じない。だからこそ父は、かえってこの女に執着したのだろうか。

「これからはアリス様もおられますから、もっともっと薬が作れます。白葉病の子供を多く助けることができます。ご夫婦揃っての尊いご意志にお礼を申し上げます、殿下」

ソフィ妃の言葉に、今度こそカイルダールは凍り付いた。

「薬が……作れる……？」

カイルダールの脳裏に、グリソンが突きつけてきた鮮血まみれのハンカチが浮かぶ。

『この血が白葉病の薬なんだ』

カイルダールは、グリソンの荒唐無稽な話を思い返す。

グリソンは、白葉病を乗り越えて、傷がたちどころに塞がる身体になった。その身体から流れ出る血は、白葉病の薬になると言っていた。

自分が呑まされた薬は、血に似た味がした記憶がある。

「私は本当に、グレイシア様のために『アストンを廃嫡してほしい』とお願いしたのですよ……それだけは信じてくださいませね」

ソフィ妃の念押しなどどうでもいい。

カイルダールは一礼して答えた。

「母へのお気遣い、ありがとうございます。俺は妻に会ってきます」

答えるのももどかしくきびすを返した瞬間、錐を刺されたかのように頭が痛んだ。

同時に、生々しい光景が浮かんでくる。

記憶の中のカイルダールは、必死に走っていた。

不安定だった母が夜更けに姿を消したからだ。

母が気を許していた数人の侍女たちは薬で眠らされていた。母が薬を盛ったのだ、と思いながら、カイルダールは必死に離れの庭に出て母を探した。

池のほうから男女の言い争う声が聞こえる。

『私は知らない！　あんな女、私となんの関係もない！』

『ふざけるな、お前がソフィを誑かしたのだろう。どいつもこいつもグレイシア様、グレイシア様と囀り、うるさいことこの上ない！』

父母が言い争っているのだ。なぜこんな時間に『国王夫妻』である両親が。カイルダールは嫌な予感に駆り立てられた。

『目障りなんだ！　ずっとお前とカイルダールが目障りだった！　優秀な王妃、王にはもったいない王妃、そう言われて満足か？　私を馬鹿にできて満足か？　だがな、お前が泣けど喚けど、カイルダールは永遠に王にはなれんのだ！』

そのとき、母の悲鳴が聞こえ、言い争いの声が途絶えた。ばしゃんと大きな水音が届き、カイルダールは一目散に池めがけて走った。その場には父と近衛兵たちがいた。

汗だくになって池を一瞥すると、母はうつ伏せでその池に浮いていた。

『母上ぇぇっ！』

叫んだカイルダールの背後で父の声が聞こえた。

『ついでにそれも殺して池に浮かべてしまえ。死因などいくらでも捏造できる。どうせあの怪物婆は、私に殺されるような弱い人間に、一切同情はしない』

カイルダールはゆっくりと振り返る。

父の目にはいつも通りの嗜虐的な光が浮いていた。いつもならば黙って殴られているが、今日はそんなわけにはいかなそうだ。下手をすれば殺される。

カイルダールは父を睨み付けた。早くこの場をなんとかして、母を助けねば。

『私とソフィの世界を妨げる者は、みな邪魔だ。グレイシアもカイルダールも邪魔だ。この二人がいなくなれば、ソフィは私のところに戻ってくる。アストンのことだって母親として受け入れるようになるだろう』

カイルダールに向けて近衛兵たちの手が伸ばされる。

——大人しくやられるふりをして、油断させて……父上を殺す！

あのときのカイルダールは本気でそう思っていた。

カイルダールはわざと近衛兵たちに蹴られ、嬲られて、よろめくふりをしながら、確実に父のほうへ近づいた。

『そやつを殺せ！』

父の声と同時に、カイルダールは半回転して逆立ちのまま飛び上がり、剣を振り上げた近衛兵の首筋に両脚を絡め、そのまま破砕音を立ててその首をへし折った。

——俺は母上を殺したお前を見逃してやったのに。

あの日。母が父に殺された日、カイルダールは父に共謀した近衛兵を一人殺した。そして、その近衛兵の死体を踏み越え、父に飛びかかろうとしたのだ。

父は他の近衛兵を盾に慌てふためきながら『人が来る！　退却だ！　あのクソ餓鬼から私を守れ！』と喚いていた。

とどめを刺し損ねたが、もう追う体力は残っていない。カイルダールは逃げていく父たちに背を向け、池によろよろと駆け寄った。

『母上』

カイルダールはぼろぼろの身体を引きずり、池に飛び込んだ。

父は、本当に母が目障りだったのだ。

カイルダールは泣きながら池の水を掻き、母の身体を引っ張り上げようともがいた。

どこかからか『カイルダール様』『正王妃様』と呼ぶ声が聞こえる。

きっと母は、頑として対話に応じなかった父に呼び出され、やっと話し合いをする機会を得られたと思ったのだろう。何度も『カイルダールの扱いについて話し合いたい』と申し入れては断られていたから、応じてしまったのだ。

だが、暴力的で常識が通じない父と会うことを侍女たちに止められると分かっていて、侍女たちに眠り薬を盛ったのだ。

——あの頃の母上は本当に追い詰められていた。執拗に届くソフィ妃からのご機嫌取りの手紙に、父上の冷淡さ。アストン兄上が王太子になったこと……。

その異変に気付いた近侍たちが、母とカイルダールを探していたに違いない。

──今だって、俺は父上を許したくないと思っている。

そう思ったとき、脳裏をアリスの愛らしい笑顔がよぎった。

父は貴族の支持を得られない愚かな王だ。同時にカイルダールを廃嫡する権利を持つ『父親』でもある。

──下手に動けば父上が俺の口を封じるためになにをするか分からない。どんな手を使っても俺を陥れようとするだろう。そうなったら俺はアリスと一緒にいられなくなる。オルヴィート侯爵家にだってどんな迷惑がかかるか……。

カイルダールは拳を握った。

──だから、俺は、あの男を母殺しの犯人として告発しなかった。

カイルダールは『アリスの側にいたいから』父の犯罪に口をつぐむことを選んだ。父は常にカイルダールを警戒し、ますます遠ざけるようになった。

だが、アリスと共に過ごすことまでは阻まれなかった。だから、カイルダールはそれ以上は求めずに生きてきたのだ。

もちろんこの振る舞いは、正義ではない。

では、どうするのが正しかったのだろう。

なにもかもが滅茶苦茶になることを覚悟に、母の死の真相を告発すべきだったのだろうか。

　あのあと、カイルダールに殺された近衛兵の死は曖昧に伏せられた。

　母の死も自殺とされ『グレイシア王妃はソフィ妃を襲おうとして、王にきつく咎められたことで死を選んだ』と社交界に広められたのだ。

　娘が死んだというのに、祖母は、母の遺体を確かめようともしなかった。もう壊れた道具だ。孫を王位に就けられない娘などどうでも良かったのだろう。

　怒ったのは伯父だけだ。その伯父の怒りも、祖母の『カイルダールを王位に、我が血筋を王位に』とわめき立てる勢いの前にだんだんと潰えていった。

　父への憎しみは、アリスと共にある限りは呑み込まねばならないものだった。

　脳裏をソフィ妃の、この世界を見ていない異様な眼差しがよぎる。

　——だけど俺は今日、父上を葬る方法を……見つけたかもしれない……。

　そう思いながら、カイルダールは奥へと進んでいく。

　廊下の突き当たりには、まっすぐに地下へと伸びる階段があった。

『私、グレイシア様が身罷られる直前、アストンを廃嫡してほしいと陛下に頼みましたのよ。それでもグレイシア様は、私をお怒りでしたの？』

　ソフィ妃の話で母が父に殺された理由が全部繋がった。

　父が母を殺したのは、ソフィ妃の心をつなぎ止めるため。ソフィ妃に愛されるには、母が邪魔だったのだ。

――母上自身はソフィ妃を最後まで疎んじておられたというのに、なんという皮肉だ。

カイルダールは危うい足取りで暗い階段を下りていく。何階ほど下りただろう。突然、煌々と照らし出された明るい場に出た。

そこは女性向けの装飾が施された広間だった。

惜しみなくランプが灯され、シャンデリアや花、絵画などで美しく飾り立てられている。壁には古い時代の男性の肖像画と、同じくらいの時代の家族の絵らしきものが掛けられていた。

――アリスはここにいるのか？

カイルダールの目の前で、花の彫刻がされた扉が開いた。

「まあ、どなた？」

出てきたのは、波打つ髪を下ろしたままにしている貴婦人だった。着用しているのは上品なドレスで、王宮の侍女のお仕着せではない。

彼女の灰色の目に既視感があった。どこかで会ったような気がするが、思い出せない。

だが髪を結っていないということは、この貴婦人には人に会う予定はなかったということだ。カイルダールは慌てて頭を下げた。

「失礼いたしました。私は第二王子のカイルダールです。こちらに私の妻が……アリスが来ていると伺ったのですが」

なぜ侍女がいないのだろう。そう思ったとき、不意に声が聞こえた。

「カイ？」

アリスの声だ。カイルダールは弾かれたように顔を上げる。

「どうしてここに来たの」

アリスは美しく装い、見事な宝石を身につけていた。

だが、泣き腫らした目をしている。カイルダールは慌ててアリスに駆け寄り、華奢な肩を優しく抱いて尋ねた。

「どうした、具合が悪かったのか？」

カイルダールの問いにアリスが愛らしい顔を歪める。再び泣きそうになったアリスは、傍らの女性を振り返って言った。

「……ナイフを貸してください」

貴婦人は無言でアリスにナイフを差し出す。カイルダールに肩を抱かれたまま、アリスは己の腕をナイフで斬りつけた。止める間もなかった。

傷口から血が溢れ、ぴたりと閉じて消える。

どこかで見た光景だと、ぼんやりしびれた頭の片隅で思う。

「カイは驚かないんだね。こういう患者さんを診たことがあるの？」

赤黒い血を滴らせながらアリスが言う。しかし、アリスの腕には傷一つ残っていない。

「あのね、私の血、白葉病の薬になるんだって」

なにも言えない。グリソンとアリスが同じ話を始めたからだ。血まみれのハンカチを差し出してきたグリソンの言葉がよぎる。『この血が白葉病の薬だ』と。

「……いや、そんなはずは……人の血が薬になるなんて……」

かすれた声でカイルダールが答えたとき、傍らの女が話しかけてきた。

「アリス様は、これから先、ここでお暮らしになり、白葉病の子供たちを助けるお手伝いをしてくださるそうです」

驚いたカイルダールは慌ててアリスに尋ねた。

「本当なのか？　アリス」

「うん、これまでは私が家族やカイにいっぱい、いっぱい助けてもらったから、今度は私が病気の子を助ける番なの」

「いや、人助けは大事だけれど、今日は一緒に帰ろう」

焦りながらも、できるだけ優しく言って聞かせた。

アリスの身体に起きた異変がただ事でないことは分かる。

なぜ傷がたちまち塞がるという異変が、グリソンにもアリスにも起きているのだろう。

さっきグリソンは言っていた。『アリス夫人に〝なにか〟あったら僕のところにおいで。君はこれから、もっと驚く経験をするかもしれないから』と。

——そうだ、グリソンさんに今のアリスを診せればなにか分かるかもしれない。

「ほら、帰ろう」

「私、帰らない！」

強い口調で抗われ、カイルダールは立ちすくんだ。

「言ったでしょ、これからはここで暮らして、白葉病の子を助けるって」

アリスはカイルダールから離れ、もう一度、今度は己の首筋に斬りつけた。

首筋から流れた血はドレスを汚してあっという間に止まった。やはり、傷は塞がって跡形もなくなっていた。

「分かった？　私、普通の人間じゃなくなっちゃったんだよ。これから先、何百年も生きるんだって。だからカイは一人で帰って、ごめんね。迎えに来てくれてありがとう」

そう言うと、アリスはカイルダールに背を向けた。

――俺だけ……一人で帰れ……って……？

カイルダールは訳が分からないまま首を横に振った。

アリスと自分は、なにがあっても一緒にいるはずだ。どんなに辛い未来が待っていても、永遠に一緒だ。そう誓い続けてきたのに。

「おいで、アリス」

カイルダールはアリスの腕を摑んで優しく言った。

「嫌！　私は普通の人間じゃなくなったんだってば！　今、見たでしょ？」

「帰ろう、侯爵も夫人もとても心配しておられる」

カイルダールはアリスの拒絶の言葉を耳に入れまいと、一方的に語り続けた。

斬っても斬っても元に戻る得体の知れないこの身体、白葉病とはいったいなんなのか。

そう思うけれど、もっと大事なことがある。アリスの幸せだ。アリスをあの家族の庇護(ひご)のもとに戻し、大切に守らねばならない、ということだ。

「皆が心配している。君が帰らないなんて言ったらどうなると思う？　俺だって嫌だよ、大事な奥さんと離ればなれになるなんて」

「あ……」

アリスが顔を歪めた。カイルダールはアリスの手を引き、無理やり歩き出す。貴婦人が、少し困ったように声を上げた。

「お待ちくださいませ。アリス様はここに残られねばならないのです。国王陛下がそのように『命令』を出されました。勝手にアリス様を連れていかれては……」

「いいえ、父は『結婚を祝う』という理由でアリスを呼び出したと聞きました。王宮に留め置かれるのはおかしいでしょう」

「……私がうまく取り計らいますから、アリス様にここにいていただくわけには？」

貴婦人は困ったように言ったが、カイルダールはきっぱりと首を横に振った。

「連れて帰ります」

カイルダールは名前も知らない貴婦人にそう告げると、アリスの手を引いて歩き出す。

「いや！　いや！　放して！　私、こんな身体じゃ家に帰れないから……っ！」

「駄目だ」

アリスに『一人で幸せになれ』と願われたのだとしても、受け入れられない。

間近に永遠の別れが迫っていることは分かっていた。けれど、一秒でも長く一緒にいたかったのだ。なにがあってもアリスと離れたくなかった。アリスにも同じくらいの強さで『離れたくない』と思ってほしかった。

すべてはカイルダールの勝手な願いだったけれど。

「夫人がどんなに君を心配していると思うんだ」

「あ、お……お母様……」

アリスの目から涙が噴き出す。

抵抗が弱まったので、カイルダールはアリスの腕を強く摑んだ手を緩めた。そして無言で先ほどの階段をのぼり始める。

「カイ聞いて、私は、白葉病を乗り越えた珍しい人間で、すごく長生きしちゃうんだって。何百年も……ううん、もっと長く。だからもうあの家に帰れない」

「そんな人間はいないよ」

グリソンやアリスの傷がみるみる塞がった異様な光景を思い出しながら、カイルダールは否定する。頭の中にグリソンのふざけた声がこだまする。

『いるよ。昔は、そうだな……五十人くらいはいたと思う。僕は母親に連れられて〝寿命が短い人間の国〟にやってきたんだ』

「いるんだよ！　さっきの綺麗な女の人がそう！」

アリスの言葉が、回想のグリソンの言葉に重なった。

——こんなに長い階段をアリスにのぼらせる訳にはいかないな。

カイルダールは抗議を無視してアリスを抱き上げ、階段をのぼる。

「下ろして！　私、ここにいなきゃいけないの！」

「だめだ。俺と一緒に帰るんだ」

アリスはか弱い力でカイルダールに抗いながら、話を続けた。

「あの人は三百年前にここに来て、当時の王様の側妃になって、私たちに『爪が白くなって、長生きする身体になる』遺伝を残した人なの。でも、人間との血が混じった私たちのような子孫は、長生きするための変化に耐えられなくて、死んじゃうの。その症状を白葉病と呼んでいるんだって」

脳裏にグリソンの声が響いた。

『王子様君はいくつだっけ、二十歳？　僕とちょうど三百歳違いなんだね』

真っ白だったグリソンの爪が消しても消しても頭に浮かんでくる。彼が手袋を嵌め続けている理由は、あの爪を隠し続けるためだったのだろうか。

「あの女の人は六十六って名前なんだって。一族で六十六番目に生まれたから」

「……え？」

グリソンの手袋には、常に六十七と書かれていた。新しい物に替えても必ず。あの文字はなんの意味があったのだろう。

身体中に嫌な汗が滲んでくる。階段をのぼり終え、長い長い廊下を歩き始めると、アリスが不意に古い肖像の一つを指さした。

「見て、カイ。さっきの女の人……四代もの王家の肖像に、同じ姿で描かれているの。この人が旦那様になった王様で、この王様が息子、こっちの絵では王様が孫……それでこの絵は、ひ孫が王様になったときの絵なんだって……」

確かに、四枚の絵にはよく似た女性が描かれていた。画家が別人なので筆致も造形も違うが、同じ人物を描いたと言われれば頷ける。

「あり得ないよ、人間はそんなに長く生きられない」

「私もそう思うけど……あの人や今の私が、人間じゃないのは確かなんだよ」

カイルダールはそれ以上なにも言わずに、廊下を突き進んだ。

とにかくアリスをオルヴィート侯爵家に帰さなければ。

二度とアリスを家族と引き離すようなことはさせない。アリスはオルヴィート侯爵家の皆から大切に愛されて、幸せに暮らさなければ駄目なのだ。

――だが、俺はアリスを連れ出すなという父上の『命令』に逆らおうとしている。

カイルダールはぐっと唇を噛む。

自分が命令に違反し、アリスを連れ帰ろうとすることは、父のもくろみ通りなのだ。

あの男は白葉病の子供たちを案じたりしない。

『命令』に反してアリスを連れ去ったカイルダールをいかようにも罰せられる、そう思って笑っていたに違いない。

——本当に目障りな男だな……。

改めて、父のことを心の底から憎いと思った。

腕の中のアリスが、怯えたように名を呼ぶ。カイルダールははっと我に返り、足取りを速めた。

「……カイ?」

「どうしてそんな怖い顔をしてるの……」

「なんでもない、外でオルヴィート侯爵家の馬車が待っているから、君はそれに乗って急いで帰るんだ」

「だ、駄目だよ。あの女の人は、王家に白葉病の患者が出るたびに、血を分けて命を助けているんだって。私がその仕事を手伝えば、もしかしたら、これからは、王家の子以外の白葉病の子も助けられるかもしれないんだ」

「……そんなことはしなくていい」

冷たい声が出た。アリスがびくりと身体を縮ませる。

「白葉病になるのは辛いんだよ、助けられるなら助けてあげたいよ!」

「君がする必要はない。医学が発展すればいずれは皆が助かるかもしれない。その日を待つしかないんだ」

「できることがあるのに、どうして駄目なの!」

「俺は君を犠牲にしたくない。なぜ分からないんだ、俺にとって、君が、どんなに」

言いかけて喉が引きつった。アリスの『遺書』に書かれた言葉が浮かぶ。

『私がいなくなっても幸せになってください』

――なれないよ。俺は……一人で幸せにはなれない……！

そう思ったとき、アリスが小さな声で言った。

「私は本当に、何百年も生きちゃうかもしれないんだよ。カイがいなくなった世界でも、一人でずっと生きなきゃいけないいんだよ」

「そうなったとしても、俺は一秒でも長く君の側にいる」

アリスが再び泣き出した。

「駄目！　カイには、同じ時間を生きられる人と幸せになってほしい」

アリスの望みは知っている。

けれどそんなことを望まれるのは、他の人間を愛せないカイルダールには辛いのだ。

『私がいなくなったら、あとを追ってきて』と言われるほうがどんなに幸せか。『おかしな身体になってしまったから元に戻る方法を探して』と頼まれるほうがどんなにいいか。

アリスが永遠に生きるというなら、カイルダールは命が尽きるその日まで側にいたい。

――こんな風に思うのは、俺の独りよがりなのか？

カイルダールが抱いているのは、アリスへの執着だけ。アリスに愛されるために、優しい王子様であろうとすることだけ。欠けたところばかりの生き物なのだ。

「第二王子殿下、そちらのご令嬢を連れ出されては困ります」

そのとき、厳しい女の声が響いた。

目の前に立っていたのはソフィ妃と、彼女を守る衛兵たちだった。おそらく、カイルダールがアリスを連れ出さないよう、ここで見張りを連れて待っていたのだろう。

ソフィ妃を守るように立つ衛兵たちは、腕に覚えがありそうな者ばかりだった。槍の構え方で分かる。

――『例の件』を交渉してみるか。俺の話が通じるかは分からないが。

そう思いながら、カイルダールは口を開く。

「ソフィ妃殿下、のちほど俺から貴女に、贈り物を差し上げます」

言いながら、カイルダールはアリスをそっと床に下ろして立たせる。

「カイ……なにを言っているの……？」

アリスが怯えたように尋ねてきたが、答えずに一歩前に踏み出す。

「そちらのご令嬢は、白葉病の患者を救う尊い血をお持ちのお方だと申し上げたはず。なぜグレイシア様の遺志を継がれた貴方様が、分からず屋のようなことをなさいますの？」

「俺は貴女が、母と同じものになれるよう手伝います、ソフィ妃」

カイルダールの言葉に、ソフィ妃が美しい目を見開く。

「私にはグレイシア様のような才も、財産も、人脈もございませんわ。あの方は万民の太陽、私はただの泥人形にすぎませんもの」

自嘲するように笑うソフィ妃に、カイルダールは言った。

「必ずお手伝いすると約束します。どうかここを通してください」

ソフィ妃がきっぱりと首を横に振る。カイルダールは問いを重ねた。

「貧しき者たちの『太陽』になりたくはないのですか？」

「私ごときがグレイシア様に近づけるはずがございません！」

ソフィ妃の大きな目は涙で濡れていた。彼女にはカイルダールの話の『裏』までは読み取れなかったようだ。だがアリスの前で口にできることではない。

――嬉しくはないが、まだ、彼女を抱き込む機会はある。今はアリスだ、アリスをオルヴィート侯爵家に帰さないと。

どちらにせよ、父の『命令』に背いてアリスを連れ出した時点で、カイルダールの立場は極限まで危うくなっている。

そこにこれから、側妃殿下の護衛への暴行罪、という罪が加わるのだ。

「俺の言葉の『意味』をご理解いただけないのであれば、仕方ありません」

言い終えると同時に、カイルダールは床を蹴って一番近くの衛兵に飛びかかっていった。

全員殺せる。だが殺さないようにしよう。暴力はすべてを解決できるがなるべく振るわないほうがよいものだから。

――いや、もういいのか……父上の命令に背いた時点で、どんな罪状を着せられても文句は言えない立場になったからな。俺のほうももう手加減はしない。

◆

――なに……なに……？　カイ、なにしてるの……？

アリスは立ちすくんだまま、衛兵たちを蹴り倒していくカイルダールを呆然と見守っていた。

カイルダールは、突き出され振り下ろされる槍をすべてかわし、人間とは思えない素早さで『回転』し、衛兵たちの首筋に蹴りを叩き込んでいく。

衛兵たちはどうしていいのか分からないとばかりに槍を振り回しては、カイルダールの蹴りで倒れ、床に沈んでいった。倒れた者は誰一人身動きしない。

「だ……誰か……誰か……ッ！　薬の君が連れ出されます……！」

すべての衛兵を倒されたソフィ妃が悲鳴のような声を上げる。

カイルダールはソフィ妃に構わずにアリスを抱き上げると、全力で走り出した。

人一人を抱いているとは思えない速さだ。

あっという間に廊下を出て庭に飛び出すと、カイルダールはその広い庭を突っ切って準正門に向かう。

追ってくる者たちの足音が聞こえたが、重装備の彼らよりも、アリスを抱いているカイルダールのほうがはるかに速い。

アリスを抱いたまま、カイルダールが凄まじい勢いの蹴りで準正門の門番を蹴り飛ばす。

もう一人の門番はカイルダールに槍を突きつけようとしたが、あっさりとかわされた。

準正門を出ると、すぐ目の前に、オルヴィート侯爵家の馬車が停まっていた。

――私……家に帰れる……の……？

アリスの目に再び涙が滲む。

あんなにも辛い気持ちで覚悟を決めたのに、自分はもう人間じゃないと分かっているのに、家族にまた会えるという安堵感で涙が止まらなくなる。

「アリスを連れてきました！」

カイルダールが大声で言うと、侍女が馬車の中から飛び出してきた。

「アリスは国王に理不尽な理由で囚えられていただけです、絶対に王宮の追っ手に追いつかれないように逃げ切って、アリスを屋敷に匿ってください！」

呆然としていた侍女が、すぐに気を取り直したように頷いた。

「かしこまりました、殿下！」

カイルダールは抱いていたアリスを下ろすと、侍女のほうへと押し出した。

「俺はあとから向かいます、とにかく急いでアリスをオルヴィート侯爵邸に！」

アリスは侍女の手で馬車に押し込められる。続いて乗り込んできた侍女が馬車の戸を閉ざすのと、馬車が走り出すのは同時だった。

「待って、カイは!?」

「分かりません、ですが我々はお嬢様をお守りして、必ずお屋敷までお連れいたします」

アリスは慌てて窓を開け、カイルダールの姿を探した。

「カイ！　カイ……っ！」

だが、彼はどこにもいなかった。

衛兵たちに捕まったのか、逃げたのか、それすらも分からない。

呆然と座席にもたれかかったアリスに、侍女が言った。

「手すりにお摑まりくださいませ」

「馬車を停めて！　カイは私を連れ出すために陛下のご命令に背いて、ソフィ妃の衛兵と戦ってしまったのよ。一緒に逃げなくちゃ」

「申し訳ありません、我々はカイルダール殿下と侯爵閣下のご命令通りに、お嬢様を必ずお屋敷までお連れせねばなりません」

アリスは無言で首を横に振る。そのとき馬のいななきが聞こえ、馬車の車体が激しく跳ねた。侍女が覆い被さるようにアリスを支え、厳しい声で言った。

「追っ手がかかったようです。しっかり摑まってくださいませ！」

馬車は凄まじい速さで王都の大通りを駆け抜け、オルヴィート侯爵邸の門に滑り込んだ。

同時に大きな音を立てて門が閉まる。

「さ、お嬢様、早くお部屋に」

侍女に手を取られてアリスは屋敷に走った。背後から『アリス・オルヴィートを引き渡せ！』という怒鳴り声が聞こえる。王の追っ手だ。

やはりこの身体になったからには、王宮で暮らさねばならないのだ。薬の君が言うとおり、薬となる血を提供するのと引き換えに、保護されるために。

――どうしよう、やっぱり私……。

迷いながらも玄関までたどり着いたとき、髪を振り乱した母が駆け寄ってきた。

「アリス！　アリス……っ！」

侍女の前で乱れた姿など見せない母が、ぐしゃぐしゃの髪をして泣き腫らした顔でアリスを抱きしめる。アリスを抱きしめた華奢な手はいつも通りに荒れていた。重い病になった娘を救おうと、毎日毎日看護を欠かさなかった母の手だ。

アリスの目から再び涙が噴き出す。

「お母様……！」

「心配したのよ、アリス、良かった、良かった……」

母の温かな腕に抱きしめられ、アリスは子供のように泣きじゃくった。

「ああ！　アリスっ！」

「アリス！」

「お姉様！」

父と兄、リエナが駆け寄ってきて、代わる代わるアリスを抱きしめてくれた。リエナのお気に入りのドレスを血で汚してしまったのに、リエナはまったく怒らなかった。

――どうしよう、私、こんな身体になってしまったのに、家に帰ってこられて、こんなにも安心してる……。

「さあ、アリス、休みましょう。疲れたでしょう？」

「そうだ、アリス。母様の言うように少し身体を休めてきなさい」

「お父様、お母様……」

本当は二度と帰ってこないつもりだった。けれど、一度帰ってきてしまったら、大好きな家族の顔を見てしまったら……。

──私……やっぱり……ここにいたい……カイと家族の側にいたいよ……！

家族のぬくもりに包まれながら、アリスはただ涙を流し続けた。

◆

──早く……時間があるうちに動けるだけ動かなければ……。

追っ手を撒いたカイルダールは、王立大学の研究棟へと駆け込む。

王立大学は、表向きは中立の機関だ。国王の衛兵は大学の許可がなければ中を捜索できない。ゆえに少しだけ時間が稼げる。

グリソンがいてくれますようにと祈りながら、カイルダールは彼の部屋の扉を叩いた。

「あれ、王子様君？　お帰りなさい。もう奥さんに追い出され……」

「お願いがあります。貴方が持っている中で一番優れた毒薬を一人分ください」

グリソンが珍しく目を丸くする。

「なにに使うの、そんなもの」

「人殺しですが、証拠を残したくない」

グリソンはしばらく考え、カイルダールを部屋の中に招き入れた。

「なるほど……人間は毒で死んじゃうから気の毒だよね」

「グリソンさんには、毒が効かないんですか？」

カイルダールの問いに、グリソンが頷く。

「そうだね。神経毒の類いとかは効かないよ。物理的に身体が破壊されちゃうもの……たとえば、硫酸とか呑むと内臓溶けちゃうけどね。それでも硫酸が排出されるまで生きてれば、内臓は修復されると思うよ。実践はしないけどね！」

「アリスも、グリソンさんのように、すぐに傷が治る身体になっていました」

そう言ったが、グリソンは驚かなかった。

「だろうな……」

「グリソンさんは、アリスの身体がおかしいことに、なぜ気付いていたんですか？」

「だって白葉病を発病してから八年も生きてるって聞いたし。高熱が出る症状が収まっていなくても、身体は僕らと同じ、不老になっている可能性があるなと思ったんだよ」

言いながらグリソンが腕組みをする。

「ねえ、アリス夫人は見た目は普通？　痩せ細って骨が浮いたりしてる？　褥瘡（じょくそう）は？」

カイルダールは首を横に振る。グリソンが言いたいことは分かった。

アリスは食事がほとんど摂れなくて、具のないスープを啜るくらいが精一杯で、八年生きてきた。

それでも、アリスの見た目は華奢な少女のままだった。

「僕らは数ヶ月に一度くらい食べられれば死なないからなぁ。まあ空腹で辛いのは君らと変わらないけど。ともあれ、君から見ても奥様は医学的におかしかったわけだ。アリス夫人は今、つけた傷が塞がる状態？」

カイルダールは頷いた。

「なるほどね、じゃあ、もう、僕らと同じ『白い爪の者』になっちゃってるね」

グリソンはそう言うと腕組みを解いて手袋を外した。白い爪が露わになる。

「それで『毒』の話に戻るけどさ、僕ら『白い爪の者』は、人間に比べてとてもとても長生きだって話、一応信じてくれてる前提で話していい？」

「はい。この目で確認のしようがありませんが」

「あと十年くらい僕と付き合うと『こいつ、いつまでも若いなぁ』って思うと思うよ」

グリソンはにっこり笑うと話を続けた。

「だけど、実は僕らにも、致命的な毒がある。それは同族の血なんだ」

「どういうことですか？　グリソンさんの血は……白葉病を乗り越えた人間の血は、白葉病の薬になるのではなかったんですか？」

「そう。不老化を止めることができる唯一の薬になる。不老化できずに『白葉病』で苦しむ子供も、僕みたいな元気いっぱいの不老の人間も、同族の血を呑めば、ただの人間に戻ってしまうんだよ」

——アリスの話と、グリソンの話が違う？

『白葉病を治せるのは、白い爪になった人間の血』

アリスはそうとしか言っていなかった。

「じゃあ……白葉病に罹った子供のうち、貴方やアリスのように不思議な身体になれる人間がいたとしても……」

「うん、血を呑んだら不老にはなれない。不老化できる子供はそもそも白葉病で死ぬことはないんだ。僕や君の奥様みたいにね。そういえば王宮で会わなかった？　薬の君とか六十六って名乗る若い女の人」

「会い……ました……」

「僕が彼女の息子の六十七だよ。二人目の薬の君、って名乗ればいいのかな？　王宮暮らしが嫌だからこの王立大学に匿われているんだ」

『薬の君』という言葉でアリスの説明を思い出した。

『あの人は三百年前にここに来て、当時の王様の側妃になって、私たちに〝爪が白くなって、長生きする身体になる〟遺伝子を残した人なんだって』

——メスディア王家は『白い爪の者』たちと出会って、人体実験を持ちかけたのか。

カイルダールは拳を握りしめる。その結果が、今の悲劇だ。何人の子供たちが白葉病で命を落としたと思っているのだろう。

無論、当時の王や『白い爪の者』には悪気がなかったのだろうが。

「白葉病に関しては、僕のお母さんが諸悪の根源なんだ。普通の人間との間に子供を作った。しかもその子供が、この国の王になってしまったんだから」

カイルダールは無言で頷いてみせる。

「だけどお母さんさ、自分の子供や孫らが『白葉病』になったときに、片っ端から自分の血を呑ませて、不老化を止めちゃったんだよね。今も王家の子供の白葉病を治すという口実で、全員の不老化を止めているんだよ。僕はそれを黙認してる」

カイルダールは驚いて問い返す。

「王家は不老の世継ぎを欲して、貴方がたと手を組んだのではないのですか？」

どこの国の王も『不老長寿』を求め、治世の安泰を願うものだ。

それを愚かな考えだと思うのは、統治者ではない人間だけだろう。

きっと心の底から国を思う王ならば『自分のあとを継ぐ人間が、本当に国を守ってくれるのか』と案じ、己の治世が続くことを望むだろうから。

遠い昔のメスディア王が『不老の遺伝子がほしい』と願ったとしても不思議はない。

だがグリソンの説明が本当なら、彼らは、『王家に内緒で、不老の子が誕生しないようにしている』ことになる。

「そう。僕とお母さんは王家の方針に逆らってる。白葉病を発症した全員から『不老になれる可能性』を奪ってるんだ。『白葉病になった子供たちには、大人の血を与えなければ死んでしまう』と嘘をついている。実際、血を与えられなかった王家の子以外は、ほぼ全員が死んでいるしね」

カイルダールはしばし言葉を失い、声を潜めて尋ねた。

「その話は、俺に喋ってしまって良かったんですか？」

「うん。だって王子様君は、アリス夫人から不老の力をなくしてあげたいだろう？」

少し迷った末に、カイルダールは頷いた。

「ええ、アリスには……あの温かな家族と、幸せになってほしい……」

たとえそこに自分がいられなくても、アリスには、幸せになってほしい。

「そういうことさ。僕もお母さんもそう思ってる。人間の世界で一人だけ何千年も生きるのは、幸せでもなんでもないんだ。アリス夫人の治療は僕が引き受けるよ。王立大学から借りてる肩書きがあるから、侯爵に信用していただくのはなんとかなる」

「どうしてそこまでしてくださるんですか？」

「王子様君が、何度も僕にお金をくれたから。感謝してるからだよ」

言い終えるとグリソンは一瞬扉のほうを見た。

騒がしい。どうやら追っ手が王立大学に入ってきたようだ。アリス・オルヴィートを連れ出したカイルダールを捕縛するために各部屋を検めているらしい。

——もう来たか。

　そう思いながら、カイルダールは尋ねた。

「毒を分けてもらえますか？」

「自殺に使わない？」

「俺はアリスを置いて死んだりはしません」

「……了解。証拠が残らないやつだよね？」

　カイルダールは頷いて、金貨をあるだけ差し出す。グリソンは首を横に振り、棚から小さな瓶を取り出した。

「無色透明、現在の医学では検出も不可能だ。服の上から身体のどこかに掛ければいいよ。経皮毒だから、自分の手につかないようにね。大量につかない限りは大丈夫だけど」

「なんのために作ったんですか、こんな物騒なもの」

「別になんとなくだ。研究とは、極めようと思えば極まってしまうものでね！　だが危険すぎて他人に売ることはできない。そういう品だよ」

　カイルダールは密封されたその瓶を受け取る。

　——これを『彼女』に使わせることができれば……あるいは……。

　そのとき、部屋の扉が叩かれる。金属がこすれあう音が聞こえた。

「槍の音が聞こえるよ？　物騒なお迎えだねえ。なにやらかしたのか知らないけど気をつけて。アリス夫人に伝言はある？」

「……元気で、と」

「了解、じゃあ、君こそ元気でね」

そこに王宮の兵が踏み込んできた。

「カイルダール殿下、国王陛下がお呼びです。ソフィ妃殿下の護衛を害した件について説明せよとのこと。ご同行願います」

王子に対するものとは思えない、横柄な態度だ。だが、どうでも良かった。

アリスを家族のもとに帰せたのだから、充分だ。これ以上望むものはない。

『それから神様に、夫の永遠の幸せを願います』

結婚式でのアリスの言葉がまた思い出された。

――ごめん、アリス……せっかく君が祈ってくれたのに……俺はその祈りを受け取ることができなかった……。

心の中で最愛の妻に謝罪し、カイルダールは自分を捕縛しに来た兵に向き直った。

「……分かりました」

カイルダールは彼らに付き添われ、長年暮らした研究棟の部屋を出た。

「ソフィ妃殿下に面会を希望します。謝罪と、お渡ししたいものがあるのです」

道中黙りこくっていたカイルダールが突然喋り出したので、兵たちが困ったように顔を見合わせた。

「いいえ、このまますぐに陛下にお会いください」

「俺が続けていた慈善活動の引き継ぎを、高い志をお持ちのソフィ妃殿下にお願いしたいのです。それから、先ほどの無礼を謝罪すべきだと思っています。父に会う前でも会ったあとでも構いませんので、お時間をください」

兵たちはしばらくなにかを話し合い、カイルダールに告げた。

「……確認して参ります」

一人が玉座の間に向かい、数分後に出てきた。どうやら父の許可を得たらしい。

「陛下と番兵が立ち会います。それでもよろしいですか」

「はい」

カイルダールは数人の兵に付き添われ、玉座の間に入った。父は玉座にいて、本来母が座っているべき王妃の座に、ソフィ妃が腰掛けている。

最後まで貴族社会に嫌われ『正王妃』となることができなかった哀れな女性。

だが彼女が望んでいるものは『正王妃』の座などではない。

グレイシアという女に近づくこと。彼女と同じものになることなのだ。

父とソフィ妃が、カイルダールに冷たい視線を投げかけてくる。カイルダールは構わずに、形通りの『臣下の礼』を取ってみせた。

「ソフィ妃殿下にお詫び申し上げます。アリス・オルヴィートは……」

「オルヴィート侯爵は、我々に対し『絶対に娘を渡さない』と言っております。まるで王宮側が誘拐犯であるかのような態度ですわ。腹立たしいこと……！　新しい薬の君となられるアリス様は、すでに王家の『所有物』でございますのに！」

ソフィ妃の美しい目には、怒りの炎が燃えている。

「……よって、オルヴィート侯爵家から、王命で爵位を剝奪できないか、有識者を呼んで会議を行わせています。近日中に結果は出るでしょう」

ソフィ妃の脅し文句に、カイルダールはそっと目を伏せる。

――これ以上貴族たちの支持を失うわけにはいかないだろうに。それに、莫大な財産を持つオルヴィート侯爵家から爵位を剝奪したところで、外国に逃げられるだけだ。

カイルダールは表情を変えずにソフィ妃の脅しを聞き終え、深々と頭を下げた。

「お詫びの印に、母の遺品を差し上げたいと思います」

ソフィ妃が、カイルダールの言葉に目を見開いた。父がなにかを察したか、話に割って入ってくる。

「カイルダール、余計なことはしなくていい。お前は私の命令に背いたのだ。一生、牢屋で反省していろ」

父が吐き捨てるように言ったが、ソフィ妃は違った。どうやらカイルダールの『誘い』が心に刺さったようだ。『憧れの女神、グレイシア様』と繫がるなにかを得られると知り、糾弾から好奇心へと心変わりしたのだろう。

「カイルダール殿下、グレイシア様の遺品とはなんでございますか？」

「母が慈善活動の折に、常に身につけ、大切にしていた品でございます」

「……誰か。それをカイルダールから取り上げて、ソフィにくれてやれ」

父の言葉に、カイルダールは落ち着き払って首を横に振った。

「いいえ、お待ちください。母が残した言葉と共にお渡ししたいのです」

ソフィ妃が王妃の座から立ち上がり、ゆっくりとカイルダールに歩み寄ってくる。

「お伺いしたいわ」

「待て、ソフィ」

「いいえ、陛下。なんでもかんでも邪魔をなさらないでくださいませ。私はグレイシア様のお言葉をお伺いしとうございます」

ソフィ妃の目には、まるで恋する少女のような一途な光が浮かんでいる。父が舌打ちしたのが聞こえた。

「あんな女の遺言など耳に入れなくていい、ソフィ」

ソフィ妃は父を振り返ろうとすらせずに、うっとりとカイルダールに言った。

「カイルダール殿下、こちらに。私にグレイシア様のお話を聞かせてくださいませ」

そう言うと、ソフィ妃は玉座の間を出ていく。同時にたくさんの護衛が付いてきたが、彼女は構わずに小さな応接室に入り、護衛に外で待つように言いつけた。

――『母上の話』を独占したいのか……。

呆れ半分にカイルダールはその様子を見守る。

「それでカイルダール殿下、グレイシア様のお話とは」

「嘘です」

カイルダールは声を抑えてそう答え、グリソンから渡された小瓶を差し出した。

「これは猛毒です。服の上からでもすべて垂らせば、肌から吸収されて、死に至ります。これを差し上げますから、アリスのことは諦めていただけませんか？」

ソフィ妃は不快げに眉根を寄せた。

「そのようなもの、私には不要です」

「『王太后』になられれば、王室からの手当が大幅に増額されます」

眉根を寄せていたソフィ妃が大きく目を見開いた。

「アストンを王にせよと？　あの子は無能ですわ。母の私から見ても王の器とは思えませんけれど」

冷ややかな言葉だった。ソフィ妃が父のこともアストンのことも愛しておらず、評価もしていないことが分かる。良くも悪くも『人を見る目はある』のだろう。

「ですが、そうなれば慈善活動に使える費用が大幅に増えるでしょう。次の慈善活動の担い手となられるのは、国母となられたソフィ妃殿下です」

「それは……」

「ただしこの毒は『一人分』しかありません」

この女に『殺しの手段』を無尽蔵に与えれば、不要な者はすべて……夫も息子も殺してしまうに決まっている。

下手をすればカイルダールやオルヴィート侯爵まで殺されるだろう。

無論、アリスを公の場に引きずり出し『この女の血は白葉病の薬になる』と告知するために、だ。その後にどんな混乱が起きるかなど考えず『すべての白葉病の子供たちに薬を分け与えるため』に、彼女は必ずそうするはずだ。

だからソフィ妃にはこの場で殺す人間を『一人』だけ選ばせる。

一人しか殺せないと思い込ませるのだ。

その後押しとなる言葉を、カイルダールは口にした。

「ご存じですか？　俺の母は、父に殺されました。まだまだ慈善活動を続けたかったでしょう、心残りばかりだっただろうと思いますよ」

「な……っ！」

ソフィ妃の顔に、驚愕の表情が浮かび上がる。

——やはり、父上はソフィ妃には教えていなかったのか。妻に愛人の心を寝取られたなんて、負け犬以下だからな。言えるはずもないか。

嘲笑（ちょうしょう）が腹の底からこみ上げてくる。だがそれを堪えて、カイルダールは言った。

「母は、父に殺されたんです。そして池に捨てられた。貴女が『アストン兄上を廃嫡してくれ』なんて頼んだせいだ。父は貴女の歓心を得るために、俺の母上を殺したんです」

「そんな……わ、私は、グレイシア様に少しでも喜んでいただきたくて……っ……」

「母を殺したのはソフィ妃殿下でもあるのです。お恨み申し上げます」

「嘘……！　嘘でしょう？」

カイルダールは震え始めたソフィ妃に対し、強い口調で告げた。

「俺が母のことで嘘をつくとでも？　あの男を貴方に殺してほしいとお願いしているのも、すべてくだらない理由で愛する母を奪われたからなのですが」

ソフィ妃が大きく顔を歪める。美しい顔にひび割れのような皺が走った。

「ああっ……！　そんな、そんな、本当なのですか、あの男がグレイシア様を……！」

ソフィ妃が悲痛な声を上げて顔を覆う。

「そうです。殺したのは父で、その理由は貴女の心を独占することだったのです」

「ああ……あの男はなんておぞましい真似をしてくれたの……許せない……」

涙を拭うソフィ妃に、カイルダールは狡猾さを押し隠した口調で語りかける。

「アリスを諦め、俺の代わりに母の仇を取ってくださいませんか？　そのお役目は、母をここまで強く慕ってくださっているソフィ妃様にこそ相応しいと思います」

罪をソフィ妃一人に引き受けさせるために、あえてそう言い添える。

――母上の仇を、母上が憎んでいた女に取らせるのか。まあ……このくらいならば、母上も許してくださるだろう。確実にあの男の息の根を止めるためだからな。

カイルダールは毒の小瓶を差し出した。

蒼白になったソフィ妃は、それを受け取った。

引きつった表情のままドレスの隠しに小瓶をしまい、カイルダールに一礼する。

「……素晴らしいご助言をありがとうございました、カイルダール殿下。グレイシア様のご無念を晴らせるのであれば、私はなんでもいたします。アリス様を諦めることもお約束いたしましょう」

ソフィ妃のうつろな目には異様な光が輝いていた。

別に自分で手を下さなくとも、父を葬り去ることはできる。

あんな男、長年寵愛し続けた女の手で虫のように潰し殺されればいい。

それがお似合いの死に様だ。

第七章

カイルダールが『禁固刑』を命じられてから、半月が経つ。

禁固刑の理由は表向きには、ソフィ妃の護衛に暴力を振るい、重傷者を出したための『王家に対する反逆罪』とされている。

王家に反逆する意志などカイルダールにはないのに、王とアストン王太子はあえて重い罪を着せようとしているのだ。どれだけカイルダールが目障りなのだろう。

おそらくカイルダールが許されるのは、アリスが王宮に『出頭』し、秘密裏に『新たな薬の君』として仕える、と申し出たときだけだ。

いや、それでも彼の罪は許されないかもしれない。

反逆罪というのは、それだけ重い罪状なのである。

貴族たちは『カイルダール殿下の行動には、理由が必ずあるはずだ』と、国王の下した『禁固刑』に強い不満を表明し始めている。

――なんてことをしてくれたのかしら。私の夫に……。

だが、どんなに悔しくても、国王が一旦下した刑罰は取り消せない。そう簡単には引っ込めたりできないのだ。

――だけど王家は薬の君の存在を明かすわけにはいかないはず。

メスディア王国は、王家の子女を何人も外国に嫁がせている。

その子孫からも、白葉病で死んだ子は出ているのだ。

『遺伝病があると知りながら、治療法をメスディア王家だけが独占していた』と知られたら、大きな問題になるだろう。

だからなおさら薬の君の存在を明かせないはずだ。

慈善活動に熱心だというソフィ妃は、アリスに『貴女も薬の君として、多くの子供にも血を分けてください』と言っていた。

『薬の君』『白い爪の者』の存在を明らかにして、今後は多くの子供に血を配ると約束してほしいと。

けれど、現実的には、王家は薬の君の存在を秘匿し続けるほかないだろう。

アリスの目から見て、ソフィ妃は『慈善活動をする自分』しか見えていない女性のように思える。

――王家は、なぜカイがソフィ妃の護衛と戦ったのか説明できないはずよ。カイを囚えている理由も明かせないままになるでしょうね。ますます王家への不信感が高まるでしょうけれど、それは国王の自業自得よ。

父はカイルダールを助けようと必死に多方面で手を尽くしてくれているが、彼の無事は杳として知れないままだ。

　本当に禁固刑を受けているだけなのか、無事なのか分からない。

　――カイ……私……貴方に謝らなければいけないことがあるのに……。

　アリスは日記帳を横目に小さな手を握りしめた。

　その日記帳の最後のページには、カイルダールからの言葉が書かれている。

『私、カイルダールは、神に誓ったとおり、生涯アリスだけを愛し続けます』

　それが『私が死んだあとも、どうか幸せになってほしい』と願ったアリスへの、カイルダールの答えだった。

　彼が愛する相手は、彼が選ぶのだ。そう思い知らされた。

　アリスは、自分の命がもうすぐ終わるからと焦りすぎたのだ。どうしてあのときカイルダールとちゃんと話そうと考えなかったのだろう。

　――私がいなくなったあと、絶対にあとを追わないでほしいって、カイが分かってくれるまで話し合えば良かったのに。

　話し合いができなかったのは、アリスが別れの恐怖から逃げたからだ。

　だから、自分が悪女として嫌われ、忘れられればいいと、安易に決めてしまった。

　弱かったのはアリスだ。その弱さでカイルダールを傷つけた。

　――ごめんね、ごめんなさい。私は間違えていた。貴方の幸せを勝手に決めるなんて、一番してはいけないことだったのに。

カイルダールが書いたあの一文を見つけた日から、涙が出ない日はない。

『私も愛していた。どんなに自分を抑えても、貴方とは別れがたかった』

そんな簡単な気持ちさえまったく伝えられないまま、カイルダールには会うことさえできなくなってしまった。

……そんな中、王立大学医学部からの客人がやってきた。

父が歓待している様子を見るに、大学内でも地位の高い人物であるらしい。それに、昔からの知人でもあるようだ。

「アリスお嬢様も同席するようにとの旦那様の仰せですわ」

侍女の言葉に、様子をうかがっていたアリスは、応接間の扉を叩いた。

「入りなさい」

父の言葉で、アリスは侍女に応接間の扉を開かせる。

応接間にいたのは若々しい、ぱりっとした正装姿の男性だった。

「初めまして、アリスお嬢様。お父上の薬剤輸出事業のお手伝いをさせていただいている、王立大学特務官のグリソン・モリージアと申します」

「モリージア卿は王立大学の偉い先生だ。ずっと前から、侯爵家が手がける製薬企業の仕事を支援してくださっている。先生、こちらが長女のアリスです」

父は嬉しそうに、モリージア卿を紹介してくれた。

どうやら父はモリージア卿をとても信頼しているらしい。

薬剤の輸出業務は国ごとの法律が厳しく、難しいと聞く。その仕事を支援してくれているという彼は、とても優秀な人物なのだろう。

「いやはや、噂以上にお美しいお嬢様ですね」

「卿こそいつまでも若々しくておいでだ。お会いするたびに私ばかりが歳を取る思いです」

彼はなぜか黒の革手袋を嵌めたままだ。王立大学の特務官ともなれば、礼儀を知らないはずがないのに。

不思議に思っていると、父が気付いて小声で説明してくれた。

「アリス、モリージア卿は薬学の実験で、両手に火傷の痕が残ってしまわれたんだ」

「あ、し、失礼いたしました」

「いいんですよ、貴婦人の前で手袋を外さないなんて、普通は無礼ですからね。うーん、でも、お見せするほうがお見苦しいんです、ごめんなさい」

そう言ってモリージア卿は、アリスの両手をじっと見る。

「やっぱりお嬢様は白葉病じゃないみたいですね」

「えっ？」

突然の宣告にアリスは素っ頓狂（すっとんきょう）な声を上げる。家族には、あのおかしな身体の話はまだできていない。自分の身体が『不老』になった話は切り出せないままなのだ。

「いいえ、私は間違いなく白葉病です」

「よく似た感染症で、爪が真っ白になっちゃう病があるんですよね。お嬢様は『八年』も闘病なさっていたんでしょう？　やはり闘病期間が長すぎておかしいなと思いまして。爪を拝見すれば私には分かるので、お嬢様の爪を確認したいと侯爵にお願いして、こうしてお伺いしたんですよ」

なんだかうさん臭い人だ。そう思いながらアリスは答えた。

「違います、私、本当に白葉病で、今はたまたま具合がいいだけなんです」

この身体を調べられたら、大変なことになる。たちまち傷が塞がってしまうのだから。

「いいえ、僕がこうして爪を拝見した感じでは違うと思うんですよね」

――これは……高名な学者なのにとんでもないヤブ医者だ……ヤブ医者は帰れと悪女らしく叫ぶべきだろうか……！

アリスは青ざめながら首を横に振る。

「私は白葉病なので、もう結構ですわ！」

「アリス、どうしたんだ。先生の話をちゃんと伺いなさい」

「そうですよ、僕ならその病気を一ヶ月で治してあげられるのに」

父とモリージア卿が口々に言う。

しかし本当にひどいヤブ医者である。ただ父の歓心を買いたいだけだろう。帰ってほしい。そう思ったとき、母が居間に入ってきた。侍女たちを連れ、お茶の支度をさせている。

――お母様、こんなヤブ医者は歓待（かんたい）しなくていい！

「お久しぶりです、モリージア卿。今日はアリスのことを心配して、お忙しい中いらしてくださったとか」

母はご機嫌だ。アリスの病気を心配してくれる彼を歓迎しているのだろう。初対面でとんでもない誤診をされているのに。

「これはこれは、奥様。相変わらずお美しい」

如才(にょさい)ないモリージア卿の言葉に、母がさらにご機嫌な顔になる。いつ『嘘です、この人ヤブ医者です』と叫ぼうかと思っていたとき、父が言った。

「モリージア卿、アリスの身体を診ていただけますか？」

「もちろんですとも。奥様にご同席いただいて、アリスお嬢様の手足のお爪と、目と喉を確認させてください」

そんなことでなにが分かるものか、と身構えるアリスは、抗う間もなく母に引っ張られ、モリージア卿と共に衝立(ついたて)の裏に連れていかれた。

「やっぱり、白葉病に似た別の病気みたいですね。白葉病なら八年も保(も)ちませんし」

アリスの喉を診ながら、したり顔でモリージア卿が言う。こんな嘘つきの医者を放置してはいけないと思ったとき、不意にモリージア卿が言った。

「……深海にはね、何千年も生きる魚がいるんですよ。その魚は病気でうろこが真っ白で、傷ができてもすぐに治ってしまう」

唐突に始まった妙な話に、アリスは身体を強ばらせた。

「可哀想な魚だと思いませんか？　海の中でできたお友達は、彼を置いて全部藻屑に変わっていく。白い深海魚は、何千年もの間、ずうっと一人でそれを見ているんです」

「……そう……ですね……可哀想です……」

アリスの声がかすれた。何千年も生きる、うろこが真っ白な深海魚。傷ができてもすぐに治ってしまう。脳裏を王宮の地下で暮らす『薬の君』の姿がよぎる。

「僕もそう思いますよ、なんて気の毒な魚だろうって。あ、そうだ、奥様、お嬢様の足の爪を拭いてもよろしいですか？」

「お待ちくださいませ、すぐに濡らした布をお持ちしますわ」

モリージア卿とアリスを見守っていた母が、衝立の陰から姿を消す。刹那、モリージア卿が手袋をすっと外した。彼の爪は、真珠を貼り付けたように真っ白だった。

「僕は、薬の君が同族の男との間に生んだ息子。君や薬の君と同じ不老の人間です」

――っ……爪が白い……？　薬の君の息子……？　不老の……人間……？

目を見張り、絶句するアリスの前で、モリージア卿が再び手袋を嵌めた。

「実は、君が白葉病になったことはずっと前から知っていたんだ。侯爵から伺っていたからね。助けに来なくてごめん。僕も一応『薬の君』だから、王家の許可なしに自由には動けなくてさ」

アリスにしか聞こえない小さな声だった。

「貴方も『薬の君』なんですか？」

かすれた声で尋ね返したとき、母が布を持って戻ってきた。

「モリージア卿、この布でよろしいかしら？」

「ええ、ちょうどいいです、看護に習熟しておられて素晴らしいです、奥様」

調子よくモリージア卿は言い、室内履きと靴下を脱がせたアリスの足の爪を拭った。

「やっぱり似ているけれど違いますね、この病は僕が知っている『トンカン・チン病』でしょう。僕が処方する薬を呑めば、爪の色もある程度は普通に戻ると思いますよ」

——そんな変な名前の病気、あるの？

呆れ果てるアリスの前で、母は真剣な顔でモリージア卿に尋ねた。

「そうなんですの？　どのお医者様も白葉病だと言っておりましたのよ」

「誤診するのは仕方がありません。判断は僕にでも難しいですからね」

言いながらモリージア卿が鞄から小瓶を取り出した。

「アリスお嬢様、薬はこちらです。この瓶の中身を全部呑んでください。用意できるだけの量をお持ちしましたので、一日ひと瓶ずつ、一週間で服用してくださいね。孤独な深海魚みたいになりたくなかったら、絶対に呑むんですよ」

——孤独な深海魚って、不老の人間のことをたとえているんだよね？　モリージア卿は私になにを伝えようとしているの？

「先ほどから深海魚のお話をなさっておりますけれど、お詳しいんですの？」

母が首をかしげる。

「そうなんです。僕、ついつい自分の趣味の話をしてしまうんですよね。剝製（はくせい）を作って博物館に寄付したこともあるくらい、深海魚が好きなんです」

　モリージア卿の説明に、母は感心したように頷いた。

「夫から聞いたことがありますけれど、深海って、どんな長い棒も届かないくらい底が深いのだそうですね。夫の会社の商船は、そんな場所を通ると聞いて、恐ろしく思ったものですわ。そんな深い海にも魚が棲（す）んでおりますのね」

　アリスはなにも言えずに出された小瓶を受け取り、尋ねた。

「この薬を呑むと、私の身体がどう変わるのですか？」

「『普通』の元気な女の子に戻りますよ。孤独な深海魚にならずにすみます」

　——不老では、なくなるということ……？

　アリスは少し考えて、モリージア卿に尋ねた。

「何千年も生きる深海魚は、どうすれば自分たちが死ねるか知っているんでしょうか？」

「あら、アリス、魚にそんな知能があるわけないでしょう？」

　母が呆れたように言ったが、モリージア卿は真面目に相手をしてくれた。

「知っているかもしれないですね。ただ、よほどのことがなければ試さないだけで」

　その答えにアリスは頷いた。

「……分かりました。この薬、いただいた分を全部呑んだら私は『治る』のですね」

　モリージア卿は笑顔で頷く。アリスは素直に頷いて、瓶の口を開け、中身を飲み干した。

血のような味がする不思議な薬だ。

――私の不老を……治す……？　あ、もしかして！

アリスはモリージア卿を見上げて聞いた。

「長生きの深海魚が共食いしたら、食べたほうはどうなりますか？」

「まあ、いけないわアリス、そんなことを先生に伺っては」

下品な質問に母が眉をひそめたが、モリージア卿は嫌な顔をしなかった。彼は柔和な笑顔のまま、アリスにこう答えてくれた。

「同族の血なんて口にしたら、罰として寿命が縮んでしまうでしょうね。たとえ何千年も生きられる深海魚であっても、『普通』の魚になってしまいます」

アリスは目を見開いたまま、空になった瓶を見つめる。

――不老者が同族の血を呑んだら、罰として寿命が縮んで『普通』になってしまう。

つまり不老者の血には、同族を通常の人間にしてしまう力があるのだ。

では、薬の君は嘘をついていたのか。

この血は『白葉病になった子供の命を救う』だけではなく、『不老化した肉体までも元に戻してしまう』ほどの強い効果があるものなのに、白葉病の薬にすぎない、と。

『子も孫もひ孫も皆大事でした……あの子たちが白葉病になったとき、迷うことなく血を与えましたもの』

薬の君の言葉が蘇る。アリスの目に涙が浮かんだ。

——ああ……薬の君……貴女は……。

ようやく分かった。

薬の君は、愛する我が子を、人間の時の流れから切り離さなかったのだ。

血の濃い子供たちなら、もしかしたら白葉病を克服し、不老化できたかもしれない。

それでも彼女は、人として生まれた最愛の子供たちに、自分と同じ運命を強いなかった。

『人間』を見送り続ける寂しさを知っているから、そうしたのだ。

今でも我が子たちに会いたい、抱きしめたいと言いながら、薬の君は子供たちを己と同じ運命に留めようとはしなかった。

彼女の夫だった王とは逆の、しかし同じくらいの強さで、彼女は我が子との別れの覚悟を決めたのだろう。

——私には……できない……私には、そんなことはできないよ……！

アリスの目から、ぽとりと一粒涙が落ちた。口の中には今飲み干したばかりの『血』の味が残ったままだ。

——本当にいいの？　助けられる一方のアリスでいいの？　不老者として薬の君のところへ行って、私の血で白葉病の子供たちを助けるべきではないの？

心の中に強い罪悪感が生まれる。だが、アリスはすぐに悟った。

——ううん、無理だ。私には永劫（えいごう）に近い時を生きる勇気なんて欠片もない。カイを見送って一人で生き続けることなんてできない。

自分で分かっている。アリス・オルヴィートはどうしようもないちっぽけな人間だ。これ以上強くはなれないだろう。

悪女は、自分の身の丈を知っている。正義のために戦わず、都合が悪ければ逃げてしまうものなのだ。

己の弱さを情けなく思いながら、アリスはモリージア卿に深々と頭を下げた。

「ありがとうございます。この薬をちゃんと呑みたいと思います」

それからさらに半月が経ったが、カイルダールの様子は一向に知れなかった。

新聞には『第二王子の凋落』『亡き正王妃、国王の非情に涙』『オルヴィート侯爵家も第二王子を見放すか？』などの見出しが躍っている。

——皆、好き勝手なことを言って！　まあでも、それが新聞ってものよね。

アリスはため息をついて新聞の束を投げ出すと、裁縫用の針を手に取った。そしてそれを恐る恐る指に刺す。

「痛っ！」

鋭い痛みと共に、血がぷくりと噴き出す。傷は塞がらなかった。

——良かった……一昨日くらいから、傷が塞がらなくなった。それに爪の色も、大分元通りになってる。これって、モリージア卿が血を分けてくださったからだよね。あの人、何歳なんだろう？　すごく長生きなのかな？　いつお会いしても若いってお父様が言っていたし……なんにせよ、心の中でヤブ医者呼ばわりしてごめんなさい。

血を拭うと、指には赤黒い穴が空いていた。

奇跡の身体、果てしない寿命を持つ身体と引き換えに得たのは、健康な、普通の娘の身体だったのだ。

――爪も白くなくなってきたし、背も間違いなくめきめきと伸びてる。毎日測ってるから間違いない。でもそのせいで、身体中がメリメリ言っているけれど。

父も母も主治医の先生も『回復して良かった』と喜んでくれる。

主治医に至っては『白葉病ではなかったなんて。私の誤診で申し訳ありません』と何度も謝罪までしてくれた。

もちろん父母もアリスも、主治医を責めたりはしていない。

それに、白葉病が治って一番喜んでほしかった人は、今、アリスの側にはいない。

――カイが連れ出してくれなかったら、私はあのまま二人目の薬の君になっていたと思う。なのに、お礼もまだ言えていないなんて。

アリスは立ち上がり、勇気を出して、愚かな自分の日記帳を開いた。

カイルダールの流れるような美しい字で、アリスの心に深く突き刺さった言葉が書かれている。

『私、カイルダールは、神に誓ったとおり、生涯アリスだけを愛し続けます』

――ごめんね。私も本当は、ただカイのお嫁さんになりたかっただけなの。たとえ結婚式の直後に死んでしまうとしても、カイと一緒になりたかった。

アリスは無言でハンカチを顔に押し当てる。

泣いたことに気付かれると、母や侍女たちが心配するからだ。

カイルダールの消息が分からず、アリスはひどく気落ちしている。心労でまた倒れたら、と母は気が気でないのだろう。

――でも、私がいなくなっても幸せになってほしかったのも本当なんだよ。私、欲張りすぎた。たぶん日記に書いたことしかカイの頭に入っていないよね。どうしよう。あの人、意外と素直っていうか……ものすごく繊細だから……。

アリスはハンカチを顔から離して腕組みした。

――私は『不老の力を消してあげる』と言われたら飛びつくくらい心が弱い人間だった。だから変に策を弄するしたたかさなんて元からないのよ。今さら気付くなんて情けない。

ふう、と息をついたとき、誰かが廊下を走ってくる足音が聞こえた。

慌てて立ち上がると、リエナが全力で部屋に飛び込んでくる。

「大変よ！　お姉様、大変なの！　大変！」

「なにが大変なのか教えて」

「こ、国王陛下が亡くなられたって、アストン王太子様が王位に就かれるって、たった今正式発表が届いたの……っ……！」

アリスは目をまん丸に見開いて、リエナの細い肩を揺すった。前は背の高さで負けていたのに、今では身長が同じくらいになっている。

「それで！　それでカイはどうなったの！　カイは釈放されるの!?」

「わ、分からないわ。お父様が王宮に人をやって確かめさせているの」

そのとき再び廊下を走る足音が聞こえて、部屋に兄が飛び込んできた。

「アリス！　大変だぞ、国王陛下が崩御（ほうぎょ）された！」

「それはもう聞いた、ありがとう、お兄様」

アリスは兄と妹の傍らをすり抜け、父の執務室に急いだ。

「お父様！」

父はすでに身支度を済ませていた。急いで王宮に向かうのだろう。

「国王陛下が亡くなられたと聞いたの。カイは牢を出てここに帰って来られるわよね？」

「分からない。アストン新国王陛下がカイルダール殿下の処遇をどうなさるか、これから決まるからだ。なるべく殿下の立場が悪くならないよう計らってくる」

──ああ、あの微妙なお兄様がいた！　あの王太子、器が小さそうだし！

アリスはハラハラしつつも頷いて、深刻な表情の父を玄関ホールから見送った。

父が王宮から戻ってきたのは、その日の夕方だった。

父曰く、国王は朝起きる時間に息絶えていたらしい。

——誰も嘆いてなかったって。へえ……そりゃそうだよね。私も全然悲しくない。

国王の隣で眠っていたソフィ妃は『異変はなかった。苦しそうな声もなにも上げておられなかった』と証言しているそうだ。

そして、カイルダールは新国王即位に際して、恩赦を受けた。

ソフィ妃の護衛に暴行を振るった一件を『王太后』となったソフィ妃自身から許され、牢獄を出たという。

だが新国王は、自分の立場を脅かす可能性がある、血筋の良い弟に容赦はしなかった。

多くの貴族が予想していたことだが、カイルダールは恩赦と引き換えに、王族としての地位を奪われることになったのだ。

もちろん父やエンデヴァン公爵は反対したが、カイルダール本人が「それでいい」と答えてしまったらしい。カイルダールを王位に、と最後まで執念を燃やしていた彼の祖母は、その話を聞いて卒倒したそうだ。

——カイは元々、王位に執着なんてしてなかったものね。だから私は驚かない。

素直に王族籍の剝奪を受け入れたカイルダールに、新国王はもう一つ恩赦をくれた。

それは、王都から遠く離れた領地を、十数年前に途絶えた『ヴィリエ伯爵家』の当主の地位と共にカイルダールに授ける……というものだった。

ソフィ妃は『これ以上貴族たちの反感を買ってはならない』と反対したが、アストンは母の言葉に抗い、この命令を強行した。

元々仲が良くないとされている母子である。この先もどうなることやら、と貴族たちは遠巻きに見守っているらしい。

カイルダールは異母兄のすべての提案に『はい』と答え、王族としての最後の日に、一枚の書状をしたためた。

それが、父が新国王アストンから託されて持ち帰った書状だ。

——私、なんとなく知ってた……こうなるの……。

アリスは無言でぼろぼろ涙を流しながら、カイルダールからの書状に目を通す。

書状には、カイルダールの流れるような文字でこう書かれていた。

『私は王位に対し、一切の思惑や欲を持っておりません。その事実を証明するために、アリス・オルヴィート嬢との〝白い結婚〟を撤回し、独身に戻ってヴィリエ伯爵として領地に赴きます。王都には戻らず、ヴィリエ伯爵領で生涯を過ごします』

事務的な別れの手紙だった。しかし、まだ『王族』であるカイルダールからの離婚命令には、侯爵家の娘は抗うことができない。

カイルダールは、オルヴィート侯爵家が王位継承権問題に巻き込まれないよう、身を引いたのだ。

父母でさえも、この手紙に涙した。

『我々はこれからも殿下をお守りするつもりだったのに』

父の気持ちはカイルダールには届いていなかったのだろう。無理もない。妻のアリスの気持ちすら、日記に書いたとおりの、格好をつけた愛しか届いていないのだから。

どうしてカイルダールは『自分は愛される価値などない人間だ』と思い込んで生きているのか。そのことが悲しくてたまらない。

もちろん、父や祖母からの扱いが悪すぎたせいだろうけれど……。

——ヴィリエ伯爵家って、何年も前に絶えた、すごく田舎の伯爵家だよね？　領主のなり手がいなくて、最近まで王家に併呑（へいどん）されていた領地でしょう。そんなところに行かなきゃいけないいんだ……でも、反逆罪に問われた人にしては運がいいほうかもしれない。

アリスはすぐに涙を拭い、父に尋ねた。

「ねえお父様、カイがいそうなところを教えてくださる？　私、彼に会いに行って、どうしても話したいことがあるの」

「離婚の撤回はできない。お前とカイルダール殿下は、もう夫婦ではないのだ」

分かりきっていたことだが、一瞬また泣きそうになってしまった。アリスは嗚咽を堪えて、もう一度父に尋ねた。

「ええ、分かっているわ。でもどうしても話がしたいの。心当たりを教えて」

「まだヴィリエ領に向かっていらっしゃらないならば、王立大学の研究棟においでだろう。行くならば護衛と侍女を連れていきなさい」

父に言われ、アリスは頷いて居間を飛び出した。

お付きの侍女と護衛を連れて、王立大学目指して急ぎ馬車を走らせる。

「お嬢様、研究棟とはあちらにある古い建物だそうですわ」

侍女が研究棟の場所を確認してきてくれ、アリスは急ぎ足で研究棟に向かう。

――本当に古い建物……カイはこんなところで何年も暮らしていたのね……。

研究棟の受付には、老人が座っていた。カイルダールの所在を尋ねたが耳が遠くて話が通じない。

「カイルダール殿下がここにお住まいのはずなんですっ！　今、いらっしゃいますか！」

叫んだとき、不意に上のほうから声が聞こえた。

「おや、ごきげんよう、アリスお嬢様。すっかりお元気になられましたね」

「モリージア卿！」

二階から下りてきたのは、父の知人のグリソン・モリージア卿だった。彼は受付の老人を一瞥し、苦笑交じりに言った。

「耳が遠いから話が通じないでしょう？　もう九十近いんですよ。でも頑張って受付の仕事をしてくれているんです。なにしろここには基本、人が訪ねてきませんからね」

「ごきげんよう、モリージア卿。先日はお薬をありがとうございました」

「どういたしまして。『良くなった』でしょう？　おや？　少し背も伸びましたか？」

アリスは素直に頷き、もう一度深々と頭を下げたあと、モリージア卿に尋ねた。

「私、実は、カイルダール殿下を……いえ、ヴィリエ伯爵をお探しするためにこちらに参ったのです。伯爵はこちらにおいでですか？」

　モリージア卿が、困ったように肩をすくめる。

「残念ながら、お嬢様とはすれ違いのようですね、伯爵はここにあった荷物を纏めて、馬車で発って行かれました。一時間くらい前かな」

「では、伯爵はもうここにはいらっしゃらないのですか？」

「はい。なんでも、もう二度と王都の土は踏まないそうで。いやはや寂しい。別れって急ですよねぇ」

　――そっか……もう新しい領地に行ってしまったあとなんだ、一時間前に。本当に、あっという間に旅立っちゃったんだね……。

　アリスは無言で、カイルダールの不在を嚙みしめる。

「あ、そうだ。もしアリスお嬢様が来たらと、伝言を頼まれていたんです」

　モリージア卿の言葉に、アリスは弾かれたように顔を上げる。

「伯爵から……？」

「ええ、『元気で』と伝えてほしいと仰っていました」

　――本当にあの手紙のとおりに、遠くに行ってしまったんだ。ヴィリエ伯爵領……領地のほとんどが森と山の、王都から馬車で半月もかかる遠い遠い場所。

　アリスは傍目（はため）には分からないよう歯を食いしばる。とにかく、ここに突っ立っていてもカイルダールには会えないことは分かった。

「伝言をお預かりくださってありがとうございます、モリージア卿」

「いいえ、これからも『頑張って』くださいね」

モリージア卿の意味ありげな励ましに、アリスは頷いた。

——そうだ、私、これからも頑張らなきゃ。カイには振られちゃったけど、言いたいことは言わなくちゃ駄目。奇跡が起きて拾い直した命なのよ、なんでもできるわ！

「言われたとおり、アリスお嬢様には帰ってもらったけれど、それで良かったの？」

部屋にノックもなく入ってきたのは、グリソンだった。

「はい。アリスは貴方に助けていただき、今は元気に暮らしている。それだけで充分です。ありがとうございました」

カイルダールの言葉にグリソンは首を横に振った。

「いや、お礼は別にいいんだ。僕が助けなくても、きっと僕のお母さんが同じことをしていたはずだから」

グリソンはそう言うと、空っぽになった部屋を見回す。

「研究の資料とかは？」

「引き継げるものは引き継いで、残りは処分しました」

「ヴィリエ伯爵領ではなにをするのさ」

「淡々と……領主を務められるといいですね」

グリソンはアリスに血を呑ませ、彼女を不老の運命から救ってくれた。だからもうカイルダールが医者でいる理由はなくなったのだ。『王子様』の地位も失ったので、慈善活動を続けるだけのお金もない。

この先はなけなしの旅費でヴィリエ伯爵領に向かい、そこからの乏しい税収でなんとか暮らしていくのだ。

王国の領土内でも最も『僻地（へきち）』であるヴィリエの人々は、カイルダールを受け入れてくれるだろうか。受け入れられなくても、そこで暮らす以外の未来はないのだが。

「僕のお父さんはさ、そのヴィリエ伯爵領に眠ってるんだよね」

突然の言葉に、最後の荷物の整理をしていたカイルダールは驚いて振り返る。

「グリソンさんはヴィリエに住んでいたんですか？」

「三百年前までね。ヴィリエの、誰も訪れないような深い山奥で暮らしていたんだ。文明を維持できるだけの人数もいなくて、原始人みたいな生活をしていたんだよ。人間の生活がこんなに豊かなのは、人の数が多いからなんだって知ってる？　数が少ない僕らは金属さえ扱えずに、一年中畑仕事をして森のあばら屋で暮らしていた。人が減れば女が子を産んで、その子を新たな働き手にする……そんな集落だったんだ」

目を丸くしたままのカイルダールに、グリソンは続けた。

「つまらないだろう？　実際につまらなかった。だから数百年に一人は『死にたくなる仲間』が現れる。僕のお父さんもそうだった。僕らは木の皮を剝いで繊維をかき集めて、服を織って着ていたような人種だ。服を一着用意するだけで数年かかる生活に嫌気が差して、お父さんは『もう終わりたい』って言ったんだ」

意外だった。長命の種族ならば、さぞかし高い文明を誇っているだろうと思っていたのに。だが、数が少なければなにも為せないというのは事実だ。文明の急激な進化は、人口の爆発的な増加に伴って起きることが多いのだから。

「だから僕とお母さんと、他の皆でお父さんに血を与えた。お父さんは数十年後に老いて、眠るように亡くなったよ。そのお墓はヴィリエの深い山奥にある。だからヴィリエに着いたら、山に向かって『六十七は人間の文明と共に生きることにした』って伝えてくれないか？　どの山でもいいよ、僕らにも、もはや正確な墓の場所は分からないし」

「ヴィリエ領ってどのくらい田舎、いえ、辺境なんですか？」

「え？　聞いてないの？」

一方的に『行け』と命じられただけなので、ヴィリエ領のことを詳しく知らないのだ。

頷くと、グリソンがきっぱりと答えた。

「ド田舎だよ。山で下手に迷ったら生きて帰れないくらいのド田舎。覚悟しなよね」

「……分かり……ました……」

「よろしい。あとは、じゃあ、君に餞別を送ろうか」

そう言うと、グリソンは三本の小瓶と、脇に挟んでいた小冊子をカイルダールに手渡してきた。

「これは……？」

「僕の血と、白葉病の……否、不老の身体への変化を白紙にする研究だ。まだ途中だから、続きは君が研究してほしい。僕より君に必要だろう？　いつか生まれる君の子も、白葉病の因子を持っている。その子たちのためにも、人の手で薬を作れるようになるべきだ」

カイルダールは受け取るまいと首を横に振った。

「俺にはもう子供はできません」

「そうかな？　君はまた幸せな恋をするかもしれないよ」

カイルダールはもう一度首を横に振る。

自分が心の底から望んできたのは『アリスと共に消える』という消極的で真っ暗な未来だった。

――でも違う。アリスは、俺に一人で幸せになれと……願って……。

その未来が断たれた今、カイルダールの義務は、ヴィリエの人々とやらに尽くし、伯爵領を維持することだけだ。希望などない。結婚もしない。ヴィリエ伯爵家は一代にしてまた絶えるだろう。

「じゃあ言い方を変えよう！　この研究は僕の次に賢い君が続けたまえ。僕は飽きた！　なぜなら、困ったときは自分の血を使えばいいからだ。だから研究に本腰が入らない。ぜひ引き継いでくれ。どうせド田舎に一人で赴任するんだから暇だろう？」

　グリソンの軽口に顔をしかめながらも、カイルダールは小冊子を受け取った。

　確かに、なにもすることがなくて暇だろうと思ったからだ。

『不老化した人間は、血液中の粒子が肥大化している（粒子の名称は不明）。その肥大化した粒子を元に戻してしまうのが、自分以外の不老化した人間の血液だ。それ以外はまだ分からないので、誰か研究してください』

　小冊子は、これ以降は白紙だった。

「冊子のほうはお返しします。お薬だけ、ヴィリエの誰かが白葉病になったときのために、いただいておきますね」

「えっ？　参考にならなかった？」

「なりましたが、いただくまでもなく内容を暗記できたので」

「あっそう。じゃ、こちらで新たに分かったことがあったら、追加で手紙を送るよ。もう君は行くんだね？」

　カイルダールは頷くと、旅行鞄を手に取った。王子とも思えない私物の少なさだったが、それが自分の人生なのだと思えた。

　ここから持っていきたいものなど、もうなにもない。

「アリス嬢はこれから大人になっていくと思うよ」

　グリソンがしみじみと言う。

「個体差が大きいんだけど、『不老化した者』はだいたい十代半ばから三十前くらいで一旦成長が止まるんだ。あの子はこれからどんどん綺麗になるんだろうな」

カイルダールは無言で拳を握りしめる。美しくなったアリスが別の男に手を取られ、祝福されながら嫁いでいく姿を想像するだけで悔しかった。

もう一緒にいられないという事実が、改めてカイルダールの胸を刺す。

夢のように儚かった、自分たちの結婚式が思い出される。

幸せだった。愛していた。

たとえアリスに伝わっていないとしても、本当に愛していた。

「ところでグリソンさんは、昔からアリスのことを知っていたんですか？」

「ん？　なんで？」

「オルヴィート侯爵家にあっさり信用されて、アリスに血を呑ませることなんてなかなかできないでしょうから。貴方は侯爵の知己かなにかなのですか？」

「バレたか。まあね」

グリソンが肩をすくめる。

「アリスが白葉病なのも知っていましたか？」

「知っていたけれど、気の毒なお嬢さんだと思って距離を置いていたよ。薬の君は王家の許可なしでは勝手に人助けできないからね」

「ではどうして、王家の許可なく助けてくださる気になったのですか？」

「……そうだね。短い人生のすべてを懸けて婚約者を助けようとしている王子様に多少心を動かされたからかな？　まあなに、僕の気まぐれだ。人の世界で永遠に近い寿命なんて持っていちゃいけない。そう思っただけだよ」

グリソンは嘘を言っていないし、恩を着せようともしていない。

そのことだけはしっかりとカイルダールに伝わってきた。

「分かりました、本当にありがとうございました」

深々と頭を下げると、グリソンが珍しく、うんと年上の男らしい口調でカイルダールに言った。

「楽しみなさい、人生を。君たちの人生は僕らの百分の一しかない。その代わり、百倍楽しいはずなんだから」

人生が楽しいと、そう思える未来がやってくるのだろうか。今はまだ自信がないけれど、そう思える日が本当に来るのだろうか。

確信を持てないまま、カイルダールは部屋の隅に据えられた時計を見た。兄アストンに指定された出立時刻までもう間がない。遅れればまた、兄がねちねち言い出すだろう。

――早く、王都を去ろう……。

「お世話になりました、グリソンさん。では……さようなら……」

カイルダールはグリソンに一礼し、長く暮らした研究棟の部屋を出た。

◆

カイルダールがヴィリエ領に発ってから、ひと月が経ったあと。

アリスは馬車を仕立てさせ、カイルダールの暮らすヴィリエ領を目指していた。

『カイに会いにいく！　再婚してもらえなかったら、一生泣く！』と超弩級の我が儘を言い、両親のお金と力で、こうしてカイルダールを追わせてもらっているのだ。

アストン国王のことは、父にお金で黙らせてもらった。アストンは困窮しているらしく、泣きそうになりながら父からの融資を受けたという。

我が儘悪女、ここに極まれり……である。『レディ・マリエール』も真っ青だろう。

ところで現在、馬車の中では巨大な蛾がジタバタと大暴れしている。

だが負けるわけにはいかない。

真冬でも虫たちが元気な大自然の地に慣れなければ、カイルダールとは暮らせないのだ。

「だだだ大丈夫！　むむむ虫くらい我慢でき、キャーーーーーッ!!」

「お待ちくださいませ、お嬢様、蛾は私が外に出しますわ！」

虫に強い侍女についてきてもらって良かった。

「あの蛾の鱗粉は毒がなくてかぶれませんのよ。ですが、この先どんな毒虫が馬車に飛び込んでくるか分かりませんし、ド田舎の……失礼、辺境のヴィリエ領に入る前に、箒やハタキを用意しておくべきですわね」

蛾を手づかみで窓の外に放り出しながら、侍女はそう説明してくれた。

アリスは窓枠にしがみついたまま、何度もコクコクと頷いた。

グリソンの血を呑んで以降、ずっと身体中が微妙に痛かったが、最近ようやく収まってきた。急激に成長し、骨格が変わったことによる痛みだったらしい。アリスは小さな鞄から、宝石で飾られた手鏡を取り出した。

――私、病気が治って年相応になったら、意外と綺麗じゃない？　顔に肉もついてきて、目のギョロギョロ感も弱まってきたし。

鏡の向こうからは、父によく似たキリリとした顔の女性が見つめ返してくる。急激に変わりすぎて、なんだか自分ではないようだ。

家族や侍女たちは『背が伸びただけで今までのアリスだ』と言ってくれるけれど、欲を言えば『綺麗になった』と言われたかった。

まあ、病気が治っただけでありがたいので、これ以上は望まずにいよう。

カイルダールが今の自分をどう思うかだけは不安だが、そもそも会話をしてもらえるかどうかも不明なのだ。高望みはしないでおく。

――カイのところに行くことを許してくださってありがとう、お父様。当たって砕けてきなさいって言ってくれてありがとう、お母様。

アリスの目にかすかに涙が滲んだ。

だが、我が儘な女はそう簡単には泣かないのだ。

アリスは『薬の君』になることを拒み、自分の気持ちに正直に生きて、これからヴィリエ領のカイルダールに会いに行こうとしている『正真正銘の悪女』である。

慣れない馬車の旅も、森が深くなるにつれてやたらと増えてきた大きな虫も、『カイルダールと一度きちんと話をしたい』というアリスの決意を曲げはしなかった。

「お嬢様、次のお宿で箒とハタキを入手いたしますわ。それまで虫は私が」

「ありがとう。私も虫と戦うわ」

「虫なんて所詮は小さくて非力ですわ。見た目は気味が悪いですし、毒には気をつけねばなりませんけれど、基本は叩いてポイでよろしゅうございますのよ」

「貴方は強くて素晴らしいわ。私も虫に慣れなくてはね」

アリスは心の底から侍女を褒め称えた。

「大丈夫でございます。カイルダール様を心の底から愛しておられるお嬢様ですもの、虫になんて簡単に勝てるようになりますわ！」

——それは、まったく関係ないです。

と心の中で思ったが、こんな僻地にまで付き従い、アリスを守ってくれる侍女をがっかりさせたくない。

アリスは笑顔で、侍女の励ましに頷く。

「ええ、頑張る。ヴィリエに着いたらうんと綺麗に着飾らせてちょうだいね、ヴィリエ伯爵がこの私に一目惚れするくらいに、おほほほほ」

「もちろんですわ！　頑張りましょうね、お嬢様！」

　明るい侍女は、再びどこからか忍び込んできた蜘蛛を窓から捨てて、アリスににっこりと笑い返してくれた。

　――ヴィリエは領地が広すぎるな。見回るだけで数年はかかりそうだ。しかもその大半が森と山……豊かな自然と言えば聞こえはいいが、住民が広大な領土のあちこちに散りすぎていて、統治が困難だとも言える。

　ヴィリエ領の東端、アーサル岬にある村落の視察を終えて、カイルダールは古い屋敷に戻ってきたところだった。

『新しい領主様』『お若い伯爵様』を迎えて、ヴィリエ伯爵領の中心であるヴィリエ村の村民は張り切っている。

　アーサル岬への案内も、村長自らが買って出てくれたほどだ。

　――歓迎されないかと思ったけど……意外だな。

　ヴィリエ村の人々は、この広大な山岳地帯を知り尽くしており、口々に『アーサル岬なら冬でも行ける』だの『ヴィリエ西部の山村を視察したいなら夏にしておけ』などと、若く頼りない領主に助言してくれた。

そして、これからカイルダールが住む古い伯爵家の屋敷も、村人総出でぴかぴかにしてくれたのである。

どうやらこの村は他の集落から遠く離れているため、『村民互助』の精神が徹底して共有されているらしい。そうでなければ、生きられないからだ。

――もしこの村にアリスがいたら……きっと虫が怖いって言うだろうな。でも、雪が綺麗で空気が美味しいって言ってくれるかもしれない。極寒だけど。

なにをしていても、アリスの愛しい面影ばかりがよぎる。

――もしも二人でいられたら今頃は……だけどあのときの俺には、あそこからアリスを連れ出さない選択肢なんてなかった……結果は、このとおりだけれど……。

あれから時が経ち、改めてカイルダールは思った。

たとえ渇望はされていなくても、自分はアリスに愛されていたのだ、と。

アーサル岬を目指す道中、ひたすら雪と氷と森しかない場所で野宿をしているうちに、カイルダールの心は少しずつ変わっていった。

冬山越えで何度も死を覚悟したのである。冗談抜きで。

アーサル岬まで案内してくれた村長は『伯爵様は頑強で素晴らしい』と褒めてくれたが、冬眠に失敗した熊は出るし、雪崩は起きるし、予想外に苦難に満ちた道行きだった。

それでも『アーサル岬にはヴィリエで二番目に大きな集落がございます。訪れれば、皆が喜んで伯爵様に忠誠を誓ってくれるでしょう』という村長の助言を信じて頑張ったのだ。

凍死の恐怖、野獣に襲われる危険、体力が尽きる絶望、背負った荷の重さ、凍った山の斜面を、雪崩を警戒しながら歩き続ける怖さ……。

——岬に住む人々に会いに行くだけなのに、本気で死ぬかと……！

『今年の冬山は落ち着いていますよ』

などと村長は言っていたが、『王子様育ち』の自分には理解不可能だった。

夜は特殊な木の皮を裂いて織った寝袋を凍った地面に敷いて眠り、日の出と共に起きて丸一日雪山を歩き続ける。食べ物は少量の干し果物と水だけだ。

それらの日々は、柔な大都会育ちのカイルダールの心根を少しずつ変えていった。

——まず、生きているだけですごいことなんだな。だからアリスは、せっかく生きているならば、幸せになってくれと言ってくれたんだ。俺には分かっていなかった。俺は、俺の命に価値があるなんて思ったことがなかったから。

でも今は違う。凍死したくないし、獣に食い殺されたくもないし、餓死も滑落死も嫌だ。

それに……心の底からアリスに会いたい。

だがアリスが王都を離れることはあり得ない。

アリスを溺愛する侯爵夫妻が彼女を一人で遠くにやるわけがないからだ。

大切に守られて育ったアリスには、超がつくほどの僻地で暮らすことなどとうてい無理に決まっている。

「伯爵様がこの村におわすのは二十年ぶりです。それだけでも名誉なことなのに、なんと、冬のアーサル岬にまでご訪問くださって、さらにはこの地で医者として活動してくださるとは。村人たちは皆伯爵様を神様だと思っております！」

村長が、何十回目か分からない感激を口にする。

カイルダールは曖昧に微笑んで、村長に尋ねた。

「今日はヴィリエ村の伝統医療の本をお持ちくださったんですよね？」

「ああ、そうでした、これです。こちらが先日亡くなった老医の残した覚え書きで。今は老医の跡継ぎもなくて、麓の町まで病人を運んでいたところなのですよ」

「ありがとうございます」

カイルダールが村長から受け取ったのは、ヴィリエ村の近隣で採取できる薬草についての情報や、どうしても麓の町で購入しなければ手に入らない物品などが記された、ヴィリエの医者の『引き継ぎ書』だった。

「この本で勉強して、皆さんをより良く診察できるよう計らいますね」

「元王子様でいらっしゃるのに、お医者様でもあらせられるなんて……！」

村長はカイルダールを拝まんばかりの勢いだ。カイルダールは慌てて首を横に振る。

「医者としてはまだまだ未熟なのです。お役に立てればいいのですが」

「子供に熱冷ましを処方してくださるだけで、若い母親たちはどれだけ感謝することでしょう。こんな僻地でも人口は増えておりますので、お医者様は大歓迎です」

村長が感激の涙を拭ったとき、居間に村長夫人が飛び込んできた。彼女は屋敷中のカーテンを取り付けてくれていたはずだ。

「あんたぁっ！　大変だよ！　王様の馬車行列が来たよ！」

王様、という単語にカイルダールは思い切り眉根を寄せる。アストンがこんな僻地を訪れてくるなんて、いったいなにが起きたのだろうか。

——いや待てよ？　ヴィリエの人たちが王家の馬車を知っているはずがないな。

疑問符で頭をいっぱいにしながら、カイルダールは屋敷の外に出た。

白を基調とした見事な馬車行列が、領主の屋敷の前に停まっている。

村人たちが一斉に集まってきて、きらきらと輝くその馬車たちを取り巻いていた。

「王女様の馬車か？」

「うちの国には王妃様も王女様もおらんぞ」

「でもあんな宝石みたいな馬車、尊いお姫様が乗ってるとしか思えない」

カイルダールの目は、馬車の紋章に釘付けになる。それは、メスディア王国一の大富豪であり、高貴な血統を誇るオルヴィート侯爵家の紋章だったからだ。

——どうして……。

ひときわ華麗な主馬車の扉が、侍従の手で開けられる。侍女と共に降りてきたのは、真っ白な毛皮のコートに青色のドレスを纏ったすらりとした美女だった。

「ど、ど、どちらのお姫様がこの村においでなんでしょう？」

村長夫妻が動揺したようにカイルダールを振り返る。

だが、カイルダールは答えられなかった。

──アリス……。

侍女を従えたアリスが、しずしずとやってくる。

アリスが一歩歩くごとに、青いドレスに縫い付けられた細やかな宝石が星のようにまたたく。

村人たちは皆、呆気にとられて、雪と夜空の女王のようなアリスを見守っている。

「ごきげんよう、ヴィリエ伯爵」

そう言ってアリスは、手袋に覆われた華奢な手を差し出した。

──背が伸びている……？

カイルダールは、別人のように大人っぽく変わったアリスを見つめた。

薄く化粧をしているからではない。グリソンが言っていたとおりに、アリスはこの短期間で『成長』しているのだ。不老化で遅れていた分を取り戻すかのように。

「……お久しぶりでございます、アリス様」

侯爵家の令嬢であるアリスは、今やカイルダールよりも身分が上の女性だ。カイルダールは胸に手を当て、深々と頭を下げる。

「お顔を上げてくださいませ」

アリスの優しく低い声が懐かしくて、愛おしくて、涙が出そうだった。

側にいるだけで喜びに胸が躍る。彼女の用事がなんなのか知りさえしないのに、気配を感じるだけで嬉しくて、胸が苦しい。

　アリスが元気で、大人の女性になり、美しく着飾って歩いている姿を見ただけで、目頭が熱くなってきた。

「今日は伯爵のお忘れ物をお届けに参りましたのよ、どうぞ」

　アリスが差し出したのは、底光りのする真っ青なサファイアの指輪だった。

　カイルダールが、アリスに求婚したときに渡した指輪だ。

　――もう……いらないって意味なのか……？

　ひどく心が痛む。カイルダールは差し出された指輪を受け取らず、首を横に振った。

「それは妻に贈ったものです。ずっと妻に持っていてもらいたい」

　情けないことに、カイルダールは泣きそうになっていた。

「お忘れ物ではございませんの？」

「違います、置いて行ったんです。妻が、妻が気に入ってくれた品でしたから」

　――わざわざここまで俺を振りに来たのかな……。

　拳を握ったカイルダールに、背後から声がかかった。

「伯爵様がんばれ」

　村長だ。訳が分からないだろうに、情けなくも泣きそうなカイルダールを応援してくれているらしい。いい人だ。山男は情に厚い。

「ならばもう一度私にくださる？」

「え……？」

アリスが華奢な手で、美しい指輪を押しつけてきた。彼女は分厚い絹の手袋を外すと、寒風のもとに真っ白な手を晒す。

「……どこかに行くなら、私を連れていってくれないと駄目でしょ。せっかく病気が治ったのに」

もう片方の手を己の胸に当てながら、アリスが微笑む。

気付けばカイルダールの両目から涙が溢れていた。

子供のようにぼろぼろ涙をこぼしながら、カイルダールはかすかに頷く。

「そうだね」

「だから両親に我が儘を言って、侍女や護衛に迷惑を掛けて、わざわざ来て差し上げたのよ、悪女な私に感謝なさいな！」

アリスがツンと顎をそびやかす。大人しかったのに、最近するようになった謎の仕草だ。

もしかしてこれがアリスの言う『悪女になった私』なのだろうか。ただ可愛いだけだと本人に教えたい。

さらに涙があふれ出し、カイルダールの顔を濡らして凍らせる。

「ありがとう、俺は……俺は、迷惑になってしまうとしても……君と一緒にいたい」

この期に及んでつまらないことしか言えない自分を呪いながら、カイルダールは冷え切った華奢な手を取った。

愛しいアリスの指に、真っ青なサファイアの指輪を嵌める。

大きさはぴったりで、くるくる回ってしまうことはなかった。

アリスは自分の指の大きさに合わせて、この指輪を直してくれたのだ。嵌め続ける気があったから。

――俺を拒まないでくれるのか。王子でなくなった俺を。君を置いて去った俺を。

カイルダールはアリスの手を取ったまま声を殺して泣いた。

「伯爵様、寒いですから、そちらのお姫様を中に」

村長が、馬鹿みたいに泣いているカイルダールに遠慮がちに声をかけてくる。カイルダールははっと我に返って涙を拭い、華奢なアリスの肩を抱いた。

「ごめん、こんなところに立たせておいて」

「いいえ。美しい雪景色ね」

笑顔で辺りを見回したアリスが、不意に真面目な顔で言った。

「……貴方の幸せだけをひたすら願うなんて、私は馬鹿だったわ」

「それは、どういう意味だ？」

顔を強ばらせるカイルダールに、アリスは背伸びをして囁きかけてきた。

「神様に願うことを間違えたの。大好きだから死ぬまでカイに側にいてほしいと願うべきだったのに。たとえそれが一ヶ月でも、一日でも、貴方にとって残酷な願いでも、私を見て、私を愛してと言うべきだった。だってそれが私の本音だから。綺麗事を言いながらいなくなろうなんて馬鹿だった」

カイルダールは驚いてアリスの可愛い綺麗な顔を見つめる。

アリスは照れたように笑うと、満足げに指輪を見つめて尋ねてきた。

「また私に求婚してくれたってことよね？」

「ああ、許されるなら……君はずっと、俺の宝物だったから」

一斉に村人の視線が集まる。屋敷に入って、二人きりになって話すべきだったと思いながらも、カイルダールは真剣にアリスを見つめ返した。

「今は？」

アリスに問われ、カイルダールはきっぱりと答えた。

「今も宝物だ、愛してる」

村人の拍手が沸き起こる。恥ずかしくていたたまれない。

だが、アリスはまるで気にする様子がなかった。

「ここに来ることをたくさん反対されたわ。病気が再発したらどうするのかとか、王都と田舎は全然違うんだとか、信頼できる侍女もいない屋敷に行かせられないとか……」

アリスが指輪を嵌めた手で滲んだ涙を拭う。

「だけど私は、カイのことが好きだから後悔したくない。悪いけど私、カイにとっては迷惑な押しかけ女房よ。裁縫しかできないもの」

「いいんだ、俺が守る。ご両親の分までアリスは俺が守るから」

必死に告げると、アリスは再び微笑んだ。

雲間から不意に明るい光が差し込んでくる。

太陽が姿を現し、カイルダールの視界を光で満たした。

アリスの金色の髪が神様に祝福されたかのように輝く。

「ああは言ったけれど、私の両親はカイのことを信じてくれているわ。私も、きっと会ってくれるって信じていた。愚かな間違いを犯した私を許してくれてありがとう」

「君はなにも間違っていない。俺が馬鹿だったんだよ……俺は、君が元気で、ここに立っていてくれるだけで、一生分の幸せをもらった気分だ」

再びカイルダールの目から涙がこぼれる。泣いているのは自分だけだと思ったとき、アリスが細い腕をカイルダールの腕に絡めた。

「お屋敷を見せて。そのあと村の皆様を紹介してくれる？」

「ああ」

カイルダールは泣きながら微笑んだ。

訳も分からないままもらい泣きしている村長夫妻に『頑張って！』と励まされながら、カイルダールはアリスの手を取って屋敷へと歩き出す。

「ほんとはね、カイに追い返されるかもしれないって思っていたわ。貴方は私の日記帳を見たんでしょう？　あんなことしか書かない妻なんて、もういらないかもって思ったの」

アリスが真面目な顔で言った。カイルダールは首を横に振り、答えた。

「いや、君は俺に、命ある限り幸福に生きてほしいと願ってくれたんだ。俺のほうこそ、君の愛情を曲解して、勝手に傷ついたりして……愚かだった。自分の命を軽んじていたからそんな真似ができたんだ。許してくれ、アリス」

カイルダールの言葉に、アリスは首を横に振った。

「謝らないで。私は、カイも私も幸せになれる人生を望んでいるだけよ」

「俺も、君も……」

思わず繰り返すと、アリスが笑って、もう一度言った。

「そう、カイも私も幸せになれる人生」

澄んだアリスの声がカイルダールの心を優しく包み込む。

『拒まれるかもしれない』と思いながら、勇気を出してここにやってきてくれたアリスの気持ちを思うと胸がいっぱいになる。

本当は怖がりで、今だって丈夫な身体ではないはずのアリスが、どんな思いで、長い道中をやり過ごして訪ねてきてくれたのだろう。

幼い頃、アリスが自分を庇って祖母の前に飛び出してくれたことを思い出す。

いつも、どんなときも、自分のために勇気を振り絞ってくれる彼女を生涯かけて守ろう。

アリスはオルヴィート侯爵家だけでなく、カイルダールにとっても宝なのだ。

信用して娘を託してくれた侯爵夫妻の分もアリスを守り、彼女に人生を捧げたい。

カイルダールは、心の底からそう思った。

――えへ……さっそく風邪引いて寝込んじゃった。ごめんねカイ、ごめんなさい皆さん、ひ弱な都会っ子で本当にすみません……。

◆

十日後、アリスがヴィリエ村でなんとか生きていけそうな様子を見届け、侍女と護衛たちはオルヴィート侯爵邸へと戻って行った。

次に面倒を見てくれることになったのは、ヴィリエ村で生まれ育ったたくましい、見かけはほっそりと上品な婦人だった。

「ヴィリエ村ではね、代々、村長の長女が伯爵家の侍女頭を務めてきたんです。でも、これからはあたしが奥様に侍女頭としてお仕えしますからね！　頑張ります！」

そう胸を張るのは、村長の長姉……ヴィリエの大山岳地帯を知り尽くしている、五十代の女性だ。細身で可憐なおばさまなのに、腕力はアリスの十倍くらいある。

姪である村長の長女は『まだ若く知識も不足していて、か弱い伯爵夫人をお任せできない』とのことで、彼女がアリスに付いてくれることになった。

侍女頭は虫など顔色一つ変えずに踏み潰し、アリスが寒さで熱を出せば、謎の按摩(あんま)で症状を軽減させてくれる凄腕だ。按摩は昔いた村のシャーマンに習ったらしい。

他の侍女たちも、侍女頭が連れてきてくれたしっかり者の女傑揃いである。

——っ……強い……みんな綺麗なのに強い！　私も侍女たちを見習おう……！

「お風邪が治りましたから、この香油を使いましょうかね」

「まあ、なあに？　これはヴィリエの特産品？　ありがとう。だけど私は肌が弱くて」

強力な香油など塗られてはたちまちかぶれてしまう。遠慮がちに切り出すと、侍女頭は笑顔で首を振った。

「いえいえ、大丈夫です。奥様のお肌の繊細さはよーく分かってますから、赤ん坊に塗っても大丈夫な油で作ったんですよ。保湿剤と伯爵様が喜ぶ匂いが入っていますから」

——カイが喜ぶ香り？

大好きな夫が喜んでくれるならいい。アリスは素直に笑顔でお礼を言って、侍女たちに身を委ねた。

「新婚さんはこういうのを塗らないといけませんわよ」

確信に満ちた口調で侍女頭が言う。そういうものなのか。アリスにはまったく分からなかったが、すべて侍女頭に任せれば大丈夫だろう。

「はい、奥様、お綺麗に仕上がりましたわ」

「あとは寝るだけなのに、丁寧にありがとう」

ピカピカに磨き上げられた髪と肌に寝間着を纏って、アリスはお礼を言った。

「伯爵様に、お仕事をさっさと切り上げてお部屋に戻るようお伝えしますね」

「そうね、カイは張り切りすぎているから今日は早めに休んでもらうわ」

そう答えると、侍女頭は意味ありげに笑った。

「お休みになれるとようございますね」

「……？　ええ、そうね。カイは真面目だからお風呂に入ってもまた働くかも？」

「それでは、ごゆっくりお過ごしくださいませ。私どもは明日の朝、また参ります」

侍女頭をはじめとした侍女たちが、一様に頭を下げてしずしずと部屋を出ていく。

暖炉が二つもある暖かな寝屋で、アリスは分厚い毛布にくるまってカイルダールの戻りを待った。自分の身体からいい匂いがして、頭がくらくらする。

——うう……なんか……暑い。カイはまだかな。

身体の火照りが治まらず、アリスはベッドの上で起き上がった。

——おかしいな。カイを襲いたい気分なんだけど、なぜ？

そのとき扉が開き、いつも通り質素な黒い服のカイルダールが寝室に入ってくる。

夫の引き締まった身体を見た瞬間、なぜかアリスはごくりと喉を鳴らしていた。

「ただいま、アリス。体調は？」

「昨日からずっと元気。もう治った」

言いながらカイルダールに向けて腕を差し伸べる。

「どうした？　今日は珍しく甘えてくるな」

口調こそ素っ気ないものの、悪い気はしていないらしく、端整な顔は赤く染まっている。

可愛い男だと思いながら、アリスは言った。

「うん……元気になったから性交しよ……？」

「えっ!?」

――唐突すぎた？　でも……なんだか私、カイとあれをしたくてたまらないの。どうしてかな？　でも悪事を働くわけじゃないから構わないよね。

アリスはベッドから降り、夫の身体にぎゅっと抱きついた。

「性交しようよぉ……」

「い、いいよ、じゃなくて、ど、どうしたのアリス、急に、いや、あの、その、なんていうか、君は昨日まで風邪を引いていたから無理しちゃ……ダメかも……？」

夫の回答は支離滅裂だった。顔を見れば汗だくになっている。

愛し合う夫婦なのだから性交するのは良いことなのに、どうしてこんなに恥ずかしがるのだろう。もしかして裸になるのが恥ずかしいのだろうか。アリスは前回で見られることにちょっとだけ慣れた。まだ恥ずかしがっているカイルダールは可愛い。

「いいの？　ありがとう」

アリスは手を伸ばして、ズボンの下で大きくなったカイルダールの分身に触れた。

「あ……っ……」

カイルダールがかすれた甘い声を上げて、大きく身体を揺らした。

――やっぱり可愛い。私より二歳お兄さんなのにね。

愛おしくてたまらず、アリスは服の上からそれを優しくさすった。

自分を愛してくれるから大きくなる棒。いつかアリスに子供を授けてくれるかもしれない棒。こんなに素敵なモノが大好きな夫の身体から生えているなんて、嬉しい。

「カイ、避妊薬ある？」

来春、王都から家族がやってきて、カイルダールとアリスの結婚式が行われる。花嫁衣装を仕立て始めたばかりなので、まだ妊娠はできないのだ。

「あ、ある！　あるけど……」

「何本くらい？」

「二百本くらい？」

「やった、じゃあ二百回できるね」

アリスは背伸びをして、硬直しているカイルダールの首筋に口づけた。

もちろん手は可愛い棒から放さない。秘密で肌を重ねたあの夜のように、カイルダールにたくさん喘いでもらって気持ちよくなってもらおう。自分もなる。

「二百本あっても、ぜ、全部君に呑ませるわけではなく、村の若い……あっ……」

「私が呑んじゃう」

ほのかに汗の匂いのする首筋に口づけているうち、お腹の奥まで熱くなってきた。

カイルダールも力強く勃起してくれるし、性交できることが幸せでたまらない。

「ね……カイ、一緒に服脱ごう……？」

「あれ、アリス、この香油の匂いはなに？」

「脱ごうよ！」

アリスは焦れて、自ら寝間着を脱ぎ捨てた。下着姿になったアリスを、カイルダールが慌てて抱きしめる。

「もしかして君は、媚薬の効果がある香油を塗られたんじゃないか？」

「それを塗られたら性交しちゃいけないの？」

「い、いや……いいんだ、いいんだけど」

カイルダールの答えに、アリスはにっこり笑い、大事な棒から手を放すと、しなやかな首筋に腕を回した。

「愛し合う夫婦はするんでしょ？」

「……………………ああ」

しばしの沈黙ののち、カイルダールが身をかがめてアリスの唇に口づけた。とても久しぶりの口づけだ。

愛しい夫の匂いにアリスの身体の火照りがますます強くなる。

アリスの身体の熱に惹かれるように、カイルダールが何度も口づけを繰り返す。味わうように、離れていた心の距離を埋めるように……そして、『愛している』と伝えるかのように。

──私……貴方が本当に大好き。昔から大好きなの。

アリスは唇に侵入してくる舌を舐め返し、カイルダールの襟足を優しく撫でた。

——大好きよ、大好き。追い返さずに奥さんにしてくれてありがとう。

カイルダールは唇を離すと、アリスの身体を軽々と抱え上げた。そして幅の広いベッドにそっと横たえる。

「あの香油は侍女頭が塗ってくれたの。カイが好きな匂いだからって」

「そうか」

アリスは起き上がり、絹の下着に手を掛ける。もぞもぞと下着を脱いでいるアリスの前で、カイルダールが上着とシャツを脱ぎ捨て、たくましい半裸を晒した。

以前に抱かれたときよりたくましくなったように思う。

ヴィリエ領では力仕事が多いし、山道もよく歩くから……と教えてくれたが、そのせいでますます身体が鍛えられたのかもしれない。

——これまでも逆立ちして鍛錬していたのに、さらに鍛えるなんてすごいよ！

アリスは自分が裸なのも忘れ、カイルダールの美しい身体に見惚れた。

「なんだかずいぶん大人っぽくなったな」

ズボンも脱ぎ捨てて一糸纏わぬ姿になりながら、カイルダールがアリスにのし掛かってきた。

押し倒されたアリスの右膝に、カイルダールの手が掛けられる。

そのまま右脚をひょいと持ち上げられ、秘裂がぐちゅりと音を立てた。

「もう濡れているよ」

優しく言われ、アリスはかすかに顔を赤らめる。

「そうなの。性交……じゃなくて……カイに抱いてほしいから」

アリスの言葉にカイルダールは喉仏を上下させた。

さっき、カイルダールの姿を見たときのアリスとそっくりの反応だ。

──カイも、とてもしたいのね。

同じ気持ちなのだと思うと嬉しくて、アリスはそっとカイルダールの手を押しのけて起き上がる。

そして身をかがめて、屹立するカイルダールの分身に口づけた。

「ア、アリス、なにを」

カイルダールが再びたくましい身体を揺らす。アリスは構わずに、濡れて精を滲ませる切っ先に口づけた。

カイルダールの形のいい唇から、かすかな吐息がこぼれる。

「こんなのが生えてるって、ずっと秘密にされててびっくりしたんだよ」

そう言って、アリスは血管の浮き出た茎の表面に舌を這わせた。

カイルダールの吐息が荒くなる。

──カイも気持ちいいんだ。ここは敏感な部位だと百科事典に書いてあったもん。もっとたくさん『可愛い、可愛い』ってしてあげよう。

アリスは両手で棒を支えながら、何度も先端に、くびれに、長い茎の部分に口づける。

「う……」

カイルダールの漏らす声が愛おしくてたまらなかった。

先端の部分に繰り返し舌を這わせると、塩味の精が滲み出してきた。アリスは口を開け、
肉杭の茎にしゃぶりつく。

「だめだ、アリス……もういい」

アリスの身体は持ち上げられ、ひょいと膝に乗せられてしまった。ベッドに座したカイ
ルダールが、己の杭に手を添えてアリスに言う。

「座ったまま、向かい合ってしよう」

その提案に、アリスは素直に頷いた。

カイルダールが言うのが、どんな姿勢なのかはすぐ想像できた。

前回は寝ている姿勢で性交……ではなく愛し合ったが、次は起きて愛し合おうと誘われ
ているのだ。

「膝立ちになってくれ」

アリスはカイルダールの言うがままに膝立ちになる。彼はアリスの腰に片手を掛けると、
もう片方の手を、濡れてぐずぐずになった場所に伸ばしてきた。

「あ……！」

蜜窟にずぶりと指を沈められ、アリスは思わず声を上げた。

「なにもしていないのに、とろとろにほぐれている」

「うん……すごくしたくて、身体が熱いの。あの香油のおかげなんだね」

素直にそう答えると、カイルダールがふう、とため息をついて優しく言った。

「おいで」

アリスは焼けるように熱い頬を持て余し、こくりと頷く。

「膝立ちのまま、俺のを入れるんだ。できるか？」

「大丈夫……できそう……」

アリスはカイルダールに支えられながらゆっくり腰を落としていった。

濡れてひくひくする場所に、カイルダールの先端が触れる。

──すごく大きかったけど、今回も入るよね。

熱く脈打つ肉杭がアリスの身体を容赦なく割り広げる。

だが、少し痛くてもやめようとはまったく思わなかった。杭を半ばまで呑み込み、アリスは息をつく。

──お腹の奥が、破れそ……。

そう思った刹那、アリスの腰がぐいと下向きに引っ張られた。

「あぁぁっ！」

驚きと共に、アリスのぐしょぐしょに濡れた蜜路は、カイルダールをすべて呑み込んでしまった。

ぐんにゃりと彼の脚の上に座ったまま、アリスは彼を受け入れた場所をひくつかせる。

「もう達してしまった？」

「な……なんで引っ張るの……っ！」

「焦らされすぎてどうにかなりそうだからだよ」

突然の強い衝撃に心臓が高鳴り、目の前にちかちかと星が散っている。未だにひく、ひく、と蠢いている淫口に、不意に強い刺激が走った。

「あ……待って、あ、あぁっ……！」

接合部同士がぐりぐりとこすれ合う。あっという間に気持ちよくなってしまった身体に、再び、さらに強い欲望が湧き上がってくるのが分かった。

「カイ……あ、あぁっ、なんでこんな……あぅ……っ……」

あまりの快感にアリスは不器用に身体を弾ませた。

そうすると、ますます身体が熱くなり、息が荒くなってくる。

アリスが身体を動かすたびに、ぐちゅぬちゅと大きな音が響いた。

長大なものを呑み込んだまま、アリスは半泣きで身体を揺する。

「んぁっ、あぁっ、これ好き……っ……」

「好きか……？」

「うん……好き……っ……あぁぁぁっ」

アリスはぎゅっとカイルダールに抱きつき、肩のあたりに頭をすり寄せた。

「カイのことも、カイとするのも大好き……っ……！」

アリスを抱きすくめたまま、カイルダールが身体を揺らした。

腕に閉じ込められ、下から激しく突き上げられて、アリスは腕の中で背をそらす。

「や、やぁぁ……っ……また達しちゃう……あぅ……っ……」

「達するとどうなるんだ？」

「ビクビクってなって……お、お腹が、ぎゅって……あぁんっ」

カイルダールがわざと動きを止めて、意地悪く尋ねてくる。

「今、俺を咥え込んでる君の中がビクビク言ってる。もうすぐ達しそうだからか？」

アリスは汗ばんだ広い胸にもたれたまま、頷いた。

「ちゃんと口で言ってくれ」

「うん……もうすぐ……あ、あう……っ……」

がつがつと押し上げられて、アリスは必死にカイルダールに縋り付く。

咥え込んでいた肉杭が石のように硬くなったのが分かった。

「俺もビクビクってなって、お腹がぎゅっとして、アリスの中にぶちまけたくなるんだ」

なんのことを言っているのか分かった。

前回お腹の上に出された精のことを言っているのだ。

「いいよ……そうして……」

そう言った刹那、カイルダールの吐息がますます荒くなる。突き上げる動きはさらに激しくなって、アリスの目がくらんだ。

「わたし……カイとするの……すき……っ……」

懸命に告げると同時に、どっと熱い蜜があふれ出す。

カイルダールを呑み込んだ場所が、痛いくらいに締まって、疼く。

「んっ、んぅ……っ……中に出して……っ」

懸命に告げるのと同時に、カイルダールの身体が強ばる。

「そうさせてもらうよ、俺の可愛い奥さん」

杭の先端からどろりと熱い熱が放たれ、アリスのお腹の奥に広がった。

――全部、普通にしてくれたんだ……普通の夫婦がするように……。

幸せでたまらなくなり、アリスはカイルダールの肩にもう一度頭をすり寄せる。

――分かってる、本当は……抱かれることも、子供を望むことも我が儘だって。白葉病の『因子』を持っている以上、私がカイの子供を産んだら、その子にも『因子』が受け継がれちゃう可能性が高いんだって……。

こみ上げてくる寂寥感を呑み込み、アリスはそっと身体を離した。

「どうした？」

微笑んでいるアリスに、汗だくのカイルダールが尋ねてくる。

「私、カイが大好きなの。だからヴィリエに来て良かった」

アリスの言葉に、カイルダールが微笑んだ。

「俺も君とまた一緒になれて本当に嬉しい」

そう言うと、カイルダールは汗で張り付いた額の髪を、そっと引き剝がしてくれた。

「少しだけ、グリソンさんから……えっと、モリージア卿から、防腐処置をした血を分けてもらってる。この村や俺たちの子孫に白葉病の患者が出たら呑ませよう」

驚きに目を見開くアリスに、カイルダールが言った。

「同じ研究棟暮らしだったからね。彼とは友人同士なんだよ」

「そう……だったんだ……」

「だけど俺は、彼の血だけには頼らない。時間を見つけて白葉病の薬の研究をして、いつか、誰でも白葉病が治るようにするつもりだ。君みたいに苦しむ人間が二度と出ないようにしたい。もちろん、研究ばかりしているわけにはいかないけれど……頑張るよ。だから、君も俺を応援してくれないか」

目を丸くしたまま、アリスは頷いた。

——カイは……私が治ったあとも、白葉病の研究を頑張ってくれるんだ。私だけのためじゃなく、私たちのいつか生まれる子や、その子孫、ううん、世界中の皆のために……。

胸の中が熱くなり、アリスの目から涙が溢れた。

「うん……うん！　私はカイのこと、一生かけて応援する……！」

繫がり合ったままの姿勢で、アリスはカイルダールと再び強く抱き合う。

暖炉の火が、愛し合う若い夫婦を明るく照らし出していた。

エピローグ

春が訪れたヴィリエ村で、領主の結婚式が行われることになった。

花嫁は『かの世界的大富豪』オルヴィート侯爵家の長女アリスだ。

——なんて言われてるけど、私はお父様の威を借りまくって、この地をいつか大発展させようともくろんでるだけのただの悪女よ、おほほほ！

去年の冬、元夫のカイルダールを追ってアリスがヴィリエに到着したとき、村人たちは『大金持ちのお姫様が、この村で暮らせるだろうか？』と案じたという。

だが、アリスはすぐに村の暮らしに馴染んだ。

大嫌いな虫とは、自家製のハタキを振り回して死に物狂いで戦っている。

その姿が虫とじゃれる子猫のようだと村人たちは笑って、アリスを受け入れてくれた。

——元から『なにもできない大金持ちの娘』と思われていた分、採点が甘いな。といっても、頑張ろう。カイと一緒に、お屋敷の一階で小さな診療所を運営していくんだ。でも、
私、カイの言うがままに雑用をするだけだけど。

結婚式には、王都から最愛の家族が駆けつけてくれた。

「ああ……二度も元気な貴女の結婚式が見られるなんて……っ……」

「お姉様、すごく素敵。すごく綺麗よ、おめでとう！」

華麗に着飾った母と妹を見て、村の人たちは『どこの女王様とお姫様だ』『美人すぎる』と口々に言い合っている。

――オルヴィート侯爵家の宝石たちだけじゃなくって、花嫁の私も褒めてほしい。一応綺麗なはずだし。まあでも……自慢の母と妹だから皆もっと褒めても良くてよ。

そう思っているときに、カイルダールがやってきた。

ヴィリエ村の花婿は、漆黒の花婿衣装を身に纏うらしい。理由は、漆黒は作るのが一番大変で希少だからだ。

――うう……黒も似合いすぎる……！　カイ、いついかなるときも、一人ずば抜けて格好いいのはどうしてですか？

見慣れたはずの優しい夫の姿に、アリスはうっとりと見惚れた。

カイルダールは頭のてっぺんからつま先まですべてが格好いい。花婿衣装の姿を見るのは二度目だが、また惚れ直してしまった。

それでいいのだ。悪女は自分に素直で惚れっぽい生き物なのだから。

「アリス……ああ……綺麗だ……なんでこんなに綺麗なんだろう……」

「そうよ、こんなに綺麗な私を妻にできるんだから感謝なさい」

桁外れ（けた）に格好いい夫にこんな態度を取るのは、我ながら空（むな）しい。なので、そろそろ高飛車悪女も卒業だろうか。

「本当だね。心から感謝する。君に出会えたことも、君とまた神様の名の下に一緒になれることも、すべてに感謝するよ。今日も君はこの世で一番素敵な女性だ……！」

「……カイはね、素直すぎるから、私くらいひねくれたほうがいいよ」

照れくさくなってアリスは俯いた。夫のズレた価値観が変わる日はなかなか来なそうだ。

ちなみに花嫁のアリスは、刺繍がびっしり施された重くて華麗な衣装を着ている。

刺繍の柄は、ヴィリエに咲く春の花、春の芽吹きの様子、生まれた獣の子供たち。そして金色の太陽の光……この村の恵みがすべて縫い取られた、素晴らしい衣装だ。

これらの刺繍は、村の女性たちに手伝ってもらって仕上げた。

ヴィリエの人々は皆、素晴らしい手芸や農業の才を持っている。

——きっと投資のしがいがあるってお父様はうきうきしてるわね。

そう思いながらアリスはカイルダールを見上げた。

「行きましょ」

カイルダールとアリスが歩んでいく先には、花で飾られた木造のアーチがいくつも並んでいる。その先には、村の教会の教父様が立っていた。

周りにはオルヴィート侯爵家の皆や、村の人たち、遠くから結婚式見物に来たアーサル岬の人々までいる。

——こんなに晴れた日に、皆に祝福されてお嫁に行けるなんて嬉しい……！

そう思いながら、アリスは最愛の夫と共に、七色の花で飾られたアーチをくぐり抜けて新たな幸せに向けて歩いていった。

◆

長年王家の直轄領だった『ヴィリエ伯爵領』に、美貌の元王子が赴任した。

村人は若くて美しい『新ヴィリエ伯爵』を歓迎した。

医師の資格を持つ領主と、裕福なその奥方のおかげで村の環境は大きく改善された。

広い領地にはいつしか多くの人が移り住み、伯爵領はメスディア王国の林業の中心地、そして大穀倉地帯と呼ばれるようになった。

伯爵夫妻は、村の灯火（ともしび）のような穏やかな存在だった。

ヴィリエ村がどれほど富み栄えても、『鉄道』が敷かれて大きな街になっていっても、夫妻は変わることなく慎ましやかな生活を送っていたという。

だがヴィリエ伯爵は人生においてただ一つ、小さな功績を残した。

希少病である白葉病の治療薬を開発したのだ。

この薬は今でも、白葉病が発生した場合の第一選択肢として治療薬に使われている。

あとがき

こんにちは、栢野すばると申します。

このたびは『余命いくばくもないので悪女になって王子様に嫌われたいです』をお買い上げいただき、ありがとうございました。

こちらの作品はソーニャ文庫様でのラブコメということで、笑える部分も入れつつシリアスな部分もある作品にしようと試行錯誤いたしました。

難しかったです（率直）。


ネタバレになりますが、白い爪の者たちは『同族の血を呑むと不老ではなくなる』という設定があります。

ああでもない、こうでもないとひたすらリライトを重ねた結果、この妙に不気味な設定が浮かびました。

同族に罪人が出たら、皆で血を呑ませて罰する（不老を奪う）一族の話はどうだろう？という着想が、本作が生まれるきっかけです。

変わった設定になってしまいましたが、書かせていただけて大変ありがたかったです。

ありがとうございます。

本作のヒロインのアリスは、強い子です。病に負けていません。

そんな強い娘のアリスがいないと死んでしまうのが、ヒーローのカイルダールです。

頑張って生きて……と作者もアリスも思ってますが、母親以外の親族が全員ダメなせいでかなり歪んだ方向に育ってしまっています。

二十歳にして自決の覚悟を決めている王子と、『そんなの許さない。手を尽くして助けるからね！』という令嬢の、ピュアラブストーリーのつもりで書きました。

少しでも楽しんでいただければ幸いです。


本作を上梓させていただくにあたり、様々な方に大変お世話になりました。

編集のY様、毎度詰まる私に適切なアドバイスをありがとうございます。

カトーナオ先生、可愛いアリスと色気溢れるカイルダールをありがとうございます。

そして本を手に取ってくださった読者様に心からの感謝を。

少しでも楽しんでいただければ幸いです。


最後になりましたが、もしよろしければ、ソーニャ文庫様の公式サイトにある、メルマガ会員用SSもご覧になってみてください。

本作の後日談をはじめ、すべての先生の作品の番外編SSをお読みいただけます。

公式メルマガは月に二回届きます。是非ご検討のほど、よろしくお願いいたします。

この本を読んでのご意見・ご感想をお待ちしております。
◆ あて先 ◆
〒101-0051
東京都千代田区神田神保町2-4-7 久月神田ビル
㈱イースト・プレス　ソーニャ文庫編集部
栢野すばる先生／カトーナオ先生

余命(よめい)いくばくもないので悪女(あくじょ)になって王子様(おうじさま)に嫌(きら)われたいです

2023年4月6日　第1刷発行

著　　者　栢野(かやの)すばる
イラスト　カトーナオ
装　　丁　imagejack.inc
発 行 人　永田和泉
発 行 所　株式会社イースト・プレス
〒101－0051
東京都千代田区神田神保町2－4－7 久月神田ビル
TEL 03－5213－4700　FAX 03－5213－4701
印 刷 所　中央精版印刷株式会社

ISBN 978-4-7816-9745-1
定価はカバーに表示してあります。

Sonya ソーニャ文庫の本

『腹黒策士の溺愛ご隠居計画』　栢野すばる

イラスト　アオイ冬子

人は獣の恋を知らない
栢野すばる
Illustration 鈴ノ助
誰にも渡さない。俺だけの姫様……
大怪我をして政略の駒になれなくなった王妹フェリシアは、兄の腹心でフェリシアの初恋の人、オーウェンと結婚することになる。けれど、彼の献身ぶりは夫というより従者のよう。不本意な結婚を強いてしまったと心を痛め、彼から離れようとするフェリシアだったが……。
Sonya

Sonya ソーニャ文庫の本

人は獣の恋を知る
栢野すばる
Illustration 鈴ノ助
僕の「王妃」はここにいる。
若き国王アンドレアスは、異国の王女と政略結婚することに。だが輿入れの直前、王女は姿を消し、身代わりの娘リーラを寄こされる。はじめは警戒するアンドレアスだったが、無防備な彼女に庇護欲を掻き立てられ、つい世話を焼いてしまう。しかしそんな中、王女発見の報せが入り——!?
Sonya

『人は獣の恋を知る』 栢野すばる

イラスト 鈴ノ助

Sonya ソーニャ文庫の本

『貴公子の贄姫』 栢野すばる

イラスト Ciel

Sonya ソーニャ文庫の本

『騎士の殉愛』 栢野すばる

イラスト Ciel